コンスタンツェ・モーツァルトの物語

レナーテ・ヴェルシュ【著】
小岡礼子、小岡明裕【訳】

Constanze Mozart

Eine unbedeutende Frau

Renate Welsh

アルファベータ

Constanze Mozart
Eine unbedeutende Frau
By Renate Welsh

First published by Jugend & Volk , 1990 Vienna

Published by arrangement with Deutscher Taschenbuch Verlag
through Meike Marx, Yokohama, Japan

First published in Japan in 2007
by Alphabeta Publishing Inc.,
Minami-Aoyama 2-2-15-436, Minato-ku,
Tokyo, Japan 107-0062

コンスタンツェ・モーツァルトの物語

コンスタンツェ・フォン・ニッセン　つまり
モーツァルトの未亡人が　自身の
長い人生を終えたのは
モーツァルトの死後五十年を経たのちであった――
想像してみようではないか

年老いたひとりの女が、雨の降りしきる外をじっと見下ろしていた。重たい雫が舗道の敷石をたたき、泡立つような跡を残して高くはね上がっていた。視界を蔽い尽くす巨大な広場に人気《ひとけ》はなかった。

その広場の中央に記念像が建つという話であった。

すべてが滞りなく捗《はかど》っていたら、記念像はもうその場所で偉容を誇っているはずだった。ところが、ローマ時代のモザイクという邪魔が入った。基礎を掘る際に、よりによってあの場所でそれが発見されてしまったのだ。何だってこんな所でローマ時代のモザイクを探さなければならないのだろう。まるでこの地上に古い石が不足でもしているかのように。

立像は一八四一年五月、王立ミュンヒェン鋳造所で鋳型に注がれた。ゾフィー大公妃殿下のご臨席のもと、たくさんの見物人がその製造を見守った。しかしコンスタンツェ自身はまだ立像をみていなかった。もちろんヴェーバー家の人間としてその場に立ち会うことはできたのではあるが。

広場のなかほどに穴が穿《うが》たれ、穴の周囲は鋤き返された土地ように荒れはてていた。工事の連中ときたら、ここはいつでもこんなざまでね、といわんばかりに放りっぱなしなのである。急いで取りかかってくれなくては、遅すぎる。彼女にとってはあまりにも遅すぎるのだ。

このところ、寒さが爪先から全身にゾクゾクと這い上がってくるように感じる日が多くなっていた。そんなときは毛布を一枚増やしてみても、真っ赤に燃える炭を入れたあんかをベッドに運んでみても効き目がなかった。ぶ厚い肩掛けや暖かな紅茶もまるで役に立たなかった。きょうみたいな雨の日ならそれも不思議ではないけれど、陽の光が街にじりじり照りつける日でもそうしたことがあった。つのる寒さとともに不安が襲ってきた。それはのどをしめつけるような不安であった。その不安に慣れ親しもうという気を起こしても、何の解決にもならなかった。

「ゾフィー[1、*1]！」

妹はこない。また耳が聞こえないのか。ゾフィーがほんとうに自分より耳が遠いなんてコンスタンツェは信じていなかった。ただ怠けているだけなのだ。甘やかされて育った末っ子だもの。あの子はそれをありがたく思うべきだわ。

「ゾフィー！」

返事はよくわからなかった。奥の部屋で足を引きずる音がした。

あの子は足を上げてちゃんと歩けるくせに。

ゾフィーが前に立った。顔を窓のほうに向ける。何てしわが多いのだろう。頬に光があたっている。その頬を覆っているのは、たるんだしわしわの皮膚だ。

「ねえ、みてよ、下を。また誰も働いていないわよ」

「ざあざあ降りだからってこと」

「いいえ、あの連中は働いていないわよ、お天道様が照っているときでも」

「でも、きのうは作業をしていたわよ」

「急いでくれなきゃ、間に合わないじゃないの」

「よしてよ、もう。じきに食事ができるわ」

「あんたっていつも食事のことしか考えてないのね」

「誰か一人は考えないとしょうがないでしょうが」

「雨、やむと思う？」

「やむでしょう。にわか雨なんだからすぐに上がるわ。ルイーゼ[2]はきょう、午後から休みを取りたがっているのよ。お母さんの霊名の祝日[*2]ですって」

「あの娘《こ》ってしょっちゅう霊名の祝日があるわね」

「この前はお姉さんのよ。それに四か月前だったわ。いえ、五か月前だったかしら」

「カール[3]はもう便りをよこしてもよさそうなものだわね」

「カミツレのお茶[*3]、いらない？」

「コーヒーのほうがいいわ」

「いま？　食事の前に？」

「そうよ。たったいま。食前に」

ゾフィーが去っていくときの、あの非難がましい背中の曲げようはどうだ。一杯のコーヒーなんてほんとうにつましい要求ではないか。だのに彼女は、まるで自分がそのコーヒー代を払わなければならないかのようにふるまう。

コンスタンツェは椅子の背もたれに寄りかかった。時間が過ぎていった。手持ちのクロイツァー硬貨を全部、三度ずつひっくり返せるぐらいの時間が[*4]。もしゾフィーがこのあいだにコーヒーを買い込んでいるとしたら、生きているあいだにはとうてい飲み切れない量になっているはずだ。

部屋を見回してみる。寄せ木細工の整理ダンスに視線が止まった。唐草模様が互いに向き合っている。手のこんだ仕事。実に美しい作品だ。それにしてもルイーゼはタンスに蜜蠟を塗るべきだ。そしてしっかり磨かなければ。木だって乾燥してひび割れるのだもの。髪の毛のような細い亀裂が無数に走ってしまう。

「そうね」と、コンスタンツェはぼそぼそつぶやいた。「あなたは驚くでしょうね、副楽長さ*5ん。わたしがいまどんなふうに暮らしているかをみたら、きっと。違うかしら?」広場のほうへ目を向ける。そこは四方へ開けている。ゲトライデガッセ*6の窮屈さはない。

「何ていったの?」ゾフィーがキッチンから叫んだ。

「何もよ」

「でも何か聞こえたわよ!」

「いいえ」

それは妹には知る由もなかった。自分と舅《しゅうと》ヨハン・ゲオルク・レーオポルト・モーツァルト[4]とのあいだのことだった。愛すべき最高の父親。親愛なるお父様《モン・トレ・シエール・ペール》、*7〈神様の次に大事な〉パパ。ヴェーバー家の出の女というだけで、コンスタンツェはそのひとにとって決して満足のいく嫁ではなかった。いまこそ、レーオポルトよ、彼女をみるべし。

あのとき、そう、はじめてザルツブルクを訪れたとき、*8舅《しゅうと》から何ひとつ贈り物をもらわなかった。指輪も、嗅ぎタバコ入れも、財布も、ベルトの留め金も。何ひとつ。花を服に留める留め針の一本すらレーオポルトはよこさなかった。舅《しゅうと》は、奇跡の子〈ヴォルフェルル〉*9が獲得した記念の品を次々とみせた。それは残っていた賜り物の一部だった。そのほかの報償品は、演奏旅行の旅費を捻出するためにその都度売り払われたのであった。舅《しゅうと》は肖像画や細密画もみせてくれた。だが、「息子の妻として、あなたはこの贈り物のひとつを自分のものにしていいのだよ」とは、口が裂けてもいわなかった。それならせめて、この品々は自分の所有物《もの》であるというふりをしてくれればよかったのに。子供たちをここまで育て上げるのに、自分が払った犠牲のことを話してくれたなら格別うれしかったのに。モーツァルトも父のこの態度には傷ついた。でも、不平をいうなんて、ああ、とんでもない。パパに対して。

それからヴィーンへ戻ったあの一七八三年の夏、まだものごころもつかないライムント[5]が死んで、埋葬したのだった[*10]。

ライムントは一番体重の重い子供だった。お産のときはどの子よりきつかった。モーツァルトは何度も寝室にやってきて、汗まみれの顔をなでてくれたが、ついに産婆から部屋の外に追いやられ、目に涙をためて出ていった。赤ん坊がこの世に姿を現すと、モーツァルトは子供を抱き上げて、そこらじゅうを踊り回った。産婆は彼を叱りつけ、若い父親のあまりの天真爛漫ぶりに、頭の上で手を打ち合わせて怒った[*11]。

ライムントの様子はどうであったか。黒髪のふさふさした子だったろうか。それとも三番目のヨハン[6]のようだったろうか。コンスタンツェには思い出せなかった。二か月、いいえ一か月——ともに生きた時間は短かった。どこから記憶の糸をたぐり寄せ、紡ぎ出せというのか。ひと息つくひまもなく、すぐまた妊娠して、全身がだるく、足のむくみがとれないまま、疲れきっていたというのに。

「はい、コーヒーですよ」

「あなたは飲まないの？」

「わたし、ほかにやることがあるのよ」

「大切なことだけにすればどう」

コンスタンツェはカップを受け取り、香りを鼻孔の奥に溜めてみた。

雨は先刻のようにぱらぱら音をたてて降ってはいなかった。窓の縁飾りに雀が一羽止まっていた。ちゅんちゅんとかん高くさえずりながら身をふるわせている。

コンスタンツェは椅子の肘をつかみ，両手をぎゅっと押しつけた。ぐらぐらする。ふたたびありったけの力を両手にかけると、足を踏んばって立った。

両足だけで自分を支えながら移動しようとした。うまくいった。机に立てかけておいた杖に手を伸ばす。握りの感触が心地よかった。堅くてほどよい丸みがある。

部屋を横切りながら彼女は鏡にちらりと目をやった。見知らぬ顔がそこにあった。

下あごの毛はどこから生えてきたのだろう。こんな黒くて長い毛が。

そういえば母の顔にもこうしたむだ毛があったと思う。

コンスタンツェはその毛を親指と人差し指の爪ではさんで引っ張った。うまくつかめない。同じ動作を繰り返した。親指の爪がもう一方の指の腹をきつく押しつけ、三日月型の赤い跡を残す。

彼女はいらだった。

この毛を抜いてちょうだい、とゾフィーに頼んでみる気はなかった。たとい何も口にしないにせよ「亡くなったお母さまにそっくりだわ」と、妹は思うに決まっている。えいっ、今度こそ！　ちょっとした刺すような痛み。コンスタンツェは指にその毛をつかんでいた。毛玉になるようよりあわせ、はじいて捨ててしまってから、失敗だったと腹を立てた。燃やすべきだった。しかし、この期《ご》に及んで床の上を探し回れば、ゾフィーが放っておいてはくれまい。入ってきて、聞いてくるだろう。あまつさえ難詰《なんきつ》するに違いない。どうして抜け毛の一本に、それほど興味を示すのか、と。外で、つるはしが石にガツガツあたる音がした。工事の連中が戻ってきたらしい。

ルイーゼがスープを運んできた。

コンスタンツェはライティングビューローに両手をつき、引き開けたひきだしをみつめていた。何を取り出したかったのだろう。このひきだしの中の何かなのだ。さもなければ開けはしなかった。彼女だって馬鹿じゃない。舌のように突き出したひきだしの左前方にはヴォーヴィ[7]からの手紙が置いてあり、その横にはカールのがあった。ふたつの小さな手紙の山。次の手紙がくるのを待つ。その待っている時間。時には半年の月日が流れた。そうして築かれた山である。どんなに忙しかろうと、モーツァルトなら週に一度はパパに手紙を書いたものだが。

　でも、息子たちは？

　コンスタンツェはかすかなため息を漏らした。息子たちのことはほとんど理解できなかった。あの成人した未知の男たち。母親に対してと同様、互いによそよそしい兄弟ふたり。あの子たちは一緒に大きくなったわけではなかった。肖像画の中でこそ互いに肩を抱き、手を握り合っているけれど。あの肖像画は〈兄弟愛の像〉として版画になり、何枚も刷られている。いったい誰が増刷したんだろう。あのころヴォーヴィは六歳だった。きょう、あの子のことを思ったら、例の肖像画が記憶に立ち現れてきた。画家が筆を擱《お》いたとき、コンスタンツェはそれを格別いい絵だとは思わなかったので、あれこれけちをつけた。でも、弟に注がれたヴォーヴィの、みるべきものをしっかりととらえているまなざしと瞳、口元に浮かべているほのかなほほえみ、これらの描き方はこの子のことをとてもうまく表現していた。誰かにみつめられたとき、ヴォーヴィはいつも、自分が愛らしい少年にみえることを自覚していた。

あの子の瞳は何てきらきら輝やいていたことか。それに、頬を染めるピンク、唇にさした赤味のいとおしさ、それらがいきいきと甦ってくる。あのときだ。プラーハで机の上に立って「俺様は鳥刺しさ」と歌った、あのときである。[*12]何もかもが感動的だった。鮮明におぼえている。コンスタンツェは感動の涙をぬぐおうとハンカチをまさぐり、ヴォーヴィは母にほほえみかけていた。あの子は叱られたときも、いつも同じ微笑で返したものだ。それが彼女をかっとさせた。まるでヴォーヴィは母の知らない何かを知っているような、まるで彼女を見透かすようなところがあった。ニッセン[8]とはじめて夜を過ごした翌朝も、あの子は朝食のミルクを飲みながらあのいつもの微笑を浮かべていた。コンスタンツェはいたたまれない思いがして、狂ったように息子を叱りとばした。テーブルクロスにしみをつけたといって。すると、ニッセンがとがめるように軽く頭をふったので、それでようやく理性を取り戻したのであった。

世間は彼女を非難した。お金のために子供たちを世に出し、人目を引くふるまいをさせている、と。あのひとたちはよくも勝手にものがいえるものだ。どうすればよかったというのか。借金にあえいでいたあのころ、[*13]雀の涙の恩賜年金で子供をふたりかかえていた。そして、ニッセンが部屋の間借り人[*14]になる前の話だから、コンスタンツェが頼れるひとというのはこの世に誰もいなかったというのに。それでは、旅から旅へヨーロッパじゅうふたりの子供を引きずり回した[*15]かどで、老モーツァルトを非難したひとはいるか。あのひとは非難されない、絶対。でも彼女はとがめられる。

天才モーツァルトの栄誉を護るためには、表だってにしろ裏へまわってにしろ、しばしばほかのことにかこつけて、すべてを彼女のせいにしたではないか。

コンスタンツェは天才に嫁いだわけではなかった。

彼女が結婚したのは小柄で細身の男だった。[*16] 夫はよく彼女を笑わせてくれた。それまでのコンスタンツェの人生には、笑いというものが欠けていた。若いモーツァルトが母のところに間借りしてきた[*17]その日から、笑いのなかった生活は一転した。この男は領主大司教に宮廷オルガン演奏者とコンサートマスターの職を解任されてやってきたのであった。[*18] モーツァルトときたら一瞬たりとも静かに座っていることができない。あらゆる机、窓の肘当てクッションの一枚一枚、空いている平面という平面を、馴染みのクラヴィーアを演奏するようにたたき、話しながら両手を振り、つづりを変えてゆがめた単語を使い、しかめっ面を作り、いやもう次に何を思いつくのか、わかる者はいなかった。肌の色が黄色っぽくて血色はよくないし、決しておとぎの国の王子様のようではなかった。コンスタンツェが夢みていた生涯の夫は彼とは違っていた。もっと背が高くて、威厳があって、ともに国が築けるような、ひともうらやむ男性。この狭苦しい空間、口論と貧乏が絶えることのないこの家から自分を救い出してくれて、アロイージア[9、*19]ではない、そう、お姉さまじゃなくてコンスタンツェこそ、一番美しい、最も才能のある女だと、コンスタンツェ自身にそのことが信じられるまで彼女に言い続けてくれる男性。だが現実には、モーツァルトがそこにいた。ふたりは一緒に笑い、ともに悪ふざけをして回った。そして、あるときから何となく同情のかけらのようなものが彼女の胸にたゆたい始めた。アロイージアがマンハイムでモーツァルトにつれない態度をとったときから[*20]。いえ、あれはもうミュンヒェンにいたときだわ。あのときのアロイージアはプリマドンナとしてデビューを果たし、その成功に酔い痴れていた。モーツァルトはといえば、母を亡くして[*21]、金ボタン付きの赤い燕尾服のそでに黒い喪章をはめていた。姉はすげなかった。アロイージアの頭を占めていたのは自分の出世と利益だけだった。それだから年老いて、自分が逃したものの大きさを悟ったとき、頑として主張せずにはいられなかったのだ。モーツァルトが愛していたのはずっと私だけだったと。アロイージアに何がわかるというの！　鈍感で何も気づかない女のくせに。

コンスタンツェは小さな金時計に手を伸ばした。モーツァルトの花嫁としてもらった品である。つやのない部分にはぁーっと息を吹きかけると、服でこすって磨いた。そしてそれを左右の掌《たなごころ》で包み込んだ。

モーツァルトの音楽は気に入っていた。でもコンスタンツェが惚れたのは、彼女を楽しい気分にさせてくれるその男であった。いつからモーツァルトに惚れ込んだのだろう。いまになってもはっきり答えられない。全くそんなきざしもないうちにそれはやってきたのだ。あははと声を上げ、くくっとのどを鳴らし、くすくすと身をよじるような惚れ込み。愛着も不安もせつなさもなくて、万が一にも愛になど変わるはずもなかった惚れ込み。おそらく母が禁止令をふりかざしてすさまじい剣幕で介入してこなかったならば。母はグラス三杯のワインを空けたあと、髪をふりみだして泣きわめいたのであった。[*22]

　コンスタンツェは十字を切った。

　亡くなったひとのことを悪くいうものではない。悪く考えるべきでもない。だがしかし、それはほんとうだった。母は何週間にもわたってふたりを好意的に眺めていた。娘とモーツァルトをふたりっきりにして部屋に放っておき、散歩のときもゾフィーとともに下がってふたりのうしろを歩いた。コンスタンツェにコーヒーやレモネードをモーツァルトのもとへ運ばせもした。母は彼のおふざけに吹き出して笑い、彼が大司教[10]を憎むのももっともなことだと、ものわかりのよさを示したものだ。それが突然、きょうがあすに変わっただけでモーツァルトは卑しむべき男になり下がってしまったのである。どこの馬の骨だかわからない、女たらし、と。母は怒り狂い、がなりたてた。ペーター広場にある〈神の目館《ツム・アウゲ・ゴッテス》〉[*23]で、状況は次第に耐えがたいものになり、コンスタンツェは一日の終わりに訪れる夜という夜をいつも泣きながら眠りについた。レーオポルトはレーオポルトのほうで、息子への手紙にコンスタンツェの母を〈青少年を堕落させる女〉とよび、こうも書いている。あの女の首には罪状を銘板に刻みつけてぶら下げてやるがいい。そして手枷《てかせ》をがちゃがちゃいわせて路地裏の掃除に明け暮れる日々を送らせるべきだ。あの母親とトールヴァルト[11、*24]とかいう後見人。あいつら不快な策謀家たちには。しかし、この手紙[*25]をコンスタンツェが目にしたのは、ずいぶんあとあとになってのことであった。もし、この内容を知っていたらどうだったろう？

様々な困難はふたりをさらに強く結びつけるだけであった。惚れ込みを愛に変えてしまったのはあれらの様々な逆境だったのだろうか。あのときはもう引き返すには遅すぎた。モーツァルトはもうとうに彼女のこころに住み着いていた。コンスタンツェはあわただしく求めてくる彼の指の動きに身をふるわせる自分を知っていた。鳥肌が立つのであった、立つはずもないところにさえ。全身隈なく。そして血が脈打つのを感じた、耳の奥で、また心臓のあたりで。

年寄り女にはふさわしくないことだわ、ほんとうに、とコンスタンツェはつぶやいた。こんなこと、考えるのもどうかしている。あの手紙も、彼の手紙のことも、と自分にいいきかせる。そうしながらも、同時にコンスタンツェの手と指は帯のように幅広いひもでくくられた手紙の束に伸びてしまっていた。それにはニッセンの律儀な筆跡で〈書簡一七九一[*26]〉と記されている。結び目はなかなかほどけなかった。ぐいぐい引っ張れば引っ張るほど固くなる。ついに小さなはさみを取り出してひもを切り離してしまった。手の中で包み紙がぱりぱりと音をたてた。

五十年ぶり。ああ、五十年ぶりだわ。

立っていると足が痛んだ。それに窓際の肘掛け椅子のところのほうが明るい。しかしコンスタンツェはその場に立ち続け、上半身を軽く傾けると、ここかしこと拾い読みをした。まあ、いやだ、プフベルク[12]宛の無心の手紙[*27]なんて。思い出したくもなかった。絶え間なく借金をせざるをえなかったのは、彼女のせいばかりではなかった。確かにバーデン[*28]で費用のかさむ療養を受けた。でもほんとうにそれだけじゃない。娯楽にひたるため、ちやほや機嫌をとってもらうため、コンスタンツェは湯治場に出かけていったと説くやつがいたら、そいつは真っ赤な大嘘つきというべきだった。お尋ねしますが、足が腫れ悪阻《つわり》に悩む身重の体で、カジーノへ行って、いったいどうやってダンスを楽しめましょうか。

享楽的な女だったとひとはいう。分別のない、最低の主婦であったと評するのだ。モーツァルトにこういえばよかったのか。わたしはあなたと希望を分かち合えない、あなたのなかに次々と湧き起こる成功への希望、オペラ、予約注文、演奏会、はたまた栄えある地位を勝ち取るぞという意気込みにはつきあえない、とでも？　そのほうが人びとには好ましいのか？　だけど、みんな陰口ばかりたたいていて、彼を助けてはくれなかったではないか！　あの人たちが追いかけたのはほかのひと。サリエーリ[13、*29]やディッタースドルフ[14、*30]や、そのほか諸々、有象無象。プフベルクはコンスタンツェのことを悪くはいわなかった。モーツァルトに貸した金を、即刻取り立てようとせっつくこともなかった。どれくらいを借りていたのか？　いずれにせよかなりの額だ。そして返せるようになったとき、コンスタンツェは一クロイツァーたりとも欠かさず耳を揃えて全額返済したのであった。なるほど、プフベルクも督促はしてきた。しかし、何やかやで時が過ぎても、プフベルクは気が利いていてずっと礼儀正しかった。[*31]

悪口をいう連中は互いにつぶしあった。

もうそのことを考えたくはなかった。何のために考える？　何が変わる？　誰かの役に立つとでも？

これだ、探していたのは。《僕のとても愛しい妻よ！《マ・トレ・シエール・エプーズ》》。何て読みづらい文字だろう。おそらくあの人は急いで書いたのだ。そう、たえず急いで、だった。いつも立ったままで書いていたものだ。それに、コンスタンツェは目が弱くなり、むかしのようにはよくみえない。

《……たったいま、きみの手紙を受け取った。いつになく楽しい思いをさせてもらったところだ――もう次の手紙を待ちかねているよ。温泉がきみにどれくらい効果があるか聞きたいから――きのう、きみたちが聴いたコンサートの場にいられなくて、ほんとうに残念だったよ。でもそれは音楽のためじゃなくて、きみのそばにいられたらどんなにか幸せだったろうなと思うからさ……朝夕の冷気にあたりすぎないこと、長湯をしないこと、その他、僕の注意を忘れちゃ駄目だよ……アデュー。きみを想って千回のキスを送る。永遠にきみのモーツァルト。

追伸。やはりカールには少し大黄[*32]をあげたほうがいいんじゃないかな。――

どうして僕に長い手紙を書いてよこさないの？——

これは息子宛の手紙だよ——僕への返事を待ちかねている。——つかまえな——つかまえな——生まれたてのチュッ、チュ。キスがきみのために宙を飛んでまチュ。チュまずいて、ちゅこちゅこ飛んでいるキスがもういっこ——。

たったいま、きみの第二便を受け取ったよ。

——温泉療法を過信しないことだよ！

——もっと熟睡するんだね——そんなに不規則にじゃなく！——そうしてくれないと僕は不安だ。——もう、ちょっと心配になってきたよ。

アデュー。——≫[*33]

九一年の六月、モーツァルトはこれを書いた。ヴォーヴィの生まれる一月《ひとつき》前で、自身の死の半年前だった。

彼は何とコンスタンツェを気遣ったことか。妊娠のたびに。病気にかかるたびに。かわそうな小さなアンナ[15]の生まれる前、コンスタンツェは二月《ふたつき》か三月《みつき》、具合の悪かったことがある。すると夫は当人以上に苦しみ悩み、その期間、一曲も作れなかったものだ。普段なら、どうしようもなく悲しい気分に沈んでいても一等ほがらかなメロディを紡ぎ出すというのに。

あのひとはわたしを愛していた。

ひとにはいいたいことをいわせておこう。あのひとはわたしといて楽しかったのだ。あまたの希望や計画が水泡に帰す、そのような不遇な時をともに暮らす、そんななかにあっても。コンスタンツェはこの一文あそこの一文と目を走らせた。脈絡のない文と文。読んでいるとモーツァルトの話すのが聞こえるのであった。

それにしても探していた箇所はどこだろう？　ひょっとしたら別の年の手紙？　そうそう、あれはドレースデンからの手紙だ。これよりか二年前だ。コンスタンツェは一七八九年の封書を取り出した。ホーフデーメル[16]宛の便り[*34]があるわ。このひとはモーツァルトの死の直後に自ら命を絶ったけど、その直前に、みごもっていた妻をいたく傷つけている。いやな話だ。多くのひとが子供の父親はモーツァルトだ、と噂した。[*35]人びとがこぞってしゃべり散らして歩くのは決まって不愉快な話題なのだ。しかもそれを防ぐ手だてはないときている。このことはもうきっぱり頭の外に放り出して、考えないほうがいいわ。

これだわ。《いとしいおまえ。きみからも手紙があったらなあ！――きみにいろんなことを話したいとき、僕がきみのかわいい肖像画に向かって何を始めるか、知ったら笑いがとまらないだろうな――たとえば、あれを解禁して取り出すとき、僕は声をかけるんだ。こんにちはシュタンツェルル！　こんにちは、こんにちは――いたずらっ子――かんしゃく玉――お馬鹿ちゃん——すき者——吸い込んで圧迫しろ！　そしてまたあれをしまうときは、だんだんに滑り込ませながら、唱え続けるんだ、いつも。シュトゥ！　シュトゥ！　シュトゥ！　と。でも、ある力をこめてだよ。この、とても意味深な言葉は、そうしないと出てこないのさ。しかも最後にはこう付け足すんだ。お休み、ねずみちゃん、たっぷり眠るんだよ——ところで、ずいぶん馬鹿なこと(少なくとも世間からみれば)を書きつづったように思うけど——でも僕たちにとってはそうじゃない。こんなにこころから愛し合っている僕たちには、決して馬鹿なことじゃないんだ——きょうできみと離れて六日目だ。でも神かけて、僕にはもう、一年が過ぎたみたいに思えるんだ。——僕の手紙を読むとくたびれるかもしれないね。僕は大急ぎで、だからちょっとひどい書き方をしているから。——アデュー、いとしいただひとりの女《ひと》！——馬車がきてい る——ブラヴォーってことじゃない。馬車がほんとうにきてしまったから——さもなければ——ああ！　悲しや《マーレ》。元気で。僕がそうであるように、きみも僕を永遠に愛してくれよ。愛をこめて百万回きみにキスするよ。そして、僕は永遠に

きみをこころから愛する夫

W・A・モーツァルト[＊36]》

このときも骨折り損の旅だった。徒労に終わったおびただしい旅のなかのひとつにすぎない。ベルリーンからはこう書いてきた。

《いとしいおまえ。まず、帰還に際して金よりも僕を待ちわびてくれたまえ。――百フリードリヒ・ドールは九百フローリンではなく、七百フローリンなのだ。少なくとも僕はここでそう告げられた。――第二に、リヒノフスキー[17]は僕を置き去りにしてとっくに帰ってしまった。彼は朝早く急いで発《た》たねばならなかったのだ。それで僕は物価の高いここポツダムの払いを、自分で済ませるしかなかった。――第三に、彼の財布が空っぽだったので、百フローリン貸さざるをえなかった。頼まれるとなかなかうまく断れなかったんだ。なぜかはわかってくれると思う。――第四にライプツィヒでの演奏会は、僕がずっといってるようにいまいましいほど不成功だった。だから復路の三十二マイルはほとんど無銭旅行になったんだ。この点の責任は全くリヒノフスキーひとりにある。僕をちっとも休ませようとはしないので、またライプツィヒに戻らざるをえなかったのだもの。――だけど――これにはいろいろ言い訳がある。――まず当地では演奏会を一回やってもたいしたことは期待できない。そして第二に、国王がそれを喜ばない。だからきみは僕に対してこのことだけでもう満足してほしい。つまり、実に幸運にも僕が国王に覚えがめでたいっていうことだ。――これはここだけの話だよ。――二八日の木曜にドレースデンに向けて出発する。そこで泊まるだろう。六月一日にはプラーハで宿泊する。そして四日は――ああ、四日だって?――いとしいおまえのもとへ。――きみの愛らしい巣をちゃんと清潔《きれい》にしておくんだよ。僕の小僧はほんとうにそれに見合うだけのおつとめをするからね。こやつは全く品行方正で、きみの最高に美しい××××だけしかほしがらないんだ。このいたずらっ子を想像してごらん。僕がこうやって書いているあいだも机のほうに忍び寄り、問いかけるように姿を現すけれど、僕はすかさずこやつの鼻っ柱を指で小突いてやるのさ――でもこの子ったら……ほら、いたずらっ小僧はますます燃えあがってきて、制御がきかなくなりそうだ。》

かっと血の気が昇ってきて両の頬に広がった。これだけの歳月が流れたというのに。彼女は気ぜわしく先を読みついだ。

《最初の駅まで馬車で迎えにきてくれないかな?――四日の正午、そこで落ち合おう。――ホーファー[18]（彼を千回抱擁したい）も一緒にきてほしい。――Hとプフベルク夫人もご一緒願えるなら、僕の会いたい人たち全員が揃うってわけさ。カールを連れてくるのを忘れないようにね。――ところで是非とも必要なこと。信用のおける人物をひとり（ザートマン[19]か誰か）連れてきてくれ。そのひとに僕の馬車で荷物を税関にもっていってもらうんだ。そうすれば僕は余計な面倒《セツカトウーラ》に煩わされずに、大好きなきみたちと一緒に家へ直行できるから。――きっとだよ！
――じゃあ、ごきげんよう――百万回のキスを。いつまでも

きみの誠実な夫

W・A・モーツァルト[*37]》

彼の手になる、典型的な手紙だった。感情を情熱的に流出させながら、事務的な用件が突発的に出てきたり、ある気分からほかの気分へ激しく転調したりする。彼を知る者はみんな、これを読むと困惑し、抵抗を感じた。しかし音楽では違っていた。モーツァルトは見事に節度を保っていた。

節度を保つ、というのはニッセンお好みの言葉だった。ニッセンから、コンスタンツェはそれを学んだのだった。それで、ひとが何か節度を保つとか秩序のあるという言葉を口にしたとき、コンスタンツェはニッセンを思わずにはいられなかった。感謝の気持ちでそのひとを思い出した。モーツァルトの跳躍は、深淵をにらみつけて岩から岩へ飛び移るようなものであった。しかし向こう側に立ってしまえば、彼はほほえんで彼女に手を差し伸べた。そうなるとコンスタンツェは目をつむって、なぜだかわからないままに、自分もまためくるめく深淵を飛び越さねばならなかった。婚約時代、モーツァルトは『後宮からの奪還』にかかりきりだった。そのオペラの主要人物に彼女の名前があてられていた[*38]のは偶然以外の何ものでもなかったけれど、コンスタンツェには、それはひとつの予兆に思えた。婚約者は語ってくれた。自分がどれほど激しい情熱をこめて音楽に携わっているかを。〈神の目館《ツム・アウゲ・ゴッテス》〉のソファに座っているときだった。モーツァルトはぴょんと立ち上がり、部屋の中をぐるぐる歩き始めた。いつものように両手で宙をかきまわしながら。まるで蠅をつかまえようとしているみたいだった。そして頭を掻いて髪をくしゃくしゃにした。それから不意にクラヴィーアの前に座るとアリアを弾いてみせた。オスミン[*39]のアリアだった。彼は澄んだ声でバスのパートを模倣し、ふたりはともに笑い転げた。モーツァルトはコンスタンツェを抱きしめ、キスをした。ゾフィーが入ってきて、面食らった態《てい》でその場に立ちすくんだ。

あのころモーツァルトが語ってくれたこと、それは父親への手紙にも書いていた。それを読もう。でも、いますぐじゃない。いま、コンスタンツェはもうこれ以上立っていようという気がしなかった。足が痛い[*40]。

彼女は手紙を封筒に戻した。便箋が一枚ひっかかった。手紙を引き出す。どうして入らないのか、この紙全部がすっかりこの中に納まっていたというのに。いま片手で自分のからだを支えるのに精いっぱいで、これほどまでコンスタンツェはぶきっちょになってしまっていたのだ。

「ねえ、何を探しているの?」

コンスタンツェは驚いて振り向いた。バランスを失って転びそうになったが、すんでのところで机につかまってこらえた。

顔が真っ赤だった。ゾフィーは外科医をよんで瀉血[*41]してもらったほうがいいと強くすすめた。血の流れがこんなふうに詰まるときは、いくら用心しても、し足りないのだから……。

この馬鹿なおしゃべり女を追っ払って、と叫びたいくらいだったが、何とか文句を呑み込んでコンスタンツェはつぶやくような言い方で頼んだ。

「それよか、手を貸してよ。封筒の、ほらここに、何かつっかえてるのよ」

「またぞろむかしの手紙を出して読んでたの？　興奮するとからだにさわるわよ。わかってるでしょう、最近そんなことをしたとき……」ゾフィーは手紙を取り上げ、小声で読んだ。「このいたずらっ子を想像してごらん……」

「しまうのを手伝ってといったのよ。朗読じゃなくって」

「きょうはご機嫌ななめなのね」

「そんなことないわよ」

ゾフィーは短いため息を漏らした。

コンスタンツェに何か耐えられないものがあるとしたら、それはうやうやしさを示すこのゾフィーの嘆息だった。

ゾフィーは必要以上に大仰な動作で手紙をたたんだ。あたかもこれ以上、金輪際読む気がないといわんばかりに。便箋は、至極ごもっともと返答するように封筒の中に滑べり込んで姿をくらました。

「きょうはもともと墓地に行くつもりだったのよ」と、コンスタンツェ。

「大丈夫なの、そんなに具合がいいの？　肌寒いわよ」

「しばらくはそうよ。暖かくなるまで時間がかかるわ。まだ半年はね」

「もちろんそうだけど」

ふたりは同時に笑い出した。ゾフィーはむかしと何ひとつ変わっていない。くくっと抑えた笑いっぷりが他人に笑いを伝染《うつ》すのであった。ゾフィーは窓辺へ歩み寄り、窓を開けると片手を伸ばし、外に差し出した。

雨もよいの大気が薫った。


コンスタンツェは階段の手すりにしがみついていた。階段を下りるのはずいぶんまえから危なっかしく、ひと仕事になっていた。しかしつとめて足をしっかり踏みしめて歩くように心がけていた。年寄り女のよろよろぺたぺたした歩き方がいやだった。あれはぞっとする。ゾフィーは一段先を下りていて、姉を気遣って何度も振り返った。老いためんどりみたいだ。妹のうなじはまさに老いためんどりのそれであり、翼があれば羽ばたいていきそうにみえた。

姉妹は建物の外に出た。舗道はまだ雨で濡れている。ちっちゃな男の子が水たまりを棒でたたいていた。水しぶきが上がって、きらきら光った。その子はますます力をこめて水面を打った。真剣そのもの、注意深げな顔をしている。ズボンも靴下もすっかり水に濡れて黒ずんでいた。猫が一匹、どこからだろう、ぽろんと落ちて飛び出してきた。その小さな生き物は、一歩進むとその踏み出した前の足をふるわせ、続く一歩でも、また踏み出したほうの足をふるわせ、そうやって一歩ごとにゆすりゆすりしながら広場を横切っていった。

　ユーデンガッセ[*42]には大勢のひとがひしめいていた。あちこちで帽子を取っては姉妹にうやうやしく挨拶を送ってくるひとたちがみられた。

「一歩と歩かないうちに誰かに挨拶しなくちゃならないなんて、面倒だこと」とつぶやきながらも、コンスタンツェは愛想よくうなずいていた。ゾフィーは消え入るようなか細い笑みを浮かべて歩いた。挨拶してくれるひとのなかには感謝すべきひともいるのだから、多少のわずらわしさは我慢するしかない。

　陽光は街を暖めるほどではなかったが、街じゅうを黄金色《きんいろ》に染めあげていた。窓という窓がぴかぴか光り、雨のなごりで街灯にくっついたままふるえている大粒の雫がきらめき、建物の扉の上を飾る聖母の冠も照り映えていた。ヴォールト[*43]へ通じる門扉は開け放たれていた。コンスタンツェがひとりごちた。ハーゲナウアー[20]特選品商会でちょっと買い物をしなければ、と。

「あす、ルイーゼが買いに行くわよ。どうしてまた、回り道などしようというの。そんなことしたら、また足が痛むわよ」

　コンスタンツェは杖でちょっと強く舗道を打った。「わたしにはわかってるのよ。何をしているかは」

　ふたりはさらに歩を進めてゲトライデガッセに入った。ここは何て狭苦しいのだろう。あのきれいな、開けた広場、自分たちが住む建物の前の広場とは比べものにならない。ふと見上げると建物二階の住居部分の窓が開いたままになっていた。ノヴェッロ[21]一家があそこに越してこなくて残念だったわ。礼儀正しいひとたちだった。あのひとたちと日々を過ごせたら素敵だったろう。わざわざイギリスからやってきたのだ。モーツァルト巡礼に。そういっていた。そう、そしてコンスタンツェが数々のゆかりの品を披露すると、それらを手に取って触れてみたノヴェッロ氏の畏《おそ》れおののきようといったらなかった。手紙、肖像画、インク壺[*44]。まるで聖遺物[*45]のように。感激のあまりその場にくずおれそうになって。ところが彼は、音楽家として、また出版人として、ロンドンの名士なのであった。彼のモーツァルト作品への精通ぶりは見事だった。個々の曲が何調で書かれているかを知っていたし、まるで自分の書いた作品のように主旋律を口ずさむこともした。モーツァルトにまつわるすべてに興味をいだき、何もかもを知りたがった。しかし、彼は不快な質問を差しはさんだりはしなかった。とても慎重で、また彼女に対してもとても敬意を払ってくれた。モーツァルトの巻き毛の一房をプレゼントすると[*46]、彼は微動だにせずその場に立ちすくんだ。涙がとめどなくその目から溢れて、お礼の言葉をいえるようになるまでだいぶ時間がかかった。それから彼はおもむろに首のスカーフから金のタイピンをはずし、表敬訪問のしるしにこれを受け取ってはくれまいか、と申し出た。ノヴェッロ氏の妻と思えた人物は、恋人だったのかもしれない。ノヴェッロ氏よりずいぶん若いひとだった。恋人か、あるいは娘か。その女性はコンスタンツェに近づくと、こころをこめて抱擁し、涙を流した。コンスタンツェ自身も泣かずにはいられなくなった。何という奇妙なこと。見も知らぬ女性を腕に抱いて涙をこぼすなんて。しかもイギリス女性を。

あれからもう何年経ったのだろう？　十年以上前なのは確かだ。ナンネル[22、*47]が亡くなったのと同じ年の出来事だったのだから。

「気分が悪いの？」

「どうして？」

「だって、前に進もうとしないから」

「なぜわたしが気分が悪くなるのよ？　ただちょっと思い出したことがあったのよ――ノヴェッロ夫妻をおぼえてる？」

「もちろんだわ。ロンドンからやってきた指揮者と奥様ね。ヴォーヴィと同じときにここに滞在したのよ。おふたりとも優雅な雰囲気で。奥様は十一人も子供がいるようにはみえなかったわ」ゾフィーはしゃべり出すと止まらなくなるのであった。次々と取るに足らないこまごましたことを思い出した。たとえばこうだ。メアリー・ノヴェッロは緑の服を着ていた、その服のえりぐりのレースがすばらしかった、トルコ製の上等なショールを羽織っていた、ああいうショールを自分もほしいと思っていたのだが手の届く代物ではなかった。そんなことあんなこと。

　ふたりはゆっくりとリンツァーガッセ[*48]を登っていった。傾斜はごくわずかでも、坂は坂であった。そしてふたりにはじゅうぶん時間がある。こんなふうに外を歩くのは気分がよかった。動いたおかげで節々に感じていた冷感《ひえこみ》が消え去った。

　十年前ではない。十二年前だ。ノヴェッロ夫妻がここにやってきたのは。一八二九年だ。

　ヴィンセント・ノヴェッロから譲り受けたタイピンはコンスタンツェのペンダントヘッドになった。そういう形に変えて使わせていただくと申し出ると、ノヴェッロ氏は喜び、自分にとって特別な栄誉に感じると言葉を添えた。奥方は愛情深げに夫をみつめ、コンスタンツェに握手を求めたのだった。

「ねえ」と、ゾフィーが話しかけてくる。「わたしは何度も思ったのよ。あのひとはあなたに恋をしたのではないかしらと」

「気でも狂ったの？　あのひとはわたしより十二も若かったのよ」

「それが何なの」ゾフィーの口もとがぴくぴくした。「だってね――愛はどこに芽生えるかわからないものよ。カールを考えてみて」

なるほど結構。いまはカールのことは考えたくなかった。息子と、ひどく年上の女性との不幸な愛のことは。不幸な？　そう、不幸なのだ、女のほうが青年の気持ちに応えてしまったから。あの女さえいなければ、カールはおそらくヴィーンに出て、成功したのだ。しただろうか？

誰があの子をリヴォルノ[*49]にやったの？　と、コンスタンツェは自問した。あんた自身がカールをそこに送り込んだんじゃない。そのためにああなって。

ゾフィーが話を戻した。明らかに感づいたようだ、まずいことをいったと。不気味としかいいようがないほど、妹にはコンスタンツェの考えを読む才能があった。とにかく、少なくとも危ない場所に入り込んでいるというのがわかるのであった。ゾフィーはどんな争いにも譲歩した。従順なたちだからというわけではなく（それもあったが）、ひとの不機嫌を受け容れることが、ゾフィーにとってこの世で与えられた使命だったのだから。

「でもね、わたしは思うの。あのひとはあなたに恋をしていたと。どうみてもほんの少しは。あのころ、ちょうどこの道をいくときにあのひとがあなたを支えていたのをおぼえていない？　誓っていうけど、当時、あなたの足どりはしっかりしていたのよ。それなのに。わたしはいつもみじめな小犬よろしく舌を出してはぁーはぁー息を切らし、うしろを駆けたわ。あなたの足に追いつくのは大変だった」

そう、コンスタンツェの歩みは軽快だった。踊るのが大好きだったから。モーツァルトとの最初の謝肉祭《カーニヴァル》……道化に扮した彼は素敵だった、見惚れたものだ。ヴァルトシュテッテン男爵夫人[23、*50]のところは特にすばらしく、とても居心地がよかった。言葉遣いにいちいち気を配る必要もない。コンスタンツェは夜っぴて踊った。踊りつづけた。モーツァルトの陽気さは頂点に達し、メヌエットに始まってコントルダンス、ドイツ舞曲からゆるやかなレントラーまで[*51]、完璧な振りを披露した。彼女は最初は当惑しながら彼に付き合い、それから次第に面白くなって、興奮にからだをほてらせ、最後は隅のほうにふたりしてどっと倒れ込むまで踊りまくったのであった。

「彼はまるで一歩たりともひとりで歩かせようとはしなかったわ、あなたを」と、ゾフィー。

「彼？　誰のこと？」

「あらまあ、わたしたち、いったい誰について話しているの？　もちろんノヴェッロよ。ほんとうに大丈夫、引き返さなくとも？」

「大丈夫よ。つまらないことをいわないで。ほんとうに怒るわよ」

「わかった、わかったわよ。あのひとたちが旅立つ前の日の夜のこと、おぼえてる？　わたしたち、モーナ[24]を連れて夫妻のホテルへ行ったわ。あなたはノヴェッロ氏にアリアの楽譜をプレゼントした……」

コンスタンツェはうなずいた。「〈アル・デシオ〉[*52]だったわ。モーツァルトがわたしに書いてくれたカデンツァ付きの、あれよ。彼の手書きの写しだった。あのひとたちにあれを気前よくあげてしまって、あとになって泣きたい気持ちだったわ。山のようにあった楽譜もほとんどもう残っていなかったのですもの。でもねえ、あのときはあのひとたちに贈らずにはいられなかったのよ。後日、わたしは思い悩んだわ。わたしがしていいことだったのかしら、楽譜はヴォーヴィのためにとっておくべきだったかしら、と。でも、とりかえしはつかない。やったことはやったこと」

「ノヴェッロ夫妻は楽譜を大切にしてくれるでしょう。ヴォーヴィはどっちみち子供がいないから、楽譜はどこにいってしまうかわからないわよ」

これは慰めかもしれなかった。だが誰に対する慰めにもなっていなかった。

姉妹はセバスティアン墓地[*53]につくと、張り出した石塀が日溜りをつくっているところを選んで腰をおろし、ひと休みした。夕陽がやさしかった。コンスタンツェは目を閉じた。

コンスタンツェはゾフィーやモーナといっしょに〈船〉[*54]へ向かう自分をみた。その船からノヴェッロ夫妻が降りてきた。それはある夏の、なまぬるい夕暮れだった。遠くで咲きほころぶ薔薇の香りが狭い小路にも流れてきていた。レストランの広間に足を踏み入れたとたん、ヴィンセント・ノヴェッロの飛びあがるのがみえた。氏はナプキンをひらひら床に舞わせると、大股でこちらへ近づいてきた。コンスタンツェの手をとり、うやうやしく口づけをした。ウエイトレスが食事を運んできた。ノヴェッロ氏は言葉も達者に許しを乞うた。こちらのご婦人方とお食事をご一緒できたらこのうえない光栄なのですが、と妻が申しておりまして。コンスタンツェはいまだかつて感じたことのない想いを味わった。それは、いまここ、このときが自分への貴重な贈り物である、という想いであった。王女様になったようだ。控え目に見積もっても王女様の気分だ、と当時思った。そして以後、このときの出会いを思い描くたびに同じ想いにふけった。

みんなでひとつのテーブルに着いて談笑した。むかしからの親友であるかのように。フランス語で。驚くほどうまくいった。たまにコンスタンツェは単語が出てこなかったけれども。ノヴェッロ氏がワインを一本もってこさせ、再会を期してグラスを上げた。メアリー・ノヴェッロはコンスタンツェの手を握り、この次までにドイツ語を習いおぼえると約束した。いろんなことをお尋ねしたいの、母国語でなければお答えになれないようなことを、と夫人は言い足した。ヴィンセントはロンドンの家の様子を説明し、どうかご自分のお家同様に思ってください、とほほえんだ。もしイギリスにおいでの機会があればそのときは、自分の望みでもあるが、ヴォーヴィをご同伴なされてきてはいかがか。きっとロンドンでたくさんの有益な友人ができるでしょう。何といっても彼は素晴らしい青年なのだから。こもごも話しながら、同じ話題にみんなで笑って、自分たちの気の合いようを確かめあった。そうこうするうちに、はたと気がついた。いま何時だろう。コンスタンツェは別れをつらく感じた。二週間前にはこのひとたちをまだ全然知らなかった。それなのにいまではもうこんなに親しさに満ちあふれた間柄になっている。ニッセンが他界して以来、他人といてこうも心地よくつろいだことはなかった。だがしかし、もう辞去すべき時間である。

ノヴェッロ氏はお宅までお送りします、と言い張った。コンスタンツェはそれらしく思われるような断りの言葉を並べた。それには及びませんわ、私たちは三人だし、あなたはあすの朝早く馬車に乗ってお帰りになる身なのだから。相手を説得しようと、こうも言い添えた。あなたにお手間をとらせたくないのよ、それに今夜は何て明るいんでしょう。月が照ってるわ。

ノヴェッロ氏は彼女の前に身をかがめ、辞儀を述べた。今宵のような機会に恵まれることはそうありますまい。あるご婦人とご一緒するのがこころから楽しく、しかもそのかたがモーツァルトと人生を分かち合った女性であるなんて。

それでコンスタンツェはノヴェッロ氏の腕をとった。のちに氏はそれをこう書いたはずだ。「とてもこころをこめて……まるで私がかの女《ひと》自身の弟であるごとく」*55。歩き始めてみるとコンスタンツェは何度かつんのめった。振り向いてその場をみたが、そこには何も人をつまずかせるようなものはなかった。ノヴェッロ氏がすかさずさとした。ほら、おわかりになったでしょう、強い腕の支えがあるとどんなによいか。ああ、もちろんですとも。強い腕を支えにもつのは何てよいことでしょう。ニッセンが死んでからというもの、長いことずっと心細かった。あのひとも、最初のときからわたしに強くてたくましい腕を差し伸べてくれた。破綻寸前の経済状態を立て直してくれた。通信事務に手を貸してくれた。出版社へ手紙を出し、しっかりした調子でこちらの筋を通すのはむずかしい仕事だった。なにせあの連中ときたらことごとくが、未亡人相手なら好き勝手ができると思っていたのだから。ニッセンは正書法[56]のチェックもしてくれた。それは必要以上に切望したことでもあった。あのころ、自分の書き間違いの多さに歯がゆい思いをしていたのだ。何よりありがたかったのは、ニッセンが子供たちへの責任を引き受け、ヴォーヴィの勉強をみてくれたことだ。それは必要だった。あの子は頭が悪いわけではないけれど、怠け者だったから。ニッセン自身は子をもたなかった。よい父親になれたであろうものを。

何を馬鹿なことを。ニッセンはよい父親だった。彼女とモーツァルトの子供たちにとって。それはカールもヴォーヴィも否定しない。深い感謝の念とともに認めていることだ。

〈ゲオルク・ニーコラウス・フォン・ニッセン、デンマーク王国財政顧問官、ダンネブローク騎士団[57]の騎士〉と、彼女は墓石に刻ませた。そしてその下に、〈モーツァルト未亡人の夫〉と。

「ここのこの書きようでは」ゾフィーが口に出す。「財政顧問官はあまり重要じゃないのね」

コンスタンツェはしぶしぶうなずいた。またこれだ。ものごとを引っかき回す、ゾフィーの特殊な能力ね。コンスタンツェは半ば無意識にこれを聞き流した。

だが、その通り。ほんとうにその通りだ。モーツァルト未亡人の夫であること、それがニッセンの人生において最も重要な事柄だった。モーツァルト伝の執筆はライフワークであり、完成まで鋭意それに従事すること、いよいよ根気強くますます頑固であった。あたかも自分にはじゅうぶんな時間が残っていないと知っている人間のように。誰のためにあのすべてを書いたのだろう！　どんな些細なことも彼には大切だった。普段はとても忍耐強いのに、ことモーツァルトとなると、自分の質問に満足のいく答えが返ってこないとき、ニッセンはコンスタンツェに対して少しずついらだちをあらわにしてくるのであった。

はかりしれない労苦だったに違いない。途方もない量の紙の山を、たったひとりで分類したのだ。紙束は至る所に積んであり、引っ越しのたびにぐしゃぐしゃになっていた。

〈モーツァルト未亡人の夫〉

墓碑銘の注文のとき、彼女はまだ夫の死にうろたえていて、ニッセンの産声をあげた都市《まち》の名前を誤ったほどだった。ハーダースレーベン[*58]をハルデンスレーベンと書き損じたのである。でも重要なのは〈モーツァルト未亡人〉のほうであった。コンスタンツェ（旧姓ヴェーバー、モーツァルトの寡婦）の夫、というよりはるかにしっくりくるではないか。

彼にとって彼女はコンスタンツェだったのか？　もちろんそうだ。けれども、それより先に、自分の崇拝する男の未亡人だった。彼が彼女に接するときの情愛深い態度は、常に死者にも向けられたそれであった。彼女の腕のなかにあっても、彼はそのひとを捜し求めていたのだ。

いや、不平をかこつつもりはない。

ニッセン以上の夫を望むのは不可能だったと思う。あらゆる点に関して。

彼はいかに彼女の評判に気配りをみせたか。モーツァルトの手紙で、あまりに内々のことと感じられる箇所は、判読できないように塗りつぶしたのだから。それでいながら、ニッセンは主張したものだ。後世の人びとはモーツァルトに関するすべてを知る権利がある、と。すべて、ですって。時折、コンスタンツェは抹消された箇所を思って心が痛んだ。後世のためではない。後世なんてまるっきり気にもかけていなかった。それは彼女にとって、自分が誕生する以前の世界同様、想像しがたいものであった。自分自身のためにこころが痛んだ。ちょうど抹消されたその部分、そこにこそ、何かモーツァルトらしさが、その笑い、その上機嫌、そのユーモアが感じられたのである。彼女の知っていたそのひとが、そこにこそあったのだ。音楽を書いた彼、その音楽を評して多くの識者が不滅の作品だという、音楽家としての彼については、コンスタンツェはわずかなことしか知らなかった。彼について書かれた数多くのものを読むとき、彼女はそれが自分の腕のなかに抱き取っていた男のことだとはどうしても信じられなかった。

この十二月で、モーツァルトがこの世を去ってから五十年になる。彼は遠くにいってしまった。しかし、その死の直後に出現した遠さ以上に遠ざかってしまったわけではない。奇妙なものだ。モーツァルトに関していわれたこと、書かれたことの総体が、いっそう彼を見知らぬ人間に仕立て上げてしまう。彼本人のことが思い出せなくなるほどの違和感をもたせる。その名前で自分がよばれるのが不思議な気がしたのである。コンスタンツェをふたたびモーツァルトに近づけたのは、ニッセンのくだくだしいほどの質問であった。最初は、その質問が最後の最後まで残った想い出にまで蓋をしてしまうように感じたものだ。ニッセンの問いかけは執拗で、同時に慎重だった。ニッセンの死とともに問いかけはようやくやんだ。それは時にコンスタンツェを尻込みさせたいつ終わるともしれない質問攻めであったが、いざなくなってしまうと淋しかった。そして感じ始めていた。問いかけとそれへの応答は、ニッセンにとってはいうまでもなく大事なことだったが、彼女にとっても等しく大切なことだったのだ、と。

そのころからモーツァルトの夢をみるようになった。彼は直接その場にいるわけではない。いましがた部屋を出ていったばかりで、インク壺の羽根ペンがふるえている。ものすごい勢いでドアを閉めて行ったからだ。でも、次の瞬間には戻ってくるはずであった。

「五十年忌には教会で厳粛に追悼ミサを献げるわ」コンスタンツェは自分にいいきかせるように断言した。「ヴォーヴィがまたレクイエムの指揮[*59]をしてくれるとうれしいのだけれど」

ゾフィーがこくりとうなずいた。「いつも背筋がぞくっとするわ。あのレクイエムを思っただけで」

「いまではあれもヴァルゼック伯爵[25]の下僕にすぎなかったとわかっているわ」

もちろん知っているわ。ヴァルゼック伯爵があの『レクイエム』を注文し、自分の作品として買い取るつもりだったのは、と、ゾフィーは応じた。だからといって何かがはっきりしたわけではないわ。コンスタンツェ、あなた自身もいっていたわよ。プラーハに旅立つとき、あの灰色の男がそこに立っているのが目に入り、一瞬身も凍るようだった、と。ひょっとしたらあの男は実際、伯爵の下僕だったかもしれない。あるいは、その姿を借りた何者かだったかもしれない。確かめようがないわ。

ゾフィーはショールを肩から胸へ深々と巻きなおした。結局、彼女が体験したのは自分では説明のつかない何かだった。そのことをゾフィーは手紙にしたためて送っていた。いまでは故人となったコンスタンツェの夫、最良の義兄に宛てて[*61]。

コンスタンツェはうなずいて、はっきり思い出すわ、と妹に同意を示したが、ゾフィーはもう抑えがきかなくなっていた。けさはずっと、あの日のことを考えずにはいられなかった、とゾフィーは続けた。何もかもがありありと目の前に、いえ、いまこうしてラウエンシュタインガッセを行くと、ひときわ鮮明に迫ってくるのよ。路傍の石の一つひとつが妹にはみえるらしかった。歩いてきたとき、建物の陰に隠れて用心深くこちらをうかがっていた猫も、パン籠を背負ったパン屋の小僧も、踏み減らされた階段の五段目のくぼみも。

「それは四段目だわよ」

いいえ、五段目よ。ちゃんとおぼえている。だって、足を滑らせて思わず手すりにつかまったのだもの。それで振り向いて思ったのよ。危うく事故になるところだったわ、下りて五段目で、って。

コンスタンツェは反論しなかった。するとゾフィーは気遣わしげに横目で姉をうかがいみた。

「寒いの？　うちへ戻りたい？」

いやいや、家へ戻る気はなかった。斜めからの陽射しが明るい線を描いて芝生に落ちていた。鳥が群れをなして墓地の上空を飛んでいく。コンスタンツェはそれが何という鳥なのか知らなかった。知っていたらよかったのに、と思った。いまだかつて鳥のたぐいに興味をもったことがないのに、そんな想いが湧いて出た。かたわらのゾフィーはしゃべり続けた。あのときどんなに駆けに駆けたことか。息をぜいぜい切らして住いの前に立ったけれど、何を目にするかと思うと不安でなかなかドアをノックできなかったわ。明かりの話があって以来[*62]希望をもっていなかったの。姉さんには是非、理解してほしいの。この話をするのに、なぜこれほど待たせてしまったのかを。姉さんのこころを掻き乱すことを恐れたのよ。死んだモーツァルトの上に身を投げ出して悲しんだとき、わたしはまるで感覚がないようだった。ヴォーヴィがベッドでひどく泣いていた。でも、わたしの耳は聞こえなかった。耳どころか目もはたらいていなかった。

コンスタンツェには一七九一年の十二月四日と五日[*63]の記憶が欠落していた。それに続く幾日かの記憶も消え去っていた。その日々については、ほかのひとたち、なかでもゾフィーが語ってくれたことを記憶にあてはめてつないでいるのだが、正しくない可能性もある。少なくともいくつかの点では事実と違うようである。というのも、たとえばゾフィーはこんなことを主張したりもする。モーツァルトの死の翌朝、群集がうちの前を泣きながら通り過ぎ、故人を悼《いた》んでいた。それは、普段の生活のほかの記憶と同じで、確かなことだ、と。コンスタンツェにしてみればそのようなことはなかったと断言できる。信頼できる証人がいるし、それに何より、自分とともに悲しんでくれるひとのあまりの少なさが、彼女のこころに絶望的な痛みを刻んだのだ。

しばらくのあいだ、あの最後の日々の経過はどうでもよかった。それらをはっきり思い出せたにしてもモーツァルトが戻ってくるわけではない。ぼんやりと残る二、三の記憶はあるにはあった。部屋への立ち入りを禁じた検死役の、あの警部。あの男は部屋じゅうをみて回り、遺産目録[*64]を作った。目に浮かぶ。警部はガラスの燭台を持ち上げ、それを危なっかしく机のへりに置いた。モーツァルトの白いラシャの上着にさわった冷たい手の男。青白い不健康そのものの顔をした男だった。その手をコンスタンツェに押しつけ握手を求めてきた。子供たちのことはあとかたもなく記憶から抜け落ちている。誰かがその場から連れ去ってくれていたのだろう[*65]。きょうになってみれば、もちろん自分自身の記憶がほしいと思う。でも、それはいっこうに甦ってはこない。ずいぶん長いあいだすっかり忘れ去ってしまっていたほかのことは記憶の淵に浮かんでくるというのに、あの一週間は消えたままなのだ。

「消えたのよ」と、ゾフィーは言い張った。「消えてしまった、あのランプの明かりは。まるで燃えたことなどなかったかのように。かすかなほむらの痕跡さえ灯芯には残っていなかったわ」これと同じことをそのまま、妹は生涯で一番長い手紙に書いている。それは二十年以上前、ニッセンがあの日の一部始終を教えてくれと乞うたときに応えた直筆の手紙である[*66]。

書き遺されてしまったもの、それは永遠のなかに固定されてしまうのだろうか。もう訂正のきかない記憶として？　あるいは、まるで石になってしまったかのように？　それこそが真実でなければならないのだ、なぜならそう書かれているではないか、というように？　しかし本音のところはどうなのだろう？　真実が実際のところはどうだったかというのはどうでもよいことなのだろうか？

「キッチンには絶対風はなかったのよ、誓ってもいいわ」ゾフィーはいいつのる。彼女は焔を上げて燃えさかるランプをみつめて思った。モーツァルトの様子が知りたいな、と。そう思ってランプに目をやったら、それは忽然《こつぜん》と、消えてしまっていたのである。

確かにほんとうだったのよ、とゾフィー。

コンスタンツェはうなずいて、認めた。

ひょっとして自分がバーデンに行っていなかったら。でも、ヴォーヴィを出産してかなり弱っていた。妻の健康を気遣ってバーデン行きをすすめたのはあのひとなのだ。それがいま、彼女は八十歳に手が届こうとしている！　まるで悪い冗談としか思えない。モーツァルトの妻は一度たりとも病気などではなく、ただただ自分の悦楽のためにバーデンに行っていたのだ、と噂した連中がいたが、正しいのはあの連中のほうであるとあたかも天が認めるようではないか。

「部屋に入ったら義兄《にい》さんはすぐわたしを認めてこう呼びかけたわ。『やあ、ゾフィー、よかったよ、きみがここにきてくれて！　今晩はここにいておくれ！　ぼくが死ぬのを見届けなけりゃいけないよ！』って」

ゾフィーは両腕を胸の前で交差させて自分を抱きしめ、雲の彼方、黄金色《こがね》に縁取られた場所を、そこから何かが読み取れでもするかのように見上げた。

「わたしは気を確かにしていようと懸命だったわ。そして義兄《にい》さんを励まそうとした。けれども、何をいっても、こう答えが返ってくるだけだった。『ぼくの舌はもう死を味わっているんだ。それに誰がぼくの愛しいコンスタンツェの味方になってくれるんだい、きみがここにいてくれなかったら？』ってね[*67]」

故意にそういう響きをもたせているのか、それとも単なる思い込みなのか。コンスタンツェには妹がモーツァルトの死について話すときはいつも、法律上自分にしか所有できない何かを、寛大にも姉に分け与えている、という感じがしてならなかった。でも、実際、妹はまさにコンスタンツェのそばにいてくれた。自分の夫がニッセンと同じ日に亡くなったとき[*68]でさえ、妹はできる限り急いでスロヴェニアからザルツブルクへ駆けつけてくれたのであった。いい妹なのだ。最上の妹である。いい加減、口をつぐんでさえくれれば。

「遺言状であなたにあの大きな壁掛け時計を贈ることにしたわ。八日間動くのよ」と、コンスタンツェ。「のちのちには子供たちの所有物《もの》になるでしょうけど」

ゾフィーが話し終えていなかったのは明らかだった。話の腰を折られて腹を立てるべきか、姉の遺贈[*69]の気持ちに感謝すべきか、こころが揺れている。この年齢《とし》になっても妹は考えをすぐ顔に出した。七十六歳近くまで生きてきて、いまだに本心を隠す処世の術を学んでいない。

「わたしの服も肌着もあなたのものよ。それにキッチンにあるものも全部。遺贈の書類はもってるわね。カールとヴォーヴィがわたしの指示通りに処分すると信じてはいるけれど、何か書いたものを持っておいて損はないはずよ」

「コンスタンツェったら。あなたよりもわたしが長生きするって誰が決めたの？　あなたがそんなことをいいだすと、ひどく不安になるわ」

ゾフィーはコンスタンツェの手を取ったが、感謝の言葉は口にしなかった。

「あなたは年下だもの。四歳若いのよ。それに何度も妊娠や出産をして、からだをいためつけたわけじゃなし」

コンスタンツェはゾフィーの正面に向きなおった。

妹は表情をかげらせ、両の目に涙をにじませた。彼女にとって子供に恵まれなかったという現実は、大きな苦悩であった。妹は知らないのだ。わが子といえども、孤独を前にしては何の防ぎにもならないことを。

ゾフィーは深くため息をついた。

コンスタンツェは痛風の指を伸ばせるだけ伸ばしてみた。親指と人差し指は開くことも閉じることもままならなかった。そんな自分の手を観察した。以前に比べて静脈が浮き出てきていた。ほら、ここに新しい茶色のしみがある。

モーツァルトの手は美しかった。女性のようにきゃしゃな手だった。彼がいかに力強くコントラバスを弾くか、その手からみてとれるひとはいなかった。

「おうちへ帰りましょうか?」ゾフィーが聞く。「あなたったら寒いと思うの」

「あなたが冷えてくると、わたしはいつも寒くならなくちゃ駄目なのね。考えてもご覧なさい。わたしたち、これから何回こんなふうに戸外に座っていられるものか」

ゾフィーはうなだれた。

コンスタンツェは杖のさきで砂利をつついた。

ヴォーヴィはやりきれないほど長いあいだ安否を知らせてこない。最後に訪ねてきたとき、息子をみていると気が滅入った。誰にもみられていないと思うと、ヴォーヴィの口元はだらんとゆるんで、細面の端正な顔立ちにすぐに一捌《ひとはけ》けの不機嫌の色がさした。顔の輪郭もそろそろ崩れ始めていた。息子の動きには疲れがみえた。まるで、自分のやることはすべて無駄なのだ、駆けて駆けて、そうして結局辿り着かないのはとうにわかっている、といわんばかりであった。内面にみなぎるものがなく、あすへの関心もなかった。コンスタンツェは時折、息子が自分より老人のような気がした。ああ、でもこの子の始まりはおおいに将来を嘱望されていたのだ。偉大な男の息子という魔法で人びとを魅了したものだった。「みんな僕に多くを期待しすぎる」と、ヴォーヴィは愚痴ったことがある。「この名前がお荷物なんだ」。だが、その名前のおかげで息子の前に多くの扉が開いたのだ。

最後に会ったとき、ヴォーヴィはもうユースティンカ[*70]について話さなかったし、コンスタンツェも聞きはしなかった。おかしな話だ。息子がふたりとも年上の女性を愛するなんて。しかも既婚の女性を。いったい何年経ったかしら、カールの娘[*71]が死んでから？　ミラノにカールを訪ねた際、一度だけコンスタンツェは孫娘を腕に抱いた。オーストリア＝ハンガリー帝室兼王室[*72]の会計代理役の官吏だという息子は、見知らぬ男だった。カールが娘に自分の名をつけてくれたのには、コンスタンツェは感激した。この息子を商人の丁稚《でっち》にしたのは失敗だったかもしれない。あえて兄弟間で優劣をつけるとすれば、カールのほうがすぐれたクラヴィーア奏者だとヴォーヴィは明言していた。

　孫たちの成長を見守ることができたらすばらしかったろう。息子たちさえろくにみてやれなかった。モーツァルトの死後間もなく、ヴァン・スヴィーテン[26]がカールをプラーハに連れていくことが決まって、息子がよく面倒をみてもらえるとわかっていたのでコンスタンツェは喜んだ。自分の決断が受け入れられたのがうれしかった。ヴァン・スヴィーテンは分別のある人物だったから。誰あろうこのひとでなく、ほかの人物《ひと》に息子を託せただろうか？　その五年後、ヴォーヴィもプラーハへ、ドゥーシェク家に預けられた。

　ヨゼーファ・ドゥーシェク[27]に対しては嫉妬したものだ。モーツァルトは小間使いや女中に好んでちょっかいを出し、ふざけ回ったものだが、そういうことへの嫉妬とは全く違った——そんなものではない嫉妬だった。ヨゼーファ・ドゥーシェクは、美しい、自信に溢れた、成功をわがものにした女性であった。そのひとのために夫は『私のうるわしい恋人よさようなら』[*73]を書いた。また『ああ、私は前からそのことを知っていたの』[*74]も作曲した。どんな女性でもヨゼーファ・ドゥーシェクのかたわらでは精彩がなかった。彼女は常に喝采の的、あらゆる円居《まどい》の中心であった。

本来、彼女には感謝してしかるべきなのに、とコンスタンツェは思う。あのひとは多くのことに手を差し伸べてくれた。モーツァルトのために。子供たちのために。わたしのことだっていつも手厚くもてなしてくれたのだから。

ヒロイン役というものは、ひとたび舞台に立ってしまえば、たといその舞台が居間の一部屋であったにせよ、その女性は美しくなる。容貌にはかかわりなく。あのカヴァリエーリ[28]だって、隻眼《せきがん》で、ほんとうに不細工で、誰もが認める醜女《しこめ》のあの女だって、コンスタンツェ[*75]に扮して舞台に立ったときは説得力があった。男がふたり、彼女に恋い焦がれてやつれるという筋を信じさせた。妙なものだ。

拍手喝采の嵐を浴びる。と、それは女にとってこのうえない効果抜群の化粧品に変質した。最高の香油も染め粉もおしろいもかなわなかった。女に限った話ではない。プラーハの『フィガロ』ですこぶるつきの成功を勝ち得たとき、モーツァルトは大きくなった。気安く肩をたたいて祝福されるだけの人間ではなく、人々が手を伸ばして握手を乞う作曲家に変貌した。

「きょうはニッセンに花をもってこなかったわ」コンスタンツェはぼそりとつぶやいた。

こうやってニッセンの墓のかたわらに座って、モーツァルトのことを思っていた。ニーコラウスは不愉快には思わないだろう。ニッセンはたびたび彼女に強いたものだ、どんな些細な出来事だってかまわないから思い出せ、と。どんなことでも、モーツァルトが口にしたこと、あるいは自分がいったことを思い出せ、と。その出来事が起きたのは、いつだった？　ニッセンは決まって聞いた。それも繰り返し。でも彼女は答えられなかった。もう、日時も年月も頭のなかからきれいさっぱり消え去っている。ひとつの出来事が粥《かゆ》状の記憶のなかからそそり立ってくるなどということはほとんどなかった。そそり立ってくるものがあるとしても、それはしばしば語りえないこと、言葉という釘では固定できない、そんな思い出であった。わたしがあの青い服を着ていた時代よ、妊娠していたころのことだわ。結婚して九年経って六度目のお産のころ、といってもそれは正確な日付でも何でもない。どの子を妊娠していたときだったい、それは？　わからないわ。

いま、記憶の海にはしばしば島が浮上した。舞台のように明るく照らし出された島だった。そこで演じるのは自分とモーツァルト、また、時にはほかのひとたちも舞台に立った。でもコンスタンツェにはみなが何の芝居を演じているのか、いっこうにわからなかった。

たかぶってくる感情を涙で紛らせつつ彼女は思った。自分はモーツァルトを激しく非難したこともある。いまでものどがむずむずする。女をめぐってのとがめだてだったか？　あのひとの家族が原因だったか？　相手は弁解しなかった。相手は妻がくどくどいいつのるのをそのままにした。その態度がさらにコンスタンツェの燃える怒りに油を注ぎ、彼女は根拠のない有罪論告を展開するのだが、いつの間にかモーツァルトは妻の手を取り、目にキスをし、頬に接吻する。そして取るに足らないことをこまごま彼女の耳にささやいて、いさかいを笑い飛ばしてしまうようにもっていくのであった。ただそうはいっても、深刻な対立もないわけではなかった。

例の手紙がある。どうしてニッセンはあれを廃棄しなかったのだろう。あれほどコンスタンツェという存在に影がささないよう配慮してくれたのに。彼女もなぜ、自分でそれを燃やしてしまわなかったのか。ほかの何通かはそうしたのに？　なぜかわからなかった。何度も読んだ手紙なので、目の前にあるように思い出せた。

《きみには淋しがる原因なんて何もないよ――きみには、きみを愛し、きみのために何でもしようという男がいる――きみの足に関しては、ただ気長に我慢すればいいんだ。きっとよくなるからね――きみが楽しそうだと僕はほんとうにうれしい――全くそうさ――ただ、ひとつきみに望みたいことは、きみがときどき自分をおとしめるような態度をとるのをやめてほしいということだ――××君に対してきみはなれなれしすぎるよ……そう、××君とだってだ。彼がまだバーデンにいたとき——じっくり考えてみたまえ。××君たちにしても、おそらくきみよりねんごろにしている女性とつき合うときでも、きみに対するほどには無作法にはならないっていうことを。別の××君だって普段は礼儀正しくて、特に女性にはこころからの深い敬意をもって接する人間なのに、その彼だってきみの性向にそそのかされて、手紙についあけすけで破廉恥で愚かしい言葉を書き連ねてしまったに違いない……忘れないでいてほしい、いつかきみは僕に告白したことがあるよね、わたしったら誘惑に弱いのよ、って——その結果はどうなるか、わかるだろう——僕にしたあの約束も思い出してくれ——ああ！——そう努めてくれ、いとしいひとよ！——ほがらかに、楽しんで、僕に愛想よくしてくれよ——自分をそして僕をいたずらな嫉妬で苦しめないでくれ——僕の愛を信頼してほしい。きみはその証をもっているじゃないか！——僕たちがどんなに楽しく過ごせるかわかるだろう……あした、きみにこころからのキスを贈る。モーツァルト[*76]》

　ニッセンは名前のみを抹消した。そしてコンスタンツェにはもう誰と誰が問題になっているのかわからなくなっていた。ほんとうに知らない。ひとりはジュースマイヤー[29、*77]だろうか？　おそらく。では、ほかのもうひとりは？　こちらはもう想像することさえかなわなかった。この手紙を読むひとはみな、コンスタンツェは不実だった、と確信するに違いない。だってモーツァルトが求めたとき、コンスタンツェはそれに応えなかったのだから、と。モーツァルトの頭の中では幻滅と不安が渦巻いていたのにもかかわらず。なのになぜ、彼女にはおぼえがないのだろう？

　そうでなくとも、手紙なんか誰も読みたくなかったろう。伝記はさっぱり売れず、そこまでさんざんな結果は彼女だって予測できなかったくらいだ。まだ、三百部ほどうちに残っていた。ブライトコプフ・ウント・ヘルテル[30]やメケッティ[31]にはどれだけの在庫があるだろうか……シュリヒテグロル[32]にもだ。あのゴシップ書きで、大嘘つきの誹謗者。あの男は追悼の辞でずいぶん儲けたのだ。追悼の辞だって！　あれは死者への冒瀆だった。悪意のこもった卑劣な言辞だった。[*78]そしてあんなやつが教授で、宮廷顧問官、かつアカデミー会員というわけだ。だがそれに抗する手段はない。誰も他人を護ったりはしない。特に被害をこうむるのがただの女ならなおさらそうだ。モーツァルトだったら面と向かってあいつをののしったに違いない。それも、人前では口にするのもはばかられるような痛烈な言葉で。思い出すだに腹立たしい。コンスタンツェは怒りで爆発しそうになった。ご丁寧にもあいつに稼がせてやったようなものだ。あの不愉快な駄作を六百部も買い上げる羽目になった。廃棄するために、である。当時、その代金をほかのことに使ってもよかったのだが、そうはしなかった。ニーメチェク[33]、あのひとはいいひとだ。ヴォーヴィを父親の慈愛で包んでくれた人物《ひと》。彼はモーツァルトについて、ほどよい理解を示してくれた。そして、コンスタンツェに対しても。しかし、総じて伝記は悩みの種だった。みなモーツァルトの名声を食い物にしようとするだけで、自分のことしか考えていなかった。フォイエルシュタイン[34]だってしかりだ。ニッセンの仕事を引き継いで、伝記を完成させてほしいと、彼女が懇願した男だ。いったい出した手紙は何通になるのか。払った郵便代はいくらになるのか。あれほど骨を折って、時間と費用を費やして、一切が無駄な努力だったのだ。返事のひとつもきやしない。無礼千万極まりない。出版社も出版社である。金の請求には熱心だが、支払う気ははなからない。ニッセンの死後、連中は思ったのだ。彼女を手玉に取るなんてちょろいものさ、と。とんだお門違いだった。彼女がいつまでも小さなコンスタンツェで、何もわからない無邪気なねんねだと思い込んでいたようだ。思いたければそう思えばいい。彼らには勉強させてもらった。今はどうだ、彼女は貪欲だといわれている。ことにアンドレー[35、*79]がそういう。だがしかし、あの男は実際には一番いい商売をしたのだ。コンスタンツェが彼にオリジナルの手稿を売却したときに。あのときはもっと高額を要求すべきだったと思う。実にひどい話だ。『ドン・ジョヴァンニ』は各地で上演されている。アウクスブルクからザンクトペテルスブルク、ブリュンからブエノスアイレス、ノイシュトレリッツあるいはヴァイマールからシュトラースルントまたはレバルに至るまで。ところが彼女には一クロイツァーの実入りすらないのだ。

自分だけならまだしも。モーツァルト存命中の最後の年、彼の書いたオペラはすでにヨーロッパ全土で上演されていた。それなのにモーツァルトは借金の手紙を書かねばならなかったのだ。

ところでいまは、おかげさま、コンスタンツェは経済的に干上がってはいない。自分の利益を護ることが下品だというなら、彼女もまた下品なのだろう。コンスタンツェは下唇を前に突き出し気味にして、内心ほくそえんだ。ヴェーバー家の生まれで、しかもフリードリーン・ヴェーバー[36]の娘であってみれば、上品になんかなりっこないのだ。所詮、バス歌手としての収入と写譜や劇のプロンプターの仕事で二百グルデンを稼ぎ、それで妻と五人の子供を養っていた男の娘なのだ。お金がないという状態がどういうことか、いやというほどよくわかっていた。誰かがドアをノックする、その音を耳にするだけで不安になるのだ。外には債権者か大家《おおや》が清算を迫って立っているのではないか、と。コンスタンツェは貧困の苦さをたっぷり味わった。わずか一クロイツァーをめぐって、ひとがいかに陰険な争いをするかもみてきた。お金をもたずにお遣いにやられるのは、子供にとってどんなにぞっとすることかも知り尽くしている。砂糖かコーヒーのひと包みでももらえないかと期待して、店内をうろうろするのだ。周囲の鋭い視線にじっと耐えながら。確かに現在、彼女は裕福な暮らしをしている。だが、それだからといって不用心は許されない。これまでと同様、今後も見張り続ける必要があった。誰かに欺かれてひどい目にあわないように。自分の物は自分自身で護るしかないのだ。

結局、息子たちのことも考えざるをえない。あの子たちはびた銭さえも底が尽くまで、残らずお金を使い切ってしまうだろう。息子たちが何の頼りにもならないとは、恥ということになるか？　かつてヴォーヴィには非常に大きな希望を託した。しかしもう多くを期待はできない。こう思うとコンスタンツェは十字を切りたくなったが、ゾフィーが聞いてくるだろうから、こらえて頭のなかで十字を切った。才能がなかったからじゃない。断じて違う。あの子には天稟《てんぴん》があった。それは夫の仇敵サリエーリが認めたことだ[*80]。親愛なるパパハイドン[37]も太鼓判を捺した。ヴォーヴィに欠けていたのは、意欲と自分自身に対する信頼だった。一日中レッスンしなくちゃならない、と息子は不平をたれた。レッスンに身を入れたあとは何も残らず、自分の構想はみな壊れてしまう。自分には作曲のための時間と休息が必要なのだ、とも御託《ごたく》を並べた。コンスタンツェの思いはめぐる。種々雑多な制約にしばられた状況のもと、モーツァルトはいかに数多くの作品を書いたか、と……。

　息子たちはあのまま息子たちであり続けるだろう、たとい自分が百歳になっても。父親が死に母親が亡くなって久しい時が過ぎたとしても、それは変わらない。それがわかってしまっている、そのことがコンスタンツェにはどうにもたまらなかった。

　コンスタンツェは全く何も考えていなかった。そういうこともありうるだろう。ただただそこにぽつねんと座ったまま、紙切れが風に吹き上げられて芝草の上を舞っているさまを眺めていたのかもしれない。紙片は一度風に高く舞い上げられて、またひらひらと下へ落ちた。あるいはコンスタンツェは墓地の壁に埋め込まれた大理石の銘板を読んでいただけかもしれない。〈帝室兼王室の鉱山技官の幼い娘〉、〈地方裁判所判事の息子〉、〈帝室兼王室の中央税務会計係の未亡人〉、〈郵便局長の妻〉……そういう墓碑銘*81の数々を、単に機械的に。

地面から冷気が立ち上ってきた。コンスタンツェは寒さにふるえた。

「行きましょう」

いつものように拱廊《アーケード》*82と教会を通り抜ける帰路を選んだ。そしてテーオフラストス・ボンバストース・ホーエンハイム*83の墓碑の前で、一瞬立ち止まった。

「パラケルススみたいなひとを主治医にもつべきだったわ」と、ゾフィー。「あなたの痛風もわたしのリウマチ熱も治してくれたでしょうね」妹はさりげなさを装って、褐色がかった大理石に触れ渦巻き装飾模様《ヴォリュート》に片手を滑らした。コンスタンツェはそれをみてもとがめだてはしなかった。そんなことで少しでも伝説の男の生命力を引き出せると思ったら迷信よ、とは。ゾフィーはパラケルススの墓石に触れる。ルイーゼなら聖アントニウスの彫像の足に接吻するところだ。彼女自身はロザリオを握りしめる。*84ノヴェッロ夫妻は、白いハンカチで唇を丹念にぬぐってからモーツァルトの肖像画に口づけしたものだ。

姉妹は通りをゆっくり下っていった。夕暮れの空気は思いのほかなまぬるかった。街角で若い娘が花を売っていた。籠の薔薇は瑞々しい輝やきを発散していた。みめうるわしい男が、細心の注意を払って花束を選んでいる。「ねえ、バイエルン国王は記念像の除幕式に列席してくださるかしら？」ゾフィーはいつになく大きな声で聞いた。

コンスタンツェはそれは大丈夫だろうと踏んでいた。昨年、『ドン・ジョヴァンニ』のガラコンサートのとき、国王夫妻が自分のために豪華な席をととのえて歓迎してくれたこと[*85]を思えば。

「何を着ていくの？」

妹は何でまたいまからコンスタンツェが何を着ていくかを知っておかねばならないのか。そもそも記念像の建立がいつの季節になるのか、いまだに定かではないのである。

「新しい服を作らせるべきだわ。何か格別見栄えのいいのを」ゾフィーはそう提案すると、銅版画でみたパリモードの臙脂《えんじ》色の服について微に入り細にわたって描写し始めた。素晴らしく優美に作られたそで、首を細くみせる高えり、フリルが付いていて、肖像画のコンスタンツェの服と少し似ているけれど、でも全然違うタイプで。

「臙脂《えんじ》色の服ですって？　気でも狂ったの？　二度も未亡人になった女が着るもの？　第一、わたしの年齢《とし》じゃそれはもう似合わないわ」

問題は何か別のことなのだった。いつも何か別のことが引っかかっていた。姉妹はザルツァッハ[*86]に架かる橋の上に立ち、川の流れを見下ろした。波のひとつを目で追って、それが視界から消えると次の波を追った。川べりの樹木から落ちた大小の枝が橋脚にからまって鳥の巣のような形をつくり、そのあたりに小さな渦ができていた。

その流木の巣で何かが動いていた。ひらひらぱたぱた盛んに動いていたが、目を凝らしてみるとただのぼろぎれにすぎなかった。

姉妹がミヒャエル広場まで戻ったそのとき、教会の鐘が鳴り始めて、あたりの空気をふるわせた。

住いのある建物に辿り着くと、いつものことながらコンスタンツェは深い満足を覚えた。上にのぼる階段は、ほかの建物ではおおかた狭苦しく作られているのだが、ここではゆったりと広く、年寄りの弱った足でものぼりやすくなっているのでありがたい。

帰宅するとゾフィーは足を引きずってキッチンに向かった。妹は明らかに、自分がその場にいなくては駄目だ、ルイーゼには任せておけない、と思っていた。かたやルイーゼはルイーゼで、ゾフィーが手出しをして邪魔をする、そのせいで時間通りに食卓に食事が並ばないのだ、としょっちゅうこぼしていた。ところが、きょうはルイーゼがいない。今回は何だったたっけ？誰かの霊名の祝日なのだ。

コンスタンツェは肘掛け椅子に腰を下ろし、ニッセンの肖像画にうなずきかけた。ニッセンは自分をみていた。まじめな顔で、落ち着きはらって。赤い制服を着た姿。高い詰めえりが栄《は》えて、彼に似合っている。あのひとは人生のどんなときでも、うろたえることなく沈着冷静だった。コペンハーゲンで敵に包囲され、千門の大砲の集中砲撃を受けたときでもそうであった。ときどきあのひとは教師のようだった。厳しくて、公正で、情に篤い教師。とても感謝している。ニッセンのかたわらで、彼の力によって彼女は人びとから敬意を払われた。他人が自分をまともに取り上げてくれていると感じることができた。夫は誰もが忠告を求めにやってくるような人格者であった。人びとはその忠告に従った。夫が足を進めると、促すまでもなく使用人が彼の前に次々と扉を開けた。宿の亭主は最上の部屋に案内してくれて、清潔なテーブルクロスで食卓を覆ってくれた。ニッセンはそういうひとだった。コンスタンツェも妻としてそうしたすべてを享受した。夫の配慮は細やかでゆきとどいており、漏れがなかった。ニッセンは知っていた。彼女が息子カールからの連絡を待ちわびていることを。それがわかっていたからこそ、息子に、結婚のときの内祝いを母に送るようすすめたのである。彼女は偶然それを知った。何ていいひとなのか、ニーコラウス。ニッセンの抱擁はひたむきで、かばい護ろうとする情愛に溢れていた。あのひとが捨て鉢になったり、こころの平静さを失ったりしたさまは一度もみたことがない。

こういう夫をもてばよかったのよ、とコンスタンツェは義姉《あね》の肖像画に向かってつぶやいた。そうすればあなたも多分ああは不機嫌な女にならなかったでしょうに。派手な髪型でそこにちんまりと座っていても少しも幸せそうにはみえないわね。口元がわずかにゆがんでいるわ、知ったかぶりをするひとのように。それとも幻滅の表れなのかしら？　あなたにはそうなるありとあらゆる理由があったわ、マリーア・アンナ・モーツァルト。いつもよい娘でいるなんて面白いわけがないじゃない。なのにあなたは抵抗しなかった。おとなしかった、期待されたままに。父親が求めるままの演奏をした。そしてあなたが即興で弾き始めたとき、それはもうそれだけで〈大胆〉なことだった。あなたが愛した男[87]は、無一物だからと結婚が許されず、あなたが手に入れた男[88]は謹厳実直を絵に描いたような、小言ばかり並べる男で、先の二度の結婚で設けた五人の腕白《こぶ》付きだった。その子たちはあなたが家庭に入ってくるのを望まず、ひたすらあなたを怒らせてばかりいたわ。自分の子供もふたり、野辺送りをする羽目になった。何といっても娘のヨハンナはもう十六歳だった。マリーア・アンナ、あなたはその子を知っていた。どんなふうに笑い、どんなふうに話をする子かを。あなたはその子を年かさの継子《ままこ》たちから護り、娘の将来についてすでに思いをめぐらしていた……それがすべてついえてしまった。きょう、それを思うとこころが痛むというものよ。あなたは人生から何を得たのかしら？　最初は成功だったわ。蠟燭の無数の明かり、クリスタルガラス、金の縁どりの鏡できらめく広間にあなたはいた。絹服の紳士淑女は、あなたの演奏に喝采を贈ったものよ。小さな弟には及ばなかったけれども。マリーア・アンナ、あなたはすでに大人の年齢に近づいていたわ。十二歳ではもう、女帝陛下の膝に抱き上げられてキスをされることもなかった[*89]。だけどもそのころからあなたは下り坂だった。あるときはゆるゆると、あるときは転げ落ちる速さで、透きとおるようにベッドに横たわったきり、手を持ち上げることさえできなくなるまで衰運を辿った。あなたは失明しても援助の手さえ差し伸べられなかった。永遠に続くかと思う頭痛と、嘔吐してしまえばやっと一息つくようなひどい吐き気にさいなまれ、暗い部屋にこもりがちの日々だった。付き合うひとといったらあの厳しいパパだけよ。パパモーツァルトはあなたを愛していたわ。確かに。ひょっとしたら息子より愛していたのよ。でもあなたは彼にとってはただの娘にすぎなかった。わが子を通して名声を浴びようと思う彼にとって希望の星ではなかったのよ。完璧な娘ではあっても。そしてあなたは確かに完璧な娘になって、娘であり続けた。ナンネル、喜んであなたの友達になってあげたことよ。あなたはモーツァルトのお姉さまなのだから。わたしもお仲間になりたかった。ついにはどこかに属して、自分を恥じる必要もなく、ひたすら頭を下げて謝りながら歩かなくてすむようになりたかった。なのにわたしはいつも謝りどおしだったわ。部屋がちらかっている、母が誰彼なく白い目でみて冷たくする、椅子のカバーがみすぼらしく擦り切れている、テーブルクロスにしみがある、父の燕尾服のそでが着古していまにも破けそうになっている、ガラスのコップの縁が欠けている、そしてまた、父の仕打ちが偉そうに思いあがっている、などという理由で。わたしは隅っこにいる人間だったけれど、あなたはいつも真ん中にいた。あなたに会ってわたしがあなたをうらやんだのは、いうまでもないでしょう。わたしはあなたにボンネットを縫ってあげた。[*90]ひもに刺繍をし、ハートを矢が貫く飾りを付けたわ。はっきりいって値打ちのある代物ではなかったけれど、予算外の贈り物だった。マリーア・アンナ、あなたが味わわされたという世間からの冷遇は、わたしにはわからなかった。世の中はあなたに向かって、めくるめくきらめきでまたたいたかと思うと頭痛とともに砕け去った女だというわ。頭痛なんて、わたしは知らない。そんなもの無縁よ。わたしはただあなたの拒絶を感じただけ。冷淡さをね。それがどこからくるのか、わたしは考えようとしなかった。そして、わたしがわかろうとしたときはすでに遅すぎた。あなたはそのとき石になっていたもの。もしあなたがあのときわたしの同情を感じたなら、傷ついたでしょうね。あなたはわたしに対して尊大だったのよ。おわかり？　とうのはじめからあなたはわたしにつらい思いをさせた。あなたが部屋を横切っていったその態度。それがわたしを無意味な存在にしてしまったというわけ。あなたはとても厳しくて、何かを判断するのに迷いはなく、しかしも、もしもも、ないひとだった。それともあったのかしら？　わたしは知ってるわ。ヴォーヴィが病床のあなたを訪ねて、[*91]もう握り返す力もないその手をとって挨拶したとき、あなたがどれくらいうれしかったかを。あなたは弟を愛していた。それなのにどうして、モーツァルトが父親のいうことに耳を貸さなくなって以来、よそよそしくなってしまったの、[*92] 彼がわたしと結婚したせいなの？　あなたには、父と弟のふたりを、ともに選ぶわけにはいかなかったというわけ？

　わたしたちは同じ小さな街に住む、ふたりの老婆だった。年老いた女がふたり。どっちも孤独で、どっちもいまだに、それともふたたびというべきか、長い歳月を背にして、ひとりの男、あなたが連弾のクラヴィーアの鍵盤の上で知った男、そしてわたしがベッドの上で知った男、そのひとりの男をめぐって、わたしたちはそのまわりをぐるぐる回っていたというわけなのよ。

あら、失礼、ナンネル。でも、そうなのよ、わたしは彼を知ったの。それも彼の一部なのよ。取るに足らないことではないはずだわ。それでなの？　あなたがわたしを悪くとったのは？　でも、わたしはあのひとを自分の感性によっておとしめたりはしなかったわ、それはわかってよ！　音楽が彼のものであるのと同じように、そういう感性はヴォルフガングのものだった。あのひとの精神は清浄無垢というにはほど遠かった、それは認めるとして、でも、きれいなところだけでこういうオペラが書けると思う？　ほんとうにそう思うの？　ひょっとしたらあなたが態度を硬化させたのは、あれなのね、やりたいと思っていながらあなたには踏み切れなかったことをわたしたちがやってしまったからなのね。[*93] そう、わたしとヴォルフガングが愛し合いながら戦い、戦いながら愛するという目標に達したから、だからなのね。あなたは夫のいいなりだった。ああ、わかってるわ、いえばいいのよ、わたしは彼の愛に値しなかったって。わたしは愛されるに足る者じゃないわ。でも、いったい誰なら愛されるにじゅうぶんな資格があるというの？　誰がいうの、愛とは何か、と。混乱とは、青春とは、恋い慕う心情《こころね》とは？

ニッセンと結婚したからといって、わたしはモーツァルトに不実というわけではなかったわ。ああ、不実なんかじゃなかった。司祭の祝福を受ける前からニッセンと暮らしていたけれど。だったら年金を放棄すべきだったっていうの？　手持ちのお金だけでうまくやっていかなくちゃならない苦労はたっぷり味わったわよ。それだってニッセンの配慮がなければできなかったことよ。だけど、そんなやりくりの大変さをあなたは味わったこともなく、また知る必要もなかったのね？　あなたはどうして暮らしていたの？　どういたしまして、わたしはニッセンと関わったことでモーツァルトに不実ではなかった。むしろ逆に誠実だったいうべきよ。もしかりに自分でそう望んだにしても、わたしはモーツァルトを昼も夜も一瞬たりとも忘れられなかったことでしょう。

わたしたちがもう少し親しくしていたなら、多分あなたに打ち明けたと思うわ。まさに、あなたによ。でも、いつも口をぎゅっと結んだまま考えるしかないとしたら、むずかしいわね、思いを明確に捉えることは。多くのことは口に出していうべきなのよ、それで考えられるんだわ。わたしにもいまようやくそれがはっきりしたの。きょう、あなたにいえたから。あなたが聖ペーター教会の墓地に横たわってから十二年が過ぎ去ったあとのきょう、この日になって、はじめてぶちまけることができたのだから。あなたはわたしの家族と同じ墓地に埋葬されるのをいやがった。*94 わたしの安眠をそこで邪魔することにはならなかったわね。

コンスタンツェは立ち上がった。机をまさぐると捜し物がそこにあったので、それを手にして、よろよろと肘掛け椅子に戻った。足の痛みが急にひどくなった。

これをよく聞いてくださいね、マリーア・アンナ。《ヴォルフガングは小柄で細身、顔色は青白く、肉体や容貌に何も冴えたところはなかった。音楽を除けばあの子はずっと子供のままだった。そしてそれがあの子の性格の影の特徴だった。ヴォルフガングはいつまでも父を、母を、さもなければ後見人を必要とした。あの子はお金の管理ができず、父に逆らって自分にふさわしくない娘と結婚した。それゆえヴォルフガングの死にぎわ、そして死後も、家庭に生半可ではないごたごたが生じたのだった*95》

思い出して？　これはあなたが書いたのよ。わたしはあなたにひとくさり何かいってやるべきだったかしらね、マリーア・アンナ、ベルヒトルト・ツゥ・ゾンネンブルク男爵夫人？　わたしはヴォルフガングにふさわしくない娘で結構だわ。あのひとを理解しなかったかもしれない。でもね、あなただってあのひとをよくはわかっていなかったわ！　あのひとは子供じゃなかったわ。それにわたしの知る限り、彼は後見人には耐えられなかったわよ。かりにわたしがほかのことは何も知らないにしてもね。あのひとはおそらくどんなときも子供ではいられなかったのよ。どうやって子供らしくふるまえるっていうのよ、旅馬車に揺られ、サロンに招かれ、先へ先へと旅をせかされ、いつもまわりにぽかんと口を開けてみつめられ、まともにうちにいられもしないで？　ねえ、どうなのよ！　あなたたちは子供のままのヴォルフガングを手元に置きたかった、一生。ところが彼は共演するのを拒んだのよ。まだいえっていうの？　家庭のごたごたなんて、ごたいそうにいったって、あのひとにとっては、唇をゆがめ冷ややかな視線を投げてくる聴衆に比べれば、何ほどのやっかいもない、こころ乱されることではなかった。それにあのひとは自分でも混乱の片棒を担いでいて、それはわたしのせいじゃない。モーツァルトはただ音楽のなかにしか秩序を認めなかった。そして作品が完成すると、楽譜がそこいらじゅうに散らばったものよ。

　ああ、ナンネル。あなたの命日にはお花を墓前に供え、蠟燭を一本ともすわね。もし寛大な創造主がそれまでわたしを生かしておいてくれるならのお話だけどさ。その日はまだ四週間も先だわねえ。[＊96]

　主《しゅ》よ、彼女の哀れな魂を慈《いつく》しんでください。マリーアを迎え入れてやってください。「あした買い物に出かけたら、ゾフィー、聖ペーター教会でナンネルの追悼ミサを頼んできてちょうだい」

ゾフィーはうなずいた。妹はトレーにスープをのせて運んできて、コンスタンツェにこれでじゅうぶんかと、毎晩のように尋ねた。そして期待通りの答えを得る。「わたしたちくらいの年齢《とし》になったら、もうそんなに食べなくていいのよ」

「味はどうかしらね」ゾフィーがもごもご聞いてくる。「このスープ、亡くなったお母さんのレシピでこしらえてみたけれど、なかなかお母さんやヨゼーファ[38]のようにはいかなくて」

コンスタンツェはスプーンにすくったスープを吹いて冷まし、口に入れる前にほめた。「あら、とてもおいしいわよ」

姉妹は黙々とスープをすくい、口に運んだ。黄昏が広がって、あたりは薄暗くなっていた。

壁掛け時計が時を打った。その音にふたりしてびくっとした。

「変よねぇ」と、ゾフィーが口を開いた。「もう何年にもなるのに、ついまだフォルテにやる骨をどけておきたくなるの。これは下の玄関番のところのスピッツにもっていってやるわ。あの犬、またとてもおなかをすかせているようだったわ。フォルテをおぼえている?」

「当たり前よ。よく吠える犬だったわね。でも、かわいかった」

「それに賢かったこと!　わたしが外へ出る支度をするといつも興奮して踊り出しそうな感じだったわ。ところがわたしが祈祷書を手に取ると、あの子ったら扉と戸棚のすき間に這い込んで頭を壁のほうに向けると、金輪際こっちをみなかったのよ」

「多分あの子は自由思想の持ち主だったのよ」

ゾフィーはそれは邪推だときっぱりはねつける。

ふたりは常時ペットと暮らしてきた。犬のいない家はどこかむなしかった。家に帰り着いたとき、お帰りなさいと跳ね踊り、喜びを示して吠える犬。それがもういないのは淋しかった。膝に押しつけられる頭の感触、期待に潤んでこちらを見上げる瞳が、なつかしく想い起こされた。話し合ったことは一度もなかったが、新たに犬を飼うには自分たちはもう年を取りすぎているのだと、ふたりは暗黙のうちに了解していた。その犬はどうなるの、わたしが死んだら？どこかでじゃれ遊ぶ幼い犬を目にするたびに、姉妹はそれぞれ自分の胸に聞いてみて、足ばやにその場を立ち去るのであった。犬は十二年は生きる。そうしたらわたしたちは八十八と九十一だ。駄目、犬を飼うには遅すぎる。お話にならない。

一年前、ゾフィーは一羽のカナリア*97を連れてきたものの、最初の一週間で逃げられてしまった。ふたりはそれを悪い前兆と受け取らないよう、それぞれ自分のこころと闘った。

「ときどき、目が覚めると犬をなでるつもりでベッドの脇をつかんでしまうの。いまだに」と、ゾフィー。「フォルテはわたしが飼った犬のなかでも、一等かわいかったわ」

コンスタンツェはそれを認めた。そしてうなずきながら、険しい口調で聞いた。

「いい加減、明かりをつけないの？」

暗がりはコンスタンツェの目に多くを映し出した。あらゆるもの、もはや存在しないものが迫ってくるのであった。この住いにないものも押し寄せてきた。幽霊ではない。想い出だった。暗がりで濃く煮詰められた想い出であった。

出るだろうな、と思った通りの科白《せりふ》がゾフィーの口から漏れた。「マッチだと簡単でいいわ」。コンスタンツェの記憶では、妹はマッチを手にするたび、これで労力がどれだけ軽減されたかにふれずにはおかなかった。妹に応じてやる。「いまどきの女中は家事の何たるかを知らないわね。きょうびは子供だって火が起こせるわ」

「ポンス[*98]を一杯、いただくのはどうかしら？」

「いいんじゃない。寒いもの」

酒がテーマの話題に深入りするのをふたりは避けた。一杯のワイン、一杯のポンスで相手がこう思わないかと、ふたりして恐れたのである。ほら、始まるわよ、お母さんみたいに、と[*99]。ゾフィーはポンスを美味しく作る。だからポンスは妹に任せるに限るのだ。コンスタンツェは両手でカップを包むように持ちあげて、香りを味わった。

モーツァルトは『ドン・ジョヴァンニ』の序曲を書いていたとき、夜ごとポンスを飲んでいた。それともあれは『フィガロ』のときだったか？

ありとあらゆる記憶がもつれにもつれ、入り混じってしまう。そんなことがしばしばあった。

人びとがやってきてあれこれ聞きただすのでそれに応じて話したが、ふたりとも、事実関係とつじつまのあわない話をするのであった。それはあの日の出来事だと思って話すとほかの日のことだったりする。想い出は立ち止まってはくれない。ほら、これはそこに加わる話。それのそこの部分は削るのよ。いろいろなことが急に明らかになったりする、とても明瞭に。まるで太陽が過去の一部にまばゆく照りつけるかのようだ。

自分はもういくつになるだろう。母よりも年齢《よわい》を重ね、父やレーオポルト・モーツァルト以上に年老いて、ニッセンより、いや、何とパパハイドンより長く生きている。たいへんな年寄りだ。

ところが何かぴんとこない。どうもしっくりこないのだ。きのうという日が、あの五十九年前の八月四日[*100]よりずっと遠くに感じられる。あの日、ヴィーンの聖シュテファン教会で、コンスタンツェは独身の聖歌隊楽長ヴォルフガング・モーツァルトとの結婚が認められたのだった。思い出すと、いまさらながら目頭が熱くなり、頬を濡らす涙を感じる。鼻をかんでいいかしら。やめましょう、音がしてうるさいわ。そして花婿の目にも涙が溢れたのであった。それどころか司祭も泣き出してしまう始末だった。母はどっちみち花嫁の母だから泣きはせず、ツェツィーリア・ヴェーバー[39]としてもその場の雰囲気にのまれてはおらず、トールヴァルトに目配せをしているほどだった。それからみんなで遅い夕食《スウーペ》[*101]を摂《と》りにヴァルトシュテッテン男爵夫人のもとへ繰りこんだ。途端にお祭り騒ぎになった。ああ、みんなどんなに踊ったことか！　モーツァルトはこれでじゅうぶんということを忘れて、次々と荒っぽく踊りまくった。しかもコンスタンツェの母を相手に、である。母はとみれば、案外うまく合わせて踊っていて、警察をよんで娘をこの家から連れて帰るとまで息巻いていた、かつての剣幕などどこ吹く風といった様子であった。

「ヴァルトシュテッテン男爵夫人をおぼえている？」と、コンスタンツェはゾフィーに思わず声をかけてしまった。それは、ふと気づくと部屋に静寂が満ち、蠟燭が逼迫した静けさにぱちぱちと音高くはぜ、そのしずもりの内部にゾフィーが判決を待つように手を組んで座っていたからであった。

妹はびっくりして飛び上がり、組んだ手を開いて指を伸ばすとせわしなく首をたてに振った。「ええ、そりゃあ」。ゾフィーはめっきり白髪が増えていた。それはしわだらけの両手とほどよくつりあっているようにみえる。色褪せた髪が妹を田舎びた野暮ったい女にみせた。「もちろんおぼえているわよ。きれいなひとだった。とても親切で、あの夫人から不等な扱いを受けたと感じたことは一度もなかったわ」

「あのころは、あなた、違うことをいってたわよ」

ゾフィーは頬を染めた。若い娘のようにすぐ赤くなるので、ひとはつい彼女の顔のしわや頬のたるみ、そして重たげに垂れ下がったまぶたを忘れてしまう。「わたしにどうしろっていうの？　亡くなったお母さんや後見人＊102のかたはとても気を悪くしていたのよ、あの、あなたが出ていったとき。日がな一日お小言ばかり聞かされ、涙にくれる姿をみたわ」

「わたしは出ていったわけじゃないわよ。男爵夫人が病気だったから、お世話をするので一月《ひとつき》向こうにいただけよ＊103」

「でも、それもやっぱりうちから出ていく口実だったわけでしょう！」ゾフィーは言い張る。「あなたにはわからないのよ、どんなにひどかったか。あなたは少しも損な役回りをさせられなかった。いつもかわいいおチビちゃんだったから。あの女、こうよばせてもらうけどわたしたちのお母さまのことよ、あの女はわたしに、ルイーゼ姉さまや世の中全体に対するわだかまりやら怒りやらを、あることないこと細大漏らさずぶちまけたのよ。ヨゼーファ姉さまは全然それを意に介さなくともよかった。だってあの母親はお姉さまにはそんなにあたりちらさなかったもの。わたしはね、毎夜泣きながらベッドに辿りついたんだから。それにあの女は善良なお父さまを、亡くなったあともぼろっかすにけなしたわ。期待はずれの落ちこぼれだったといって。どうしようもなくこころの痛む言葉だった」

「わたし、いつもきまってお姉さんを弁護したものよ。お母さんがあなたの悪口をいうときは」ゾフィーが誓いのような口ぶりできっぱりと言い返した。

「それにはまるっきり気づかなかったわ」

「でも、そうだったのよ」

何としても母を赦《ゆる》せないところは、かわいそうな父に対して毎日のようにあからさまに軽蔑を示したことである。コンスタンツェの言葉は続く。「あの女はお父さまをやいのやいのと責めたてて、官吏の地位を捨てさせたわ。それなりに収入も名誉もあるいい職業だったのに。そしてマンハイムでは何の成果もなかったからと、しつこく成功をせがんだのよ。それってお父さまの責任《せい》？　誰でもお見通しよ、劇場が策謀の巣だということは。みんな自分がかわいくて、ひとさまには爪の垢さえ与えたくない。それなのにあの女はいうのよ、夫はあたしを怒らせようとして意図的に主役を歌わないんだって。文句たらたら、さんざっぱら不平をいって、人前もはばからずお父さまをののしったものよ。家長として駄目なだけじゃない、歌手としても役立たずだって。そうして、選帝侯[*104]に面会して権利を要求してこい、とせっついたのよ。お父さまにどうやってそうしろというの？　そんな勇気がお父さまのどこから湧いてくるっていうのよ？」

「お父さんは自信に欠けるところがあったわ」ゾフィーが返してきた言葉を、コンスタンツェは母の声の谺《こだま》のように受け止めた。

「で、誰がその自信を奪ったの？」と、鋭くとがめてしまう。

「姉さん、わたしたちの素直でひとのいいお母さんに対してそれはあんまりというものよ。そこまで責められるいわれはないと思うわ、気の毒なひとだもの」

「お母さまがわたしにしたことは、すべて赦《ゆる》すわ。でも、お父さまのことはあの女の良心の呵責になればいいのよ」

「コンスタンツェったら！」

父はどんなときも、はにかんだような微笑を浮かべ、穏やかでやさしく、愛想のいいひとだった。コンスタンツェの姿を目にすると顔をほころばせた。彼女がクラヴィーアで違う鍵盤をたたいても、叱らずに辛抱強く教えてくれた。むずかしい箇所を楽譜通りに歌えると、父は目を輝やかせた。一緒に食卓に着けば、一番美味しいところをコンスタンツェの皿に取って食べさせてくれた。ヴィーンでの父はもう精彩がなかった。影のように家のなかをふわふわと歩きまわり、「芸術家としての能力」を見込まれて契約したはずの仕事が劇場の窓口係と聞かされた日以来、めっきり無口になった。母はそんな父にも追い打ちをかけた。わかってるでしょう、あなた、この職にありつけたのはルイーゼのおかげなのよ。[*105]

父は別れ際、モーツァルトにモリエールの全集[*106]を贈ったことがある。アロイージアがモーツァルトを追っ払ったときだ。[*107]あのとき、あのひとは金ボタンの服に黒い喪章をつけ、失意のうちにパリから戻ってきた小男だった。[*108]コンスタンツェは、モーツァルトが左右のかかとを打ち合わせてそこに立つのを目にし、その姿が窓辺に近づくのをみた。窓の下枠を指でとんとんたたくしぐさ。ほほえましい彼のせっかちさが、余計あのひとを小柄に感じさせた。モーツァルトが荒れて鍵盤をたたく姿が目に浮かび、大声で歌うのも聞こえた。《おれの尻を舐めろ、[*109]おれをいやだという奴は!!》

コンスタンツェは驚きあきれて、手で口をふさいだ。まるで十四の身空《みそら》の自分が、おしおきに石鹸で嗽《うがい》をさせられそうなことをいってしまったかのように。しかし、彼女がほんとうに驚いたのはアロイージアの仕打ちだった。ついこの前の二月には永遠の愛と貞節を口にしていたというのに、その舌の根も乾かないうちに、いまやモーツァルトに笑いながら冷たくいい放つのだ。あなたはわたしにとって何にもならない。ミュンヒェンでプリマドンナの契約をした[*110]わたしは、あなたの倍は稼いでいる、と。

「永遠って短いものだわねぇ」コンスタンツェは思わず声に出していった。

「どういうこと?」

「ただそれだけよ。ルイーゼのことを考えていたの」

ゾフィーはこくりとうなずいた。「おお、主《しゅ》よ、姉さんに永遠の平安をお与えくださいますように」

「また、永遠の光も」と、コンスタンツェは補った。

この永遠はどのくらい続くのだろう？
ルイーゼがランゲ[40]に寄せたごたいそうな愛は何年生きながらえたのだったかしら？　だけど、崇めたてられた美しいアロイージア、成功という甘い蜜を吸いながら旅したあなたが、最後に当てにしたのはわたしからの仕送りだった。

いや、姉の不幸を喜ぶわけではない。すべてルイーゼによかれと願い望んだのだ。それはいまさらいうまでもない。二年前に亡くなった姉、あのひとの残した全財産は三十五グルデンと二十クロイツァー。それほどなけなしのものだった。アロイージア・ヴェーバー。一家の父たる者の年俸が二百グルデンだったときに、はじめての契約を千グルデンで結んだ彼女ではあったのだが[*111]。

神の定める道ははかりがたい。

モーツァルト自身、姉のことを意地悪で裏表のあるコケットな女性だと書いている[*112]が、彼は断じて悪意のない人間だった。そしてモーツァルトはその手紙のあとも姉のために作曲をしている[*113]。アロイージアの声にぞっこんだったのだ。彼は感心したものだ、《彼女はこころから歌う》と。あの当時マンハイムでは、いったい何時間アロイージアと仕事をしただろう。彼がパリに旅立つ前だった。コンスタンツェは部屋の隅で縫い物やつくろい物をしながら音楽に耳を傾けた。上の姉と下の姉、ヨゼーファとルイーゼはモーツァルトが一家の前に姿を現すまえから、すでに歌やクラヴィーアを習っていた。だがコンスタンツェにはもう何も残されていなかった。母がこの娘の教育費として貯えた金はゼロだった。父であったら、自分の教えることを娘がすべて学び取ったあと、すぐにコンスタンツェのための教師を雇ってくれただろう。お父さまなら、きっと。

プリマドンナ・アロイージア・ヴェーバーの母は娘の名声を照り返しのように浴びて猫さながらに背伸びをしていた。あのころの母にはルイーゼ以外の娘など眼中になかったのだ。ヨーゼフ・ランゲとルイーゼが恋仲になったとき、母は両人を早々に結婚の方向へもっていきながら、あとでは何とかしてこの結婚をぶち壊そうと努めたのだった。おかしな女だ、彼女たちの母親は。矛盾だらけで、自分が望んだことを自分で駄目にするのだ。

「思うにあの女は自分が不幸せであるという理由があれば、幸せだったのね」

「誰が?」

「誰ですって? 決まってるでしょ、わたしたちの亡くなったお母さまよ」

「お母さんはほかの誰とも同じように幸せでありたかったのよ。でも、はたしてそんなことってあるかしら? 姉さんはかつて幸せだったことがある? 満ち足りた幸せのことよ?」

「もちろんあるわよ」コンスタンツェは即座に返した。もちろん、だって?

「いつ?」

「いつ？　いつって……よく、よ」

「たとえば？」

「あなた、いったいどうしたの？　あなたきょうは何か……あら、よしましょう、あなたがどうかなんてわたしは知らないわ……そうね、むかしマンハイムで祝日の行列があったとき。わたしは多分小さかったから何もみえなかった。するとお父さまが肩車をしてくれて、わたしは誰よりも高くなり、すべてを見下ろして見物したのよ。それにえーっと、モーツァルトがわたしにフーガを作ってくれたとき。はじめて作曲するフーガ[*114]だったのよ。それから……」と、コンスタンツェは言葉を切り、「いろんなときにね」。しばらく間をおいて付け足した。「全部なんて、とても数え切れないわ」

ゾフィーはゆっくりかぶりを振った。言葉を加える必要はなかった。五分間でふたつも思い出すとは——八十年ではどれだけあるか。「わたしはこの世に喜びがないっていっているのじゃないの。大なり小なり、あるわ。でも、幸せって……。それがどうであるべきか、わからないのよ」

コンスタンツェは畳みかけた。「あなたは感謝ってものを知らないひとなのよ」。こうはっきり言い切れたのはよかった。妹は姉のいわんとするところを察してうなだれると、明かりをみつめて押し黙った。

「ポンスがさめるわよ」

言葉につられてゾフィーは飲み物をひと口すすった。

コンスタンツェは微笑した。「小さなゾフィーと大きな幸せ。まるでおとぎ話だわ。もしまだそういうお話がないのなら、誰かが書かなくちゃね」

つかのま、ゾフィーは小さくてしわくちゃの乾いた手をコンスタンツェの大ぶりの手の上にそっと重ねて置いた。「モーツァルトの音楽を聴くと、たとえばクラヴィーアのためのコンツェルトだけれど、幸せを感じる部分があるの。でも、そのすぐあと、まるですべてが変わらなければならないような、胸を焦がすときめきが湧いてくるのよ」

「どのコンツェルトのこと?」

ゾフィーは出だしのメロディを口ずさんだ。コンスタンツェはそれに合わせた。

「ハ長調[*115]」と、妹の同意を求めた。「そう」

「あのひとの音楽はそういう部分でいっぱいなの」と、コンスタンツェはおっかぶせた。「そのことはいつもわかっていたわ。ただわたしが気づかなかったのは、その音楽が偉大だということだった。どこからどうやってわたしにわかるっていうの? 音楽について何も理解していないのに。娘時代にもっと喜んで勉強していればねぇ。でもそのころは学ばせてもらえなかった。そのあとはいつもほかのことに追いまくられていた。子供たちにかかりっきりで。いまになってつくづく残念だわ。ヴォルフガングは進んでわたしに解説しようとしていたから」

「大きなおなかじゃクラヴィーアを弾くのも無理よ。想像できるわ」と、ゾフィー。

コンスタンツェは笑った。「つまるところはそうでしょうけど。ちょっとの間でも座ると痛いというのがやっかいだったのよ。腰が特にひどくって。それと両足。わたしは子供たちを足に孕《はら》んだような気がしたわ」

ゾフィーが笑う番だった。「足はそこまで真ん丸のぱんぱんにはなっていなかったわよ。話は変わるけれど、ヴォーヴィの髪がとても薄くなっていたのに気づいた？　いずれずるっ禿《ぱ》げになってしまうわね」

「ね、禿《はげ》のモーツァルトって想像できる？　年取って、杖を頼りにそろそろと歩き、楽譜を目から遠くに離して見るのよ」

「いいえ、とても」

「わたしにも思い描けない」

「義兄《にい》さんには似合わなかったでしょうねぇ」しみじみとゾフィー。

「わたしは年取ったあのひとも知りたかった」モーツァルトはどのように年老いただろう？物静かな男になったろうか？　ヨーゼフ・ハイドンのように？　いやいや、きっと違うふうだったろう。でも、きっと赫々《かくかく》たる成功を収めていたはずだ。死んだ直後にハンガリーやプラーハやイギリスから作曲の注文が舞い込んだのだから。しかし、もはや遅しだった。もうそのことは思い出したくない。あのひとの死のことは。ゾフィーが話し始めたので、ありがたい気がする。

「信じられるような信じられないような、そんな気分よ。あのカールがほんとうに次の誕生日で五十八になるなんて。まるできのうの出来事のようだわ、わたしたちが朝の四時にノックの音でたたき起こされたのは。亡くなったお母さんが――ありありと目に浮かぶわ――ベッドに身を起こすと十字を切って、だって不幸が起きるはずがないと叫んで、わたしがドアを開けに行かされた。でもお母さんはわたしのすぐうしろについてきた。ドアを開けるとモーツァルトからのお使いがいて、告げたのよ。生まれます、って。お母さんはあわてふためいてボタンが掛けられず、何度も違う穴を選んではめ直し、そして『かわいそうなコンスタンツェ！』と、一度ならず声を上げたわ。それからわたしたちは大通りを走った。ようやく空の白む時刻で、馬車は全然つかまらなかった」

「それはライムントのときよ。カールは五十七になったのよ。この九月二十一日で[*116]」

「もちろん、そういうつもりだったのよ」

母はコンスタンツェがお産をするときはそばにいてくれた。その際の母は常日頃とはまるで違って、自分が何をすべきか心得ており、コンスタンツェの手を握り、背中をさすってくれたが、それがよかった。特に初産《ういざん》のときは。最初コンスタンツェは陣痛はおなかで感じるものと信じていたため、腰が割れるように痛むという事態にたじろいだ。母はこのうえなく落ち着いて産婆と言葉を交わし、安心するようモーツァルトに声をかけた。コンスタンツェの額に当てられた母の手はひんやり冷たく、しっかりしていて頼もしかった。陣痛の合間に母を眺めるのはいいものだった。肘掛け椅子で生まれてくる子供のシャツを縫っていた。差し迫ったお産の不安が遠退くようだった。

「お母さま、わたしが赤ん坊のベッドで寝ていたときはあなたはわたしのものだった——ずっとわたしのものにしたかった」

「ほら、ね」と、ゾフィーがあいづちを打った。「そしてわたしに嫉妬していたのよ」

「あなたにではないわ——でもあなたは家《うち》でいい思いをしてたわよ」

「わたしがもらったのは自分の取り分よ」

「お母さまにとってはいつもあなたが最愛の娘だった」

「わたしが？　アロイージア姉さんよ、お母さんが誇りにしていたのは。ほかの娘たちのお手本のように思われていたのだもの」

「誇りにはしてたわ。でも愛していたのはあなたよ。あのひとが愛せる範囲においてね」

ゾフィーは掌《てのひら》を合わせた。それはほとんど指を組み合わせたようにみえた。「両親は敬うべきだわ。そうしてこそ長生きできて、この世でつつがなく暮らせるのよ」、妹は説教じみたしゃべり方をする。「モーツァルト義兄《にい》さんは何も恨んでなかったわ、お母さんとも少しずつうまくつき合えるようになって。お母さんのほうもそうだった。義兄《にい》さんがコーヒーと砂糖の入った小さな包みを手にしてやってきた姿を思い出すわ。『さあママ、おやつにしましょう』って。お母さんは最後にはモーツァルトを実の息子のように愛し、実の息子同然にモーツァルトの死を悼《いた》んだわ。わたしたちに男のきょうだいがいたとして、そのひとりが死んだよりも、モーツァルトが逝《い》ってしまったのをもっと嘆いたと、わたしは思うの」

「わたしは何もいわないわ。ただ、あなただったらどういうか知りたいわね、母親が〈神の目館《ツム・アウゲ・ゴッテス》〉でわたしを扱ったように、誰かがあなたをひどい目にあわせたとしたら。まるでわたしがこの広い地上で最も厭わしい被造物《そんざい》であるかのようだった。それと同時にわたしは年配のモーツァルト氏からは売女《ばいた》呼ばわりされなくちゃならなかったのよ。[*117] それだからわたしはいまだにあのひとの父親を……」

「興奮しないで、コンスタンツェ。過ぎたことよ。みんな死んでしまったわ。おお、主《しゅ》よ、あのひとたちに永遠の平安をお与えくださいますように」

「また、永遠の光も」

ゾフィーはコンスタンツェの言葉に反応して膝の上でさっと祈りのかたちに指を組み合わせた。「ポンスをもう一口いかが？　さめてしまわないうちに」そういいながらも、妹の何気ない視線は、ソファのうしろの壁に掛かった甥たちの肖像画の上に戻っていた。「わかっている？

わたしが何で姉さんをうらやんでいるか」

「ええ」

「この子たちはあなたが死んだあとあともずっとあなたのことを思うわ」

「あなたのこともよ。あなたは大好きな叔母さまですもの。いつでもそうだった」

「でもそれは別よ。あなたの一部はあの子たちのなかで生き続けるのよ」

「どれだけのあいだ？　あの子たちには子供がいないわ」

「いまいなくても、できるかもしれないわ。まだ老人ってわけじゃないし……」

コンスタンツェはきっぱりと妹をさえぎった。「できないわ。そして多分――多分そのほうがいいのよ」

ゾフィーは両手をもみ合わせた。しばらくして、立ち上がったかと思うと、編み物の道具をもって戻ってきた。

「目が悪くなるわよ」

「悪くなるってもうたかが知れてるわ。だいたいわたしたち、この先まだみるべき価値のあるものをみるかしら。わたしはこれまでみてきたもののせいで目が痛いわ」

「そうねえ」コンスタンツェはいかにももっともだというふうに片目をしばたたいてみせた。

「狂気の時代ね、わたしたちが生きているのは。じきにヨーロッパじゅうを鉄道で回れるようになるわ。そこまでいったらどうなるのかしら？　健全な状態とはいえないわね。考えてみて、五十年前から鉄道があったらどうだったか。あの革命[*118]がここに持ち込まれて戦争という戦争がありとあらゆる場所に広がったことでしょうね。ひとはどこにいても安全ではなくなって」

「どのみちそうだわ」

外で犬の吠え上げる声がした。ほかの犬も次々と吠え交わしてますますうるさくなる。急に窓の開く音がし、何者かが広場を走り抜けるのが聞こえた。すぐそのあとに重い足音が舗道に鳴り響いた。

ゾフィーは窓から身を乗り出してみたが、がっかりして戻ってきた。「強盗だったのかしら？　何もみえなかったわ、もう」

「恋する男なのかもしれないわよ。父親につかまえられたんだわ」

「でなきゃ、夫にね」

「何を考えてるんだか」

ゾフィーは『ドン・ジョヴァンニ』のセレナーデ[*119]を口ずさんだ。

「さあ、出てきておくれ、窓辺に……」

「『ドン・ジョヴァンニ』っていつ聴いても不気味だわ」コンスタンツェが日頃の想いをつい口に出してしまう。

「わたしもこの人物には会いたくないわね」ゾフィーが気負いこんで合わせる。

「恋の火遊びで火傷《やけど》したくはないって？」

「誰だってそうでしょう？　姉さんはどう？——わたし思うの。モーツァルトは永遠に続く誠実なんて信じてなかったな、って。ツェルリーナしかり、スザンナもそう。フィオルディリージやドラベッラに関してはお話にもならない……」

「でも、コンスタンツェやドンナ・エルヴィーラやパミーナ[*120]はどうなの。彼女たちは誠実だわ」

「確かにね」

「あなたはどう？　ハイブル[41]に誠実だった？」

「当然だわ！」

ゾフィーは背筋を伸ばして立ち上がった。小鼻がぴくぴくしている。憤慨している妹は滑稽でありながら堂々として厳かでさえあった。数分後、音をたてて息を吐き出す。「わたしはもうそんなに若くなかったし、つまりね、結婚したとき、そもそもいい年齢《とし》になっていた……そしてそのころディアコヴァール[*121]では、人妻が誘惑されるなんて皆無だった。もし誘惑されたら……いえ、思うけど、それでもわたしは貞節を守ったわ、確実に。姉さんは？」

「わたし？　全部でたらめよ。みんなのいっていることは」と、コンスタンツェ。

「みんなはいったい何をいってるの？　何も聞いてないわ」

「馬鹿げた噂よ。そんなこと自分の口から話したくもないわ」
男が振り返って自分をみてくれるようなことがあれば、コンスタンツェはうれしかった。わかっていた。彼女は美しくはなかった。美しかったことは一度もなかった。若い娘の時分でもそうだった。《彼女は醜女《しこめ》ではありませんが、美人とはいえません。彼女のなかで美しいのはふたつの黒い瞳とすらりとした体つきです[*122]》。コンスタンツェだって美人でありたかった。それはそうでしょう。誰だってそのはずよ？

マンハイムのときから割り振りは決まっていた。ヨゼーファは有能で理性的、料理が上手で物静かな女性と評されていた。ルイーゼは最も美人で才能があり、絹の髪、小さな形のよい鼻、そして素晴らしい声をもっている。そのしなやかな身のこなしといい、どこをとってもわれらがルイーゼ、アロイージアだった。ゾフィーはかわいいおチビちゃんである。そして自分はといえば――何のとりえもないただのコンスタンツェだった。ことさら抜きんでた美点はなく、冗談抜きでこれといった才能はない。だいたい何ひとつ特別なものには恵まれていなかったのだ。ナンシー・ストレース[42、*123]とは違って。あのブロンドのイギリス女性。初演のスザンナを演じたひと。天使とみまごうほど美しく、暗い彩りで隈取られたビロードの手触りのするメッツォソプラノ[*124]。声にさえも微笑を浮き彫り《レリーフ》させて歌ったものだ。天使の歌声だった。ストレースと『フィガロ』のリハーサルをしていたころ、モーツァルトはいつも帰りが遅かった。コンスタンツェは頬にしみのできたむくみ顔で、脚を腫《は》らし、おなかを蹴る胎児の動きを感じながら、家で夫を待った。待っていたモーツァルトがようやくドアを開けて戻ってくる。夫は満ち足りたような笑みを浮かべている。コンスタンツェには、それは楽団員たちの拍手、つまりアリアの試演奏《プローベ》でマイスターの力量を発揮した夫に与えられた喝采だけが原因ではない、そんな表情にみえる。モーツァルトは笑って彼女の鼻の頭にキスをし、妻のいうことに取り合おうとはしない。あの当時コンスタンツェは確信していたのだ。ストレースは夫の愛人だと。まばゆく輝やく女性。モーツァルトの旋律を歌う瞬間、彼女はあたかも自分でそのメロディを作り出したかのように、いや、作ったのではなく自分という存在の奥深くにそれを見出したかのように歌うのであった。彼女はその音楽を声に出して歌わずにはいられない。彼女にはもう、これ以上の美を収めておくスペースがないのだから。いかなる女性もナンシー・ストレースを前にしては顔色《がんしょく》を失った。ストレースより美しく、賢く、地位のある女性でさえもそうであった。コンスタンツェは嫉妬に燃えるあまり、ナンシーを悪人と決めつけたり、取るに足らない存在だと無視することもできなかった。あまつさえモーツァルトは妻に語るのだ。イギリスへ旅行すること、仕事の依頼があってオペラがやれてお金が稼げるかもしれない、と。彼女はいつもナンシーの言葉を聞かされている気がした。真面目な話、ヨゼーファ・ドゥーシェクとのいきさつより深刻だった。[*125]

コンスタンツェは何度もモーツァルトを責め、夫を辟易させた。彼女とねたの？　ねなかったの？　それを知ったからといって、ライヴァルのイギリス女性の脅威が薄らぐとでもいうのか。執拗に追及した。つっかかっても哀願しても、モーツァルトは何も白状しなかった。ほかのちょっとした出来心なら、夫はいつも妻に、どこかの娘とどこかの片隅で起きた戯れ事の懺悔をして、こころを軽くするのだが、このときだけは違っていた。それは当時からコンスタンツェも勘づいていて、それでも何とかそのことを小間使いとの軽薄な戯れの単なる一例に数え上げようとしていたのである。

何て愚かなコンスタンツェ。

ナンシー・ストレースのコンサートのために夫が書いた〈シェーナとアリア〉の楽譜には、自筆でこう添え書きされている。〈ストレース嬢と僕のために〉[*126]

伴奏のクラヴィーアは、媚びるように、愛撫するように声に寄り添うかと思えば、離れたときには届かぬあこがれを歌っていた。そこで交わされた相聞はどんなにかふたりを溶け合わせたことだろう。そのときの歌とクラヴィーアはそれぞれが独立していながら、互いに溶け合おうとすることで、単一《ひとつ》でいる以上に大きくなろうと、それぞれが他方を深く抱き込むのである。

モーツァルトがストレースとベッドをともにしたのかという問いは、余計であるばかりか、笑止でさえあった。聞くだに恥ずかしい。本来、互いに抱き合わなかったほうが事態はいっそう悪いのだ。満たされないときめきは燃え尽きることがない。たとい切なく痛む想いが消えたとしても、ときめきはこころのもっとも深いところで燃えつづけ、燠火《おきび》のようにくすぶるのである。

しかし、当時のコンスタンツェはそのことを知らなかった。ほんとうに若くて、きちんとものを考えることができなかった。妊娠すると、じっくり思いをめぐらすなんてどだい無理な話なのだ。何を考えても、結局不安が彼女の思考を妨げた。お産への不安。死への不安。妊娠するやいなや、聞きもしないのにみんなが話してくれるのだ。誰それさんも、それからあそこの誰それさんも産褥《さんじょく》で亡くなった。別の誰々さんは死にはしなかったが、怪物をこの世に送り出した、などなどである。そうこうするうちにコンスタンツェの乳房は火照って重くなり、痛みとともに大きくなってくる。ときどき自分で子供にお乳を与えるべきではないか[*127]、と思った。そうしている女性もいたのだ、農婦や使用人の階級でなくとも。モーツァルトはその訴えに耳を貸すことはなかったが。

いやいや、思考停止を強いたのは肉体のかかえる多くの不安のゆえばかりではない。いったいどこでコンスタンツェは思考することを学べたというのだ？　物事をじっくり考えるようにいいつけられたことがなかったのだから。

数か月前、コンスタンツェは若い女が森の日溜りに座っているのを目にした。その女は子供を抱いて乳を与えていた。いや待て、そんな最近のはずはない。ガシュタイン[*128]での記憶だ。だから、もう何年か前のことだ。コンスタンツェのまぶたにはその光景があざやかに蘇った。小さなふたつの握りこぶしが捏《こ》ねるように乳房を押していた。若い女性はひとの気配に驚いて立ち上がり、通りかかるひとがいるとは思わなかったので、それに子供がとても泣いて、と言い訳しながら詫びた。一方、コンスタンツェは、足が痛くてねぇ、と言いつくろいながら木の根元に腰をおろしたが、実は近くにいたかったのだった。黒ずんだ大きな乳首とそれに吸い付く小さな口を目の隅でとらえ、自分の乳房が引っ張られるように感じた。かれこれ七十に手が届こうというころだった。どうかしている。

アンナ・セリーナ・ストレース。いうところのナンシー。彼女も死んで、もう何年も経った。ふたりは向こうで再会したのかしら？

「われらが父の家には多くの住居《すまい》があるのです」この前の日曜日、デュシャン神父がそう説教していた。

コンスタンツェはモーツァルトとナンシー・ストレースがあの世で別々の住居《すまい》にあることを、切に望んだ。

望んだあとで彼女は自分を恥じた。第一にそれは冒瀆というものだし、第二に自分の年齢を考えれば恥ずかしい。こんなことを考えながら、どんな顔で聖ペトロ[*129]の御前《みまえ》に立つのだ？　これじゃ、ペトロがコンスタンツェに向かって、天国の端っこの帚入れの小部屋を指したとしても、喜ばなくてはならない。馬鹿げたことを。そうではない。そうではあるまい。「全く違うのです、わたしたちが想像するのとは」と、聴罪神父はコンスタンツェに説明した。「全く、そう、全然違うのです。でも心配はいりません。神は神の子たちにご配慮なさってくださいます」

それでもしコンスタンツェが神の子供たちのなかにいなかったらどうなるのか?

彼女は日曜日がくるとミサに与《あずか》った。とはいえ、何となく体調がすぐれないというのではなくてほんとうに病気のときには、コンスタンツェは礼拝をおろそかにした。何年も前からそうしてきた。ところが教会で座っていると、精神を集中するのがむずかしいことがしばしばあった。たとえばこうだ。ヴィーンのメケッティー[*130]に手紙を書かなくちゃ、まだお金を貸したままなんだから、という思いがやおら意識に飛び込んでくる。そうでないときは、前から二列目にいる女性のむぎわら帽子に視線が釘づけになったりする。ちょうどああいうのがほしかった。カールは何度も手紙に書いてきたけれど、でも、息子はミラノから帽子を送ってよこさない。あの子はそういう子なのだ。つまらない用事に追われっぱなしで、母親を喜ばせようというところまで気が回らないのだ。そうかと思うと、またぞろヨハン・ネーポムク・フンメル[43、*131]に対する怒りが燃え上がったりする。あの男はモーツァルトの弟子で、賄い付きで家に住まわせてさえやったのに。フンメルは何千回も約束したものだ。誓ってコンスタンツェの恩に報いるから、と。しかしそれができる立場になったとき、彼は指一本動かさなかったし、遺言状にさえ彼女への謝辞はなかった。コンスタンツェはびくっと身じろぎし、ロザリオ[*132]をまさぐってこころを落ち着けようとする。

「めでたし、聖寵充ち満てるマリーア」

コンスタンツェは神の教えを守った。いや、ほんとうに。だが、「なんじ、ひとの持ち物をみだりに望むなかれ」についてはどうだろう？ 彼女は依然として欲した。いま現在ですら物を欲しがる気持ちがあった。ゾフィーがいつもいっているように、死装束《しにしようぞく》にはポケットがない。そのことを知っているにもかかわらず、そうだった。コンスタンツェの死装束《しにしようぞく》はずいぶん前から畳まれてタンスに入っていた。毎年一回取り出され、洗濯されてアイロンがあてられた。それでもなお、彼女のこころは病的な欲望でいっぱいだった。もうとっくのむかしに用がなくなってしまった物に対しても。主《しゅ》よ、赦《ゆる》したまえ。われらがひとに赦《ゆる》すごとく、われらの罪を赦《ゆる》したまえ[*133]。いえ、それだけじゃないわ。わたしはなかなか赦《ゆる》すことができないわ。わたしは執念深いのよ。

「だって、彼女はいつかわたしを出し抜くに違いないから」コンスタンツェは口ごもる。

「誰が？」

「あのストレースよ」ほんとうは答えたくないのに言葉にしてしまう。

「でも、あのひとはずいぶん前に死んだじゃない」と、ゾフィー。

それは、そうよ、とコンスタンツェは思う。確かにそう。そして夫を非難することもできない。死がふたりを分かつまで、というから。死はわたしたちを分け隔てた。いや、分け隔てたのではない。和解させたのだ。この言い方もしっくりしないが。

「年を取って何よりひどいのは」と、コンスタンツェは口を開いた。「足が痛むことや記憶の衰えじゃないわね。いったい何の記憶がそうも重要なの、是が非でもおぼえていなけりゃならないくらいに？　年寄りになってひどいのは、何もかもが不確か、あやふやなことね。すべてが全く違うふうでありえたことね。以前ならわたし、少なくとも二、三のことははっきりわかっていたわ」

「そういうけど、姉さんは相変わらず強情だわ」と、ゾフィーが請け合った。「いつも頑固よ。年を取るとそうなるってことは確かに聞かされてきたけれど。姉さんみたいな老婦人は。そして、わたしみたいな」最後の言葉はあわてて付け加えられた。

コンスタンツェは額にしわを寄せた。そして肩をすくめて「多分、だからこそわたしは強情になってしまうのだわ。何も確かなところまでは知らない。だのにそこで自分は正しいと主張せざるをえないから。――ポンス、もう一杯ある？」

ゾフィーはまるで甕《かめ》のなかに頭を突っ込むようだった。

「まだ少し残っているわ。わたしたち歌い出すんじゃないかしら。気をつけてよ」

「どうってことないわ。生ぬるいだけの飲み物よ」

「まだここから名声《ラム、》[*134]は消えてないわよ」

ゾフィーをザルツブルクに呼び寄せようとは、実にいい思いつきだった。妹がいると空気がなごんだ。ゾフィーの笑いは邪気を追い払い、ゾフィーのあれこれの質問で、ひとさまの妙な問いかけにも我慢できるようになった。

「わかるかしら、わたしはほんとうに傷つくのよ。祖母が孫娘を見守るようには、わたしがこの女を、この女っていうのはわたしだけど、眺められないってことに。わたしは常に彼女の話を遮りたくなり、彼女を教育したくなり、時には姑のように彼女を観察するのよ。息子の嫁にほかの女を望む姑のようにね。あるいは嫁をライヴァル視するようにね。とても不快なものだわよ」

ゾフィーは編み物を脇に押しやった。「でも、それはすべてあなただわ。小さな娘、若い女、未亡人。そこで何も変わったわけじゃない。いま思ったけど、横顔の姉さんをじっとみれば、ひとはすぐに姉さんだとわかるわよ」

「多分ね、特に暗がりならね」

ゾフィーは何もわかっていなかった。そして、わかってないときの常として、妹はそのテーマから離れようとしなかった。「姉さんはただ年を取ったのよ。だけどひとは日々老いていくものだわ」

コンスタンツェはあくびをした。「寝る時間だと思うわ。わたし、疲れたわ」

それでもゾフィーにブレーキをかけられない。「さっき姉さんがいったことで鏡の間を思い出したの。それがどこにあったか忘れたけれど、鏡の中に自分の姿をみるの。そしてそのうしろに自分がいて、少し小さな姿で鏡の中の自分を覗いているのが映ってるの。そしてその奥にも、またその奥にも、段々小さくなってポツっと一点、自分だと確認できなくなるまで続くのよ。とても不気味だわ」

「ええ」

「でも、そんなこと考えちゃいけないわ」ゾフィーは続ける。「これは危険よ。どこに辿り着くかわからないもの。知ってる？　わたしが誘惑に陥ると何をするか？」

「誘惑のなかで考えるべきこと？」

「誘惑のなかにいるって、そう思えるときによ！」

「それでそのとき何をするの？」これは和平の申し出であり、ゾフィーは即座にそれを受け入れた。

「ひきだしをひとつ空《から》にして、なかに新しい紙を広げて敷くの。中身を全部きれいに入れ直すと、こころも落ち着くのよ」

「でも、それでも効き目のないときは?」

ゾフィーは考え込んだ。「小さかったころはわたし、守護天使の翼の下に隠れたわ」というのが答えだった。「そこは心地よくぬくもっていて、暗かった」

どこかに身を隠したままだわ、わたしは。とコンスタンツェは思った。そこには何か想いがあるのに、わたしはそれを最後まで考え抜かないのだ。いつもそこから自分で逸《そ》れていく。百番目の考えから千番目にずれてしまうように。ゾフィーというわけではない、わたしの考えを逸《そ》らすのは。でもいつも、何について思いをめぐらしていたのかさえ定かでないとき、その何かが多くを左右するように思えるのだ。

「整理したいのよ、よろこんで」コンスタンツェは思いを声に出した。「だけどできないのよ。どこかの一隅《ひとすみ》が片付きもしないうちに、ほかの三隅《みすみ》にどんどん物が山積して、きれいにしようと思った所も手の施しようもない散らかりようなのよ」

ゾフィーは部屋を見回した。「実際そんなにひどくないわよ。ルイーゼ姉さんはきれい好きとはいえなかったけれど、それでもひとから少し注意されれば……。いってくれればいいのよ、どうしたいのか。そしたらわたしがやるんだから」

「わたしはね、住いのことをいってるんじゃないのよ」

「あら、そう」ゾフィーは拍子抜けしたように肘掛け椅子にもたれかかった。

「何の話をしてたんだっけ？」コンスタンツェが聞いた。

「整理することよ」

「じゃなくて、その前よ」

「その前ぇ？」ゾフィーの語尾は間延びした。整理がどうこうの前の記憶が妹に残っていないのははっきりしている。

「十《とお》は考えがあったわ、その前に」

「わたしに姉さんの考えは読めないわよ」

「ときどき読んでるじゃないの」

ゾフィーは愉快そうに笑った。

何かを考えるにはコンスタンツェはもう遅すぎた。ひとは、考えるとき言葉を必要とする。彼女が自由に操れる日常の言葉ではない言葉を。

「わたしたち、誠実について話していたわ」ゾフィーが思い出す。

「ああ、そうだったわ。わたしは思うの。自分が美人ってことを知っている女なら、見も知らぬ男たちの賞讃は必要ないのよね。そこに男がひとりいれば、あるいは鏡をひょいとみれば、それでじゅうぶんなのだから。でも、自分を気に入っていないときは、誰かにみつめられるって救いになるわ。こころが軽くなるのよ」

ゾフィーはかぶりを振った。「歩いていて、ひとにみつめられたりすると、わたしはいつもつまずきそうになったわ。急に行く手に石がごろごろ転がっているような感じがして」

「ルイーゼ姉さんをうらやましく思ったことは一度もない？　ああなりたいと思わなかった？　あんな顔であんなスタイル、あんなふうに歌えたら、とは？」

ゾフィーは顔をしかめた。「いいえ、思わなかったわ。信じていたの、姉さんぐらいの年齢《とし》の大人になれば、わたしもきっとああなるわ、ってね。ただね、わたしはいつまで経っても姉さんと同じ年齢《とし》にはなれなかった。わかるでしょ。わたしが追いつく間に、姉さんはまた年齢《とし》を重ねてしまっている。それでそのことを考えるのはやめにしたの。何の意味もないもの。そうでしょう？」

「だからあなたは何も意味もないことは一度もしなかったの？」

「ときどきはあったわよ。でも、その結果は決してよくなかった」

意味。それはコンスタンツェには付き合えない高尚な言葉のひとつである。もちろん彼女はその言葉をほかのひとたち同様に使ってはいるが。でも、それはどういうことなのか？　何であれば意味があるのか？　彼女の人生は意味があったのか？　あるときコンスタンツェはそれについて聴罪神父と話そうとした。「わたしたちの人生は神の御手《みて》のうちにあるのです」神父はそう切り出して続けた。「神がわたしたちの人生の意味を配慮してくださるのです。わたしたちが祈りを献げ続ければ」と。神父はコンスタンツェに、聖母マリーアにとりなしの祈り[*135]を献げるようにすすめた。

あれこれをくよくよ思うのは、おそらく老化現象のひとつなのだろう。目が弱り、皮膚がたるみ、眠りが浅くなったのと同様に。そのほか、気づかぬ間に忍び寄ってきた千を越す変化の数々と同じように。その変化をじかにみつめようとすると、それは身をこわばらせて無になってしまう。影よりも捉えがたい。しかしそれは剣呑《けんのん》な気の荒い猛獣なのである。その日はもう遠くない。コンスタンツェが真昼の太陽のもとでも何も読めなくなる日、いまでも日ごとに高くなっているように思う階段の一段一段が昇れなくなる日、そんな日がやってくるのは。

「何だか急におなかがすいたわ」コンスタンツェは正直に言葉に出した。

「こんな夜遅くに、何か食べようっていうの？」

「ええ。でも、あなたはそこにいて。わたし、何か取ってくるから。あなたも要るでしょう？」

そうはいってもやはり妹のほうが立ち上がらないわけにはいかなかった。部屋から消えたゾフィーは途端に騒々しい音をたてた。ガラガラドタドタいう音がキッチンで楽しそうに響いた。ほどなくトレーをもってゾフィーは戻ってきた。祭りの行列のようにトレーを捧げ持ってやってくる。一枚の平皿にゾフィーはコールドミートを明るい薔薇色から暗い赤へと、花の形に見目よく並べ、あいだにひも状に細く切ったチーズを添えていた。そのほかゾフィーは食卓に、パンをのせた木皿を置き、二個の林檎に葡萄を一房、そして胴体の膨らんだ水差しを並べた。水差しには林檎のモスト[*136]が入っている。

「思い出さない？　マンハイムにいたとき、林檎とパンをこっそりベッドに持ち込んで、ふとんにもぐり込んで食べたことを」と、ゾフィーが尋ねた。コンスタンツェは即座に否定しかけたが、そのとき、失せかけていた記憶がすぐさま頭をかすめすぎた。コンスタンツェは自分と妹が長いシャツのような寝間着を着ている姿をみた。古い掛けぶとんのかすかに酸っぱい匂いとゾフィーの髪にこもったカミツレ[*137]の香りを嗅いだ。そして目の粗い麻のシーツのがさがさする肌触りを感じた。

「おぼえているわ。わたしはあなたの口をふさいでいなけりゃならなかった。だってお母さまが様子をみに部屋に入ってきたら、あなたは笑いをこらえられないんだもの」姉妹はくすくす笑って、まるでいまにも母があのドアから入ってきて叱りつけられるのではないかという気分のまま、何か禁じられたことのように遅い食事を味わった。

「盗んできたみたいにおいしいわ」ゾフィーは口一杯に頬張りながらしゃっくりをした。すんでのところで林檎のかけらをのどに詰まらせそうになって、咳き込む。それがまた姉妹の笑いの種になった。ふたりはそれぞれ胸の前で腕を交差させ、からだを前後にゆすって笑った。

不意にゾフィーが立ち上がり、いつもの小走りでドアのところに行った。「ごめんなさい」と、彼女は吹き出しながら言い訳した。「あんまり笑ったから、わたしちょっと……」

　モーツァルトならもっとあけすけにいったわね[*138]、とコンスタンツェは思う。

　相変わらずやっとの思いで立ち上がる自分にコンスタンツェは驚くところだった。自分が何歳なのか、どれだけ骨が弱っているのか、つい忘れそうになったのだ。窓辺へ移動すると、窓を開けて身を乗り出した。広場に月の光が射していた。山から吹き下ろす微風に乗って、湿った土と樹々の葉の匂いがした。

　バーデンの葡萄畑[*139]が思い出された。霧の流れ、葡萄の房に注ぐ金色《こんじき》の光、黒々とした松の木。あるとき彼女は松の幹の割れ目から樹脂《やに》を指でほじくり出してみた。黒っぽいねばねばになるまで指先でこねくり回した。指がきれいになるのに何日もかかった。キクニガナ[*140]の花もまぶたに鮮明に蘇った。枯草のなか、可憐な青い星状花を咲かせていた。マルハナバチ[*141]の無精でのろまな姿。葡萄園のひとが、たわわに実った葡萄を三房《みふさ》くれたときの、カールの喜びようったらなかった。コンスタンツェの思い出は激しい流れになって溢れ出た。葡萄の絞りかすが山と積まれ、刺すような匂いがした。頭にまでつんとくるあの匂い。ジュースマイヤーが自分に戯れかけた[*142]ことも思い出す。温泉の硫黄の匂い[*143]もする。いやな匂いを我慢して、なかに浸かってしまうと、手足がすばらしく軽くなる。ぬるま湯が肌に媚びるようにすり寄ってくる。コンスタンツェのいまの姿はそのときの彼女ではなかった。皮膚がたるみ、たっぷりしすぎている。腕を上げて腋窩《わきのした》の匂いを嗅ぐと、えたいのしれない臭いがした。味気ない臭いだった。薔薇の香水、ラヴェンダーオイルであってもこの腋臭には勝てないだろう。

こんな夜中に突如、一階のある家の扉が開いた。光が円錐状に道に広がり、扉のそばの窪みの奥までも明るくした。そこには若い男女がいて、しっかり抱き合っていた。やおら悲鳴が上がった。寝間着姿の初老の男が出てくると、ふたりを怒鳴りつけ、身振り手振りで娘を家へ追い込んだ。そして、空に向かってこぶしを突き上げた。若い男は身じろぎもせず、娘は泣いていた。年配の男は急に、すね毛の多いやせた自分の足に視線を落とした。部屋履きのままだ。男はおどしつけるようにわめき散らしていたが、その効果は薄れていた。なぜなら声がひっくり返って、甲高くなっていたのだ。その後、扉はさっと閉められて、掛け金の下りる音がした。若い男は凍りついたままそこに突っ立っていた。五分が経過して、色男はたったいま目覚めたかのように総身《からだ》をぶるぶるっとふるわせたかと思うと、重い足取りでそこから去っていった。

かわいそうなのは、あの娘だろう。いまごろは泣き叫びくたびれて、ぐったりしながら思っているに違いない。親の顔に泥を塗ってしまった。こんな規範《のり》を越えた、恥ずかしいことをしでかしたのは、この家では自分がはじめてなのだ、と。

コンスタンツェは鏡の前に立ち、顔に何かしるしが現れていないか探してみた。モーツァルトが彼女を抱きしめたとき。いや、それどころか控えの間に彼の足音を聞いただけで、彼女の胸はときめいた。そんなとき、自分の燃え上がった恋情《こいごころ》を母に見透かされてしまうのではないかと、鏡の中に探ったのであった。

コーナーにある棚に置かれた薔薇の花束から、花びらが一枚、はらりと落ちた。そして二枚目が落ち、三枚目も落ちた。コンスタンツェは悪寒に襲われた。窓を閉める。ゾフィーはいったいどこなのだろう?

きっとどこかでつっかえているのだ。わたしより先に死ぬかもしれないくせに。ゾフィーときたら、七十五という年齢《とし》を思うと信じられないくらい元気だ。足を引きずるくせにいまだにすばしっこい動きをみせ、階段の昇り降りにも息があがることはめったにない。

いやいや、ゾフィーだって自分の死装束《しにしょうぞく》を縫っておいたほうがいい。そして甥っ子たちに手紙を残しておくのだ。妹にはそうさせねば。

ったくもう、どこにいったのかしら?

夜の底は静まりかえっていた。また一枚、音をたてて花びらが散り落ちた。

モーツァルトはあの世でわたしを認めてくれるだろうか?

墓石を建てなかったこと[*144]を彼は悪くはとらないだろう。コンスタンツェにはそのことで責められるという不安はなかった。それにもうすぐ記念像が建つのだ、そこの広場に。墓地を訪れるわずかばかりのひとではなく、街じゅうの人びとが彼の前を通っていくのだ。モーツァルトはそれに対してどういうだろう？　コンスタンツェ自身、手紙を書いてスウェーデン女王に記念像への寄付をお願いしていた。

　ニッセンの書いた伝記[*145]、これも一つの記念碑であり、おそらくブロンズ像より長持ちすると思うが、その本にはコンスタンツェも関与していた。ああ、ほんとうに、怒りを抑えつつどれほどの困難に耐え抜いたことか。ニッセンの死後、本を完成し、出版してもらうために。

　廃棄してしまった手紙[*146]に関しては、モーツァルトはかなり機嫌を損ねているだろう。夫は父親のモーツァルト氏に似て、ありとあらゆる書類・紙片のたぐいを保管していた。整理して、ではない。整理はからきし駄目だった。手紙も楽譜もあたりに散乱させていた。だが、何ひとつ捨てはしなかったし、コンスタンツェが手紙を暖炉の火口《ほくち》がわりに使うのを許さなかった。しかしモーツァルトは、そうした手紙を他人に読ませるのは望まなかったはずだ。彼は他人《ひと》が自分のコンスタンツェをおとしめるのは望まなかったに違いない。きっとそうだ。いまとなってはコンスタンツェももう何も燃やさないと思うが、当時はまだ若かったので、モーツァルトの父親や姉から受けた侮辱がまだ生々しかったのだ。その生々しさはあきれるほどしぶとく残ったものだが。手紙のなかのいくつかの箇所を読めないようにしたのも、多分過失であると思う。人びとは書かれていたことよりずっとひどいことを、その黒々と塗りつぶされた箇所で立ち止まったまま想像するだろう。

はっきりいってコンスタンツェは何がどうでもよかった、気にしなかった。だけど、あれは違う。あのミュンヒェン野郎、モーツァルトの友人と称するあいつ。何ていったっけ、ペーター・ゾマー[*147]、いや、ペーター・ヴィンター[44、*148]だ。あの男は彼女について、悪意に満ちた雑言をモーツァルトの父親に書き送った[*149]。〈売女《ばいた》〉という言葉はヴィンターがほざいたものだ。そうこうするうちにあいつも死んじまいやがった。だからモーツァルトがヴィンターに会ったら、いや、そんなことはありそうもない。もし正義があるなら、あんなやつは天国にはいけないのだ。あの男はヴォルフガングに愛人をもたせようとさえした。そのほうがコンスタンツェみたいな女と同衾するよりずっといいと説き伏せて。ヴィンターがいるのは別の場所だ。少なくとも煉獄[*150]だろう。それもわずかな時間ではなく相当な時をそこで過ごすはずだ。そうはいっても、結局主《しゅ》の御業《みわざ》はかりしれないものだから、いずれはあの男も魂の安らぐ場所に導かれるに違いない。そのときモーツァルトは歯に衣着せず、ヴィンターに真実をいくつかぶちまけるはずだ。

売女《ばいた》。そんな言葉を使うなんて卑劣極まりない。全くおぞましいことだ。言った人間が死んでしまったからといって、コンスタンツェはそのことを忘れてもいないし、赦《ゆる》してもいなかった。忘れろなんて誰がいえよう。

もちろんそうすべきだとはわかっている。聖書にはある。ひとがあなたの左の頬を打つなら、云々……。だけどもう一方とは、聖人《せいじん》であってはじめてもちあわせる類なのだ。コンスタンツェは聖人《せいじん》ではなかった。

ゾフィーが寝間着姿で、頭にナイトキャップをのせてやってきた。

「いくら何でも、もういい加減寝る時間よ」

「いつまで起きてる、って、まるで誰かがわたしたちを叱るみたいね。もうわたしたちを叱る人間はいないのよ。そうでしょう？　寝たいときにベッドへいって、好きなときに起きればいいのよ。朝の五時でも昼の十二時でも、誰も知ったことじゃないわ」

ゾフィーはお手上げというポーズで、「だって、どうみえるかしらね、昼の十二時になってもまだ誰も起きていないなんて！」

「わたし、他人《ひと》におもねるようなことはもうしたくないの。わたしたちのお母さまが死んでそろそろ四十年にもなるのよ」

「お母さんはいつも最上《ベスト》を望んだわね」

「みんなそうよ。で、いまは、わたし、自分の最上《ベスト》を望むの。あなたは、ほら、寝ていいわよ。誰も邪魔立てなんてしなくてよ」

「いや、いやよ、わたしは姉さんのそばにいるわ」

それはどういうことなのか。聖ゾフィーよ、どうかわたしたち両名のために立ち去りたまえ。

実際のところ、コンスタンツェはひとりでいたかった。この静寂、部屋の四隅に落ちた闇の濃さ、肖像画のモーツァルトの顔が仄明かりに浮かんでいるなかに、ひとりっきりでいたかった。ヴォルフガングは親しげにわたしをみつめ返す。その絵のナンネルは視線に軽蔑の色を宿していない。そしてモーツァルトの父親はといえば、いつもは自分ほど正しい者はいないというふうなのに、なぜかきょうの舅《しゅうと》はあやふやにみえる。新しいやり方を探りながら、ほがらかにヴァイオリンの音を長く伸ばしている。こんなふうな舅《しゅうと》であってほしかった。彼がこんなふうだったなら、向かい合って座ってわがままを聞いてあげ、舅《しゅうと》によくしてあげるのは素敵なことだったろう。

そして全体を支配するように、中央を占めるのは母親[*151]である。この女性は何と息子にそっくりなことか。いや、息子が母親似なのか。この額、この目、この鼻。モーツァルトの母親は父親のようなきつい性格ではなかったろう。ああ、この母親なら息子が愛した女性を抱きしめただろうか？　間違いなく、きっと。それで何もかもが違っていたかもしれない。否、何もかもとはいくまい。しかし、多くのことが違っていただろう。

「この母親と会いたかったわ」コンスタンツェは夢みるようなため息を漏らした。

「いまではもう、姉さんの娘になってしまうわね」ゾフィーがずばりいってのける。「亡くなったとき、おいくつだったかしら？」

「五十六よ」

「天国《むこう》では年齢《とし》がごちゃごちゃで大混乱ね」と、ゾフィー。「それとも、そのときはわたしたち、みんな若くなると思う？」[152]

「わからないわねぇ」

「できることなら一番なりたいのは二十二だわ」

「あら、だってその年齢《とし》じゃまだあなたハイブルと知り合っていないわよ。あなたもほんとうに年取ったわね、はじめてハイブルに会ったときと比べると」

ゾフィーは鼻先に指を一本置いて、自分を指した。「二十二よ。でも、そのあとに起きたこと全部と一緒に、だわ。いいえ、全部でなくていいわ。わたしが楽しく思い出せる出来事だけと一緒で」

「だけどそれなら二十二ではいられないわよ。二十二なら、そのときまでにした経験《こと》だけよ」

ゾフィーは傷ついたようだった。「あなたはひとの想像に水を差さなければ気がすまないのね」

「わたしはただあなたに、若返るときの年齢を正確に見積もれば、っていってるだけよ」

「じゃあ、姉さんはいくつでいたいの？　向こうでは？」

コンスタンツェは思案した。数回、肩をすくめてみせてから答えた。「わたしはね、若返らなくてもいいと思うの。ただし、いまより若いころの足と関節がほしいわね。そうでなければ、ここ数年間でわたしが苦しみながら学んだことが無駄になるもの」頭を振って、思い切る。「何てしょうもないことを話しているの、わたしたちったら」

ゾフィーは話題を変えなかった。「賭けてもいいけど、あなたも喜んで三十以前に戻るわよ。それを認めたがらないだけ。そしたら姉さんは何も苦労を知らなかった。わたしがいいたいのは、つまり、結局……。それとも、あれ、あちらでも夫をふたりもてると思っているの？」

コンスタンツェは立ち上がり、窓辺へ戻ると、暗闇に浮かぶ尖り屋根《とんが》を見上げた。ニッセンに何ほどかこの世との別れをこころやすくさせたものがあったとしたら、それはあの世でモーツァルトに会えるという期待だけだった。それは疑問の余地がない。ニッセンはさぞかし残念がっているに違いない。あちらで知り得たことをこの世に伝えられないのだから。向こうにも対話というものがあると仮定しての話だが——意見を述べ、返答を得るということがあるならば。残念至極——あら、天国にも残念なんて心情《おもい》があるのかしら？　不意にコンスタンツェはゾフィーに怒りをおぼえた。妹がこの方向にコンスタンツェの考えを押しやったのだ。無益などころか、おそらく罪深い方向へ。かつてはこんなことを持ち出したりはしなかったのに、なぜまたこの期《ご》に及んで聞きただそうというのか？

そのうちわかるわ、とコンスタンツェは思った。自分は何を長々と思いめぐらせているのだろう？

「ごめんなさい」ゾフィーが謝った。「わたし、自分が何をしているのか自分でもわからなくなったの。多分ポンスのせいね。でも、姉さんも認めるわよね――わたしたちがこっちより向こうにたくさんの知り合いがいるっていうのは。ときどき考えずにはいられないの。どうなんだろう、向こうは押し合いへし合いの混雑なのじゃないかしら、みんなそこでうまくやっているのかしらって。向こうに争いはないのかしら。たとえばモーツァルトの父親がニッセンに会って、手紙のことで非難の言葉を投げつけたりはしないのだろうかって……」

「そしたらニッセンは老モーツァルトをとがめるわ。わたしのことをいつも悪者扱いしたといって」

「するとそこにモーツァルトがやってきて、いうわね。それはみんなたいしたことじゃないさ。それよりか、耳を傾けて聴いてごらんよ、聖ペトロが雲の上にりっぱなクラヴィーアを置いてくれたんだ。もっと強く弾いてもいいけれど、それをやるとおしまいには重くて雲をつきぬけっちまうって」

「オペラも上演するの？　それとも宗教音楽だけ？」と質問して、コンスタンツェはお遊びに加わった。自分だけにわかる微笑が浮かんだ。天国の紳士貴顕による『魔笛』[*153]の上演を頭のなかに想い描いてみたのである。

「ねえ、モーツァルトはわたしたちの従兄、カール・マリーア[45、*154]をどう評価すると思う？」と、ゾフィーが聞いてきた。コンスタンツェはどうとも答える気がなかった。

にわかにおそろしい悲しみが彼女を襲った。それとほぼ同時に、妹は笑いすぎて溢れた涙をさっとぬぐうと、まじめにこう打ち明けた。「あのね、あちらで誰がわたしたちを待っているのかしらと思うと、この世は一層孤独に感じるの」

コンスタンツェは妹を腕に抱きしめてやりたかった。しかし、何かが彼女を留まらせた。「わたしたち、生き残ってしまったわね」と、つぶやく。

このところ年を追うごとに、むかしの時を分かち合った人間が減っていった。訃報を聞くたびに、過去はもろく、はかなくなっていく。去る者たちはみな隙間を残していくので、どこからか冷たい風が現在《ここ》に吹き込んでくるのであった。現在《いまここ》――もうそれはいったい何だろう？この部屋と、教会への道。せいぜいが墓地までの道。世界はどんどん狭まっている。いまでは考えられない。コンスタンツェがかつてデンマークまで旅し、ミラノにも行ったなどとは。地図を製作する人びとは何も知らず、まるで空間の隔たりは伸びたり縮んだりはしないかのように、この地上では何もかもがそのまま変化しないかのように、それを描いた。すべてはそこからとめどもなく動いていくのだ。すべてが、だ。コンスタンツェはあらゆる手紙を喜んで読んだ。手紙のおかげで、自分が住居の四方の壁に閉塞され圧し潰されるという感じをいだかずにすんだ。奇妙に聞こえるかもしれないが、手紙を読むと隣の部屋までの距離が伸び、それと同時に自分が呼吸する空間全体が狭まった気がした。自分でもよくわからないのだが、そうであった。

　ゾフィーは座ったまま身じろぎもしない。コンスタンツェは、妹が同じような不安と戦っていると知った。だが、この不安は分かち合えるものではない。だから、これについては何も語らないほうがよかった。何か二言三言《ふたことみこと》声に出してしまうと、あたかもそれら一つひとつが不安を膨らませてしまうような、迷信に近い、根拠のない懼《おそ》れが、コンスタンツェを凝《こご》らせた。何年も前から、死んでしまいたいと思っていた。モーツァルトのように死んだ状態でいたい、と。思い出したくもないあの冬の朝、自分はほんとうにそう思ったのだ。その朝の記憶はいくら振り払ってもありありと浮かんでくる。それが近年とみに激しかった。いろんな記憶のかけらが暗がりから吹き寄せてきて、家じゅうの明かりをすべて点《つ》けてもそれらは小ゆるぎもせず居座った。

　コンスタンツェは死というものを、モーツァルトのように《われわれのまことの至福への鍵》とは見なせなかった。《われわれの人生の真の最終目標》とは思えなかった。《人間の真の最良の友とすっかり慣れ親しむと、その結果、死の姿は僕にとってもう、少しも恐ろしくなくなったばかりか、むしろ真底こころを落ち着かせ、慰撫してくれるものとなる》[*155]という意見には与《くみ》しかねた。これを書いたとき、夫は三十一歳そこそこで、あと五年ほど生きる必要があり、まだ『ドン・ジョヴァンニ』を書かなくてはならなかった。シンフォニーに弦楽のカルテット、『コシ・ファン・トゥッテ』、『魔笛』、『ティート帝の慈悲』、それに『レクイエム』も、モーツァルトの手で作品になるのを待っていた。絶望的な違いではないか。ひとが三十一歳でベッドに横たわって「もしかしたら自分はあす、この世にいないかもしれない」としみじみ思うのと、七十九歳になってそう思うのとでは。

コンスタンツェが恐れているのは死ではなく、死ぬことであった。しばしば彼女はその死ぬというプロセスをさっさとやりすごせないかと望んだ。しかし、そのとき、朝の陽光が掛けぶとんにちらちらと揺れるのをみ、コーヒーの香りが鼻孔をくすぐり、外で鐘の音が響きわたり、小鳥がさえずり、ゾフィーの足音を耳にすると、生きたいと願うのであった。自分にもとらえどころのない情熱とともに、ただ生きたい、と切望した。とにかくいま、この瞬間には死にたくない。あした、いえ、あさって。いずれにせよ、きょうではなく。ヴォーヴィの次の手紙を読んでから。家じゅうにおいしそうな匂いを漂わせている、あの仔牛のローストを食べてから。ハーゲナウアー[*156]に行って、ひきだし用のラヴェンダーを買ったあとで。そう、ハーゲナウアーなら市場のおばちゃんたちより上等なラヴェンダーを商っている。ラヴェンダーは衣魚《しみ》を駆除するから。まるで、自分がいなくなったら、ひきだしに衣魚《しみ》が巣くうかもしれないと思うと、それが悲しいとでもいうように。

ゾフィーがついと手を伸ばした。妹は伸ばした手をコンスタンツェの手にのせた。そっと置かれた妹の手は、乾いていて冷たかった。

「あなたがここにいてくれてうれしいわ」コンスタンツェはねぎらった。

「わたしもうれしいわ。ここにいられて。あっちのディアコヴァール[*157]ではいまどうなっているのかなんて、考えるのもいやだわ」

「あなたはあそこでとても幸せではなかったの？」

ゾフィーは持ち上げた肩先を落とした。「ハイブルには聖歌隊長としての暮らしと地位があったわ。あのひとなしで、あそこで何ができるかしら？　あのひとのお墓は墓守が世話してくれているし、わたしはここにいても夫のことを思えるわ。いい夫だった。神の祝福があのひとの上にありますように」

「あなたも彼にとっていい妻だったわ」

ゾフィーはうなだれた。ナイトキャップの襞飾りがふるえた。「残念だわ、あのひとを知るのが遅すぎて。子供をもつには遅すぎたもの」

「そんな遅い年でもなかったわよ」

「何をいうの。わたしは四十《しじゅう》で、彼は四十五《しじゅうご》だったのよ」

そうなのだ。コンスタンツェはたびたび忘れてしまうが、おチビちゃんのゾフィーだって年を取るのである。

ゾフィーが、ほんの子供だったヴォーヴィを抱いてあやしていた様子はどんなだったか。甥がまだ片言も話せないとき、妹は一緒におしゃべりをし、歌を歌ってやった。甥っ子の小さな手や足を取って、これが手だよ足だよと教えてやり、入浴のときは甥っ子の頭の泡を指でくるっと回して、巻き毛を作ってやった。そして自分がヴィーデン[*158]からやってくるとき、途中のラウエンシュタインガッセ[*159]で何をみたかを話してきかせていた。ゾフィーはカールとかくれんぼやボール遊びをした。小さな木の枝や空《から》の糸巻きで家を作った。甥っ子たちと手をつないで散歩に出かけた。様々な場面が目に浮かぶ。息子たちはゾフィーが部屋に入ってくると、顔を輝やかせて飛びついていった。

「おぼえてる？　あなたがカールにダンスを教えたのを」

「ええ、それはもう。あの子は何度もわたしの足に乗り上げて、それで不機嫌になったのよ。でも、大きくなったらわたしと結婚すると誓ったわ」

「ねえ、だからあの子は結婚しなかった。ハイブルがあなたをさらっていったから」

「もちろんよ。それに違いないわ」

塔の時計が深夜の十二時を告げた。どこかの塔が最初に、次には別の塔で、続いて三番目の塔で。毎度のことながらコンスタンツェは決心する。最初に鳴り出すのはどこなのか今度こそつきとめてやろうと。司教座聖堂《ドーム》か聖ミヒャエルか、それともフランツィスカーナ教会か。時計は一度として揃って同じ時を告げたことがない。おそらくどこも同じに時刻をあわせたはずなのに。一台は少し進み、一台は遅れ気味になって、三台で引き伸ばされたアインザッツ[*160]を形成しているのだ。

「疲れたわ。わたしは休むわね」ゾフィーが意を決したように立ち上がった。コンスタンツェは座ったままで、妹のキスを額に受けた。頬へも接吻するため、ゾフィーは深くかがまねばならなかった。コンスタンツェは自分がよろよろと立ち上がるところを誰かにみられるのがいやだった。たといそれがゾフィーであるにしても。

ナイトテーブルに置かれた甕《かめ》の水には生温さが残っていた。コンスタンツェはそれで顔と手を洗い、残りで口をすすいだ。コップはリヴォルノ[*161]に旅立つカールからその当日に贈られたもので、以来コンスタンツェは朝晩欠かさずこのコップを使い、自分で洗って乾かした。女中はよく不注意《へま》をやらかすのだもの。カールから長いこと音沙汰がなければ、それだけこのコップに愛着が増した。デンマークにももっていったくらいだ。これをほかの荷物と一緒にヴィーンに送り返すとき、荷造りに難儀した。ニッセンはほほえみながらも、彼女をさとした。コップはあくまでコップにすぎないということを忘れないように、迷信にふりまわされることのないよう、しっかりしなくては、と。

そう、カール、と、コンスタンツェはコップをナイトテーブルの上に慎重に戻そうとして、指のふるえをおさえながら思った。このコップをわたしは護るわ。

着替えるのがどうしてこうも大儀になってしまったのだろう。コンスタンツェはボタンの一つひとつと格闘した。縫子はどうしてボタンホールをもう少し大きく縫えないのかしら？　狭すぎるわ。大きなボタンホールっていったって、あと二、三針の問題よ。

おそらく彼女は不当な要求をしているのだろう。

ひとはいつも正当でいられるわけではない。誰だってそうだ。ゾフィーはしょっちゅう着替えを手伝ってくれという。でも、わたしはまだそこまでじゃない。まだ、しばらくは。

身を横たえると、ベッドがきしんだ。それに連動して、タンスと床がぎしぎしいった。

こんな家財が想い出を保っていてくれるのだ。

左肩が痛かった。コンスタンツェは苦労しながら寝返りをうった。でも駄目だ。では、と、今度は仰向けになったが、どうも具合が悪い。枕が高すぎるのか。違う、ぺしゃんこなのだ。わたしはもう年老いたピッツィパンケール[*162]と同じざまだ。あの子も眠るのに身の置き所がなくなって、こわばった前足で枕をつかみ、うーっとうなり声を上げて全身を左右にゆすって、ため息しながら身を伏せていたっけ。かなり前からまともに吠えることすらできなくなっていた。

「聖父《ちち》と聖子《こ》と聖霊《せいれい》の御名《みな》によりて。アメン。天にましますわれらの父よ……

……今も臨終の時も祈りたまえ。アメン」*163 コンスタンツェは死の床に横たわるようにそこに臥《ふ》した。胸の上で手を組んだ。天主《てんしゅ》の御母《おんはは》、童貞の聖母よ、そのときはわたしの善き妹ゾフィーをかたわらに置いてください。わたしをひとりぼっちで死なせないでください。あすの朝、大きな蠟燭をフランツィスカーナ教会に供えます。立派な蜜蠟の蠟燭を一本。

「あなたの保護によりてわれらは悪より逃れるのです。天主の聖母よ、苦しみの時のわれらの祈りを受け入れたまえ……」

コンスタンツェの呼吸は静かになり、祈りのリズムに寄り添うように胸のあたりが揺れた。

「愛する息子たち、カールとヴォルフガングを祝福のうちにお護りください。この世であの子たちが健やかに暮らせますように。この世をみまかった愛するひとたちみなに永遠の安らぎをお与えください。彼らが永遠の光に輝きますように。主《しゅ》よ、彼らを平安のうちに憩わせてください。彼らに生者の国における永遠の喜びを与えてください。そしていつか彼らとわたしを、聖なる者の至福の暮らしにおいてひとつにしてください。天主の御独《おんひと》り子《ご》、われらの主《しゅ》イエズス・キリストによりて」

コンスタンツェは十字を切ると毛布をあごのところまで被り寄せた。あす、フランツィスカーナへ行くだろう。控え目にほほえむ聖母像に信頼の気持ちが湧いてくる。聖母に鏡を差し出している小さなぽっちゃりした天使が、コンスタンツェは好きだった。聖母を囲む小さな天使たちは、亡くなった自分の子供たちのようで、全員が黄金《きん》の雲に包まれてうれしそうにみえた。だが、聖母マリーアはときどき悲しげな目をしていた。教会に入る際にはそれに気づかないけれども。厳しい目つきをしていることはなかった。それは決してなかった。

わたしをあすも生かしておいてください。あなたに蠟燭を献げられますように。

それだけのためではないけれど。

あら、窓辺のあのぼうっとした影は何かしら？

心臓が早鐘のようにどきどきして、痛さを感じるほどになった。よくみればそれはカーテンだった。カーテンにすぎなかった。窓の差し錠に巻き込んでいたらしい。

コンスタンツェは不意に、どうしてもあの肖像画を、未完成のまま木箱に入って戸棚に眠っているあの肖像画をみなければ、という思いにとらわれた。それでベッドから降りた。素足に床が冷たい。

秋になると決まってそうだが、観音開きの扉はぴたっとくっついていた。湿った空気のせいだ。コンスタンツェは扉の一方を力ずくで引きながら、もう一方の扉の閂《かんぬき》にからだを突っ張らせた。やっとのことで扉が開いたとき、勢い余って倒れそうになった。ぜいぜいと重い息をついて数分間その場にたたずみ、それから木箱を取り出そうとして、戸棚のなかに膝をついた。

身をかがめるのはもう無理だった。すぐにバランスを失ってしまうのだ。

　コンスタンツェは目当ての木箱を開けると、肖像画[*164]を取り出した。さて、また立ち上がらなくてはならない。戸棚のまん中の柱を右手でつかんで身を支え、左脇にしっかり絵を挟み込んだ。三度踏ん張って、立ち上がることができた。ナイトテーブルの上に明かりを置き、肖像画をその前に据えた。焔がゆらめき立った。明るい色合いの板の上で、焔の彩なす陰影が戯れあっている。光と影があのひとの秀《ひい》でた額と金髪のあわいでちらちらと映《は》えわたり、モーツァルトの両の手が、その焔のゆらめきとともにクラヴィーアの上で踊った。

　ランゲがこの肖像画を完成しなかったのは残念だわ。

　いや、そうではない。ちっとも残念なんかじゃない。

　どうしてアロイージアの夫がほかのひとよりモーツァルトをよく理解することになったのだろう？　義兄《あに》は純粋に直観したのだ。そして、ひとはおそらくこの絵をみると、完成に至らなかったので全容とはいえないが、モーツァルトの何かを感じるのである。コンスタンツェがこの絵に特に感じるのは人生に対するモーツァルトの願望で、それが夫の頬と髪をかすめている。ノヴェッロ夫妻はうやうやしげにこの肖像画の前に立ち、モーツァルトの天才を感じたようであった。

　モーツァルトは彼女宛の手紙のなかに、自分はコンスタンツェの肖像画と会話すると書いてきたことがあった。《……毎晩、ベッドに入る前にたっぷり三十分は……そして朝起きるときも同じように》＊165と。コンスタンツェは夫の肖像画と話すことはできなかった。じっとみつめるだけであった。肖像画を凝視すればするほど、悲しみが膨らんできた。彼にこう尋ねてみたかった。あなたはいったい誰なの、と。コンスタンツェの知る限り、生きているときでもモーツァルトは答えてくれなかっただろう。夫は彼女にキスするか、何か愉快なことをいったに違いない。彼がかたわらに眠っていたあの幾日もの夜々、コンスタンツェは夫が憂いに沈むのを目にしたおぼえがない。彼女の前ではそれを隠していたのか？　ランゲの前ではそうでなかったのに？　モーツァルトが幾度か死の予感について語ったときでさえ、コンスタンツェは夫の悲愁《かなしみ》を感じ取れなかった。それどころかこう思うときさえあった。こんな夜遅くに〈銀蛇亭《ジルバーネン・シュランゲ》〉で去勢雄鶏《カパウン》＊166なんか食べた報いだわ、と。

それはもう取り返しがつかなかった。何も取り返すことはできない。変えられないのだ。言ったことは言ったこと。もっとも、記憶をしかるべくゆがめて想い出の形にもできる。渦巻き型の装飾を念入りにこしらえる金細工師よろしく、物事をおもむろにひとつの形に、あまりこころの痛まない形に仕立てていくのである。あるいはその記憶の扉を閉め、二重に鍵をかけるのだ。そのことは以後二度と考えない。そうしてやれば秘密というものは、バルサム油を塗られて霊廟に横たわる王のように葬られ、変化は起きない。新しい空気が流れ込んでこないのだから。

だが、ポンペイはどうなのだ？　あそこでは遺体が千年を越える長きにわたり、完全な姿で残っていた。ところが遺体の上に堆積した灰をシャベルで掘りのけた瞬間、人の形は塵となって崩壊したのである。

多分それが最後なのだ。記憶が崩れ落ち、吹けば飛ぶ塵の小山となって残るとき。そのとき、想い出はもはや少しも痛みを引き出しはしないのだろう。

焰がゆらめいていた。芯が長すぎる。切るべきだった。でも部屋を出てはさみを取りにいく気がしなかった。ほんとうに気が進まなかった。それにこの焰のゆらぎには、一種独特の心地よさがあった。明かりを見続けていると実はコンスタンツェは少し気分が悪くなった。テンポの早いダンスのあとで軽いめまいをおぼえるように。いや、違う、あのときのようだ。父に抱かれてぐるぐる回された幼いころだ。遠い遠いむかしのこと。ここはこんなふうに座っているには寒すぎる。素足じゃなおさらだ。コンスタンツェはベッドに入り、絵を掛けぶとんの上に置いて、自分の膝にもたせかけた。暗がりで印象が変化した。モーツァルトは、きつい、彼女にはかつてみせたことのないほど険しい顔をしていた。厳格でよそよそしく、はるかに遠ざかってみえた。

コンスタンツェは想いを振り払って肖像画をつかみ、ナイトテーブルの上に置いた。それから蠟燭を吹き消し、ベッドに戻って横になった。

過去と自分、そのあいだにどんな関係があるというのか。誰それの誹謗中傷の言葉が何だというのだ。きのうが、きょうが、そして、あすが、何だろう？

羽根ぶとんは軽く、あたたかかった。最上品の、繊細な和毛《にこげ》。そして気持ちのいいダマスク織りのカバー。眠りはすぐに訪れるはず。ほら、もうそこのドアから中に入って、大きな歩幅で弾むように、雲の柔らかさの地面を歩く。コンスタンツェの腕が大きく振られる。


あの物音は何だろう。ばたんといって、何かがぶつかって、さわがしい音。と、気づくより早くコンスタンツェはベッドの上で身を起こしていた。

視線が定まると、ゾフィーが部屋の中央に立っていた。蠟燭を手に、口をあんぐり開けて、ナイトキャップが頭からずり落ちそうになっている。「いったい全体……」

モーツァルトの肖像画が頭を下向きにナイトテーブルの脇に落ちていた。

ゾフィーは絵を取り上げると木箱に入れて蓋をした。それから、何もいわずにそれを片付けた。数分してからはじめて、何か必要な物があるか、とコンスタンツェに聞いた。

「何もないわ。全然。よくお休みなさいね」

「姉さんもね」

戻りしなゾフィーは小さなため息を漏らして、ドアを締めた。

コンスタンツェは闇をみつめたままでいた。彼女は驚いていた。これはよくないわ。こんなことすべきじゃないわ。

心臓が激しく胸を突き上げ、呼吸がのどにからまる感じがした。長時間駆けたあとのようであった。コンスタンツェは無意識のうちに左手首に右の指をあて、脈を数えていた。

と、たちどころにコンスタンツェの意識はその場に戻った。えたいのしれない憤怒のかたまりが、当時のように彼女に襲いかかった。こぶしを固め、枕に食いついた。すんでのところで叫び声を上げそうになったが、ぐっとこらえた。いま、ゾフィーの顔はみたくない。これはひとりで、いや、モーツァルトとともに片を付けるべきことだった。

見捨てて逝《い》ってしまったのだ、モーツァルトはわたしを。泣きわめくだけの乳飲み子、右も左もわきまえない七歳の子、それらと一緒に、よるべないわたしを置き去りにして、そそくさと死んでしまった。待避したのだ、死の只中へ。あの人がよく、機嫌を取るような愛撫や冗談に逃げ込んだように。そこに蒼白いむくんだ顔で横たわって、何も答えず、こちらが悲痛の思いに泣き叫ぶにまかせて、たったひとり、絶望のなかに投げ捨てていったのだ。借金と先行きの不安、わたしが自分に投げかけずにはおかれない数々の疑問、あれこれのひとたちが発する様々な問いをわたしに残して。問いの一つひとつがコンスタンツェの怒りを煽った。どうしてあの人はわたしにこんな仕打ちができたのだろう？　いつも、たえず彼女を愛していると言い張ってきたモーツァルトが？　コンスタンツェは母も憎んだ。ヨゼーファ、シカネーダー[46、*167]、ヴァン・スヴィーテン、アルブレヒツベルガー[47、*168]、プフベルク、そしてヨーゼフ・ダイナー[48、*169]を憎んだ。彼女の手を取ってゆさぶるすべてのひとを憎んだ。まるで彼らが神の意思と摂理についてわけのわからない御託《ごたく》を並べるたぐいの人間であるかのように。カナリアがさえずり始めたのもいまいましかった。口をゆがめて泣く子供たちもしゃくにさわった。誰もかれも、すべて、生きているひと、去っていくひとをことごとく憎み嫌った。枕を殴るおのれのこぶしも、痙攣してぴくつく足も、憎悪の対象だった。

コンスタンツェの記憶は不明瞭だった。カールが泣き始めたとき、それは自分が息子をたたいたことが原因だったのだろうか。そのとき母が息子をどこかへ連れていった。あるいはほかの誰かが。いや、母はヴォーヴィを抱いていた。それから部屋はにわかに人気《ひとけ》がなくなった。空疎が耳の奥にとどろいた。ただ、ゾフィーが足音を忍ばせてコンスタンツェに近づくと、彼女の手を取ってともに泣いた。だが、妹は彼女の憤りを知るべくもなかった。妹はさめざめと涙を流しながら、姉が服を脱ぐのを手伝い、まだモーツァルトの汗でじっとり湿っている枕を姉の手から取り上げた。コンスタンツェは抗った。しかしゾフィーは枕を奪うと、新しいカバーを巻いてもってきた。カバーにはアイロンがかかっていて、冷たかった。

この何年間というもの、その憤怒はなりを潜めていた。ところがいま、それはコンスタンツェを痙攣のようにゆさぶり、静かに横になっていようと我慢すればするほど、足がぴくぴく動いて互いに打ち合うのであった。コンスタンツェは握りこぶしを口に突っ込んで噛んだ。痛くはなかった。

突如、彼女は自分を外からみた。そこに横たわっている自身を目にした。白髪女。五十年の風雪に刻々といぶされ醗酵し切った苦い涙のしずくを噛み、半世紀を経てもまだやり場のない馴染み切った憤りにのどを灼いている女である。まるで酢でも飲み下したように。

当時はこのような憤激のあと、魂が抜けたような空白の時間が長いあいだ続いた。そのときは、すべてをなすがままにしておいた。コンスタンツェには何も関係なかった。何もかもが正しく、またその逆でもあった。彼女が自分で決定を下す必要のない限りにおいては。

舞台の一場を目にするように、コンスタンツェはラウエンシュタインガッセ[*170]にいたときの居間をみた。それはこころの目に、人形の部屋の倍ほどの大きさにちぢんで映った。でも、そこにあったものはみな揃っていた。金メッキの縁取りのある鏡、シャンデリア、二脚の寝椅子、そして陶器にいたるまで。彼女は背もたれのある椅子に座っている自分に目をとめた。カールが部屋に入ってきて、彼女に抱きつき、頭をこちらの肩に押しあてるのをみた。コンスタンツェは不意に立ち上がる自分を確かめ、カールが椅子の角で頭を打って、茫然とその場に突っ立つのを眺めた。息子はわっと火のついたように泣き出し、大粒の涙をきらきら溢れさせて、ガラスのようだった。

いまはじめて、コンスタンツェは子供の身になって、息子をかわいそうに思った。当時はヴァン・スヴィーテンがカールをプラーハに連れていくと決まって、喜んだものだった。あの子がべたべた触ってくるのが耐えられなかった。どんな感触にもぞっとした。ヴォーヴィを前にしてさえ吐き気がした。

おまえはうまくやったわよ、と、暗い部屋の中、コンスタンツェはくぐもった声で自分に語りかけ、その声の響きにぎょっとした。彼女は錯乱しているわけではなかった。間違いなく老いてはいた。しかしこれは狂気ではなかった。

わたしは自分の人生をやり遂げた。借金も返した。全部、ことごとく、だ。プフベルクにだって耳を揃えて返済したわ。わたしは遺産を管理し、ニッセンの伝記を完成させ、印刷・出版に向けてこころを砕いた。これ以上わたしに何を期待するというの?

モーツァルトは自分の旋律を世界に遺していった。オペラを、シンフォニーを、コンツェルトを、ミサ曲を、室内楽を、そしてほかの女性のために書いたアリアを。

わたしには、借金と年端もいかないふたりの子供を残していっただけだけど。

コンスタンツェは突然冷水を浴びせられたような気がした。罪を犯したように感じた。

わがイエズスよ、憐れみの聖心《みこころ》よ。

重たくたるんだ疲れが身体に広がってきた。頭のなかでいくつかの映像がぐるぐる回った。コンスタンツェは久しぶりに軽さを感じる頭を、大きな風船を置くように枕に横たえた。頭のなかでいくつかの映像がぐるぐる回った。プラーター*171の山毛欅《ぶな》の巨木。その下に陽がまだらに落ちた芝生がある。彼女はそこにモーツァルトと一緒に立っているのがわかっている。だが、自分の視線は夫には向かわず、目のくらむ太陽の斑点をみていた。そして、これまでになないあこがれの気持ちでモーツァルトをみたいと思った。自分のそばに立っている彼の様子を。小柄で、細身で、絹の刺繍がほどこされた上着を着ている。あのころ、夫はまだこの金時計をもっていた。コンスタンツェが彼の花嫁になったとき、それを贈り物にくれたあの時計である。自分の死後、この時計を息子たちのどちらが所有すべきかいってはいない。ふたりが決めればよいことだ。

コンスタンツェはサイドテーブルの上にある時計をつかみ、指のあいだから鎖をさらさら落としてみた。それから時計の丸みをなぞる。そうすると掌《たなごころ》に慰めの感触がした。

赦《ゆる》してね。コンスタンツェは願った。あなたはわたしを赦《ゆる》してくれている、そうでしょう？あなたはいつもわたしを赦《ゆる》してくれた、わたしがいつもあなたを赦《ゆる》したように。最初はあの出来事ね。そう、わたしがヴァルトシュテッテン男爵夫人のところで、どこかの色男《カヴァリエ》にふくらはぎを測らせたこと。[*172]もうおぼえてなどいないわ、あれが誰だったかなんてこと。それがまともな娘にはふさわしくない行為だなんて、どこからわたしが学べたと思って？　わたしはしょっちゅうあたりを見回して、ほかのひとたちがすることを観察していたのよ。その後、わたしが家で学んだことはよそ様では通用しないんだって悟ったのよ。わかってくれる？　なるべくぼろが出ないよう、うまく順応するように務めたわ。どうやって知ればよかったの？　わたしは誰にあわせるべきで、誰の真似をしてはいけないのだと。あのひとは男爵夫人なのだから見ならって当然だと思ったのよ。わたしはあなたのパパやお姉さまにもあわせるようにしたつもりよ。信じてちょうだい。わたしはやったわ。適応はよかった。でも、あのふたりはそれを望んでいなかった。あのひとたちから学ぶ機会をあのふたりはわたしから取り上げたのよ。多くのひとは自発的に何ほどかの人間になるのでしょうけれど、わたしは違う。わたしはいつも鏡にすぎない。そして鏡は、映すために存在するのではなくって？

　聖書にもあるわ、妻は夫に従うべきである、[*173]と。そうでしょう？　数週間前、神父様がはじめてそのことについてお説教をしたのよ。お名前は何ていうのか知らないわ。舌っ足らずに話す神父様よ。でも、あなたは知らないわね。わたしには結構お年のようにみえるのだけど、あなたは知るはずがないわ。神父様はまだ神学校にいた時分でしょうね、あなたが……。

　これまで思ってもみなかったわ。あなたとこうしてお話できるなんて。ふたたび、また、という意味でよ。でも返事はもらえないのね。ご存知かしら、何度も、わたしは何度も思ったわ。もしわたしの耳が聡かったら、あなたの音楽のなかに返事が聴けるだろうにと。でも、わたしの耳がお粗末だとしても、わたしのせいじゃないわよね？　あなたの耳はみんなが認めるように普通のひととは違っていた。だからニッセンもあなたの耳を描いたのよ。よく描けていたと思うわ。

それであなたには、ヴォーヴィの耳をみていただきたいわ、そっくりな形をしているのよ。そうなんだから、あなたは一部のひとたちの馬鹿な噂話に耳を貸しては駄目よ。まるでわたしが〈馬鹿いってる坊主〉と……これはあなたがいった言葉だったわね、おぼえていて？　そして彼を牡牛だとも。どうして牡牛が……。

いいえ、実際、そんなことわたしは一度も話してないわ。ほんとうに。わたしの話し方には品位がある。それはあの上品なイギリスのかたたちも認めてくれた。わたしはまぎれもない標準語でしゃべるって。あなたは笑うわね、きっと。わたしだっていろいろ学び足したのよ、あのころからこっちというもの。きょう知っていることをあの当時知っていたら、わたしたちは違っていたでしょうね。誓ってもいいわ。経済的には、ということよ。そうしたらわたしは、あなたに仕事をもってくるひとたち一人ひとりと話し合って契約を交わし、劇場との交渉にも当たれたわ。わたしがあなたの代理人《マネージャー》になって、あなたが女生徒たちにレッスンをつけなくてもすむようにした。落ち着いて作曲できたはずよ。それともあなたは女生徒がいないと淋しかったかしら？

遺言状で、貧乏なモーツァルト家にはなにがしかを遺贈するようにしたわ。あなたの従姉妹[*174]に。それでいいでしょう？　わたしがすべてを自分のためだけに欲したとは思わないでちょうだい。わたしはときどき忘れるのよ。自分はいまは裕福な女性だということを。年を取るといろんなことを忘れるものよ。あなたには当然、これは理解できないでしょうね。あなたは一度も年寄りではなかったものねえ。

あなたはまだわたしを、しわくちゃになって、おなかも二の腕もたるんだわたしを好いてくれるかしら？　向こうでも、わたしをまたスタンツィ・マリーニとよんでくれる？

スタンツィ・マリーニ、と。

力強いぬくもりがコンスタンツェの身体に広がり、爪先まですーっと流れていった。足の先までは何と遠いのだろう。何マイルも離れているようだ。ぬくもりは両手の指先にも届いてきた。

頭のなかで旋律が浮かび上がった。モーツァルトの旋律だった。でも、どの作品からなのかはわからなかった。コンスタンツェはひとり、声にせずそれを追った。頭のなかでも届かない高い音のところにくるまで。

あなたは気を悪くしないわよね、わたしがモーツァルトという人間より、その才能に特別な関心をもっていた、とニッセンにいってしまったことについては？

だってそれじゃ彼にどう答えるべきだったの？　ニッセンは何といってもあなたへの崇拝の念で一杯だった。あなたには想像できないわね。あんな率直な崇拝者をもつという経験がなかったから。ニッセンはあなたに関するすべてを知りたがった。いろんなことにわたしは全く答えられなかった。いまでもそうよ。でも、おわかり？　わたしは思うのよ、あのひとは嫉妬していたのかもしれないって。このことはどのみちもう、あなたのほうが知っているわね。誰に関しても、ニッセンは相手の何かを自分のものとして取り込まなければ気がすまなかった。わかるかしら。それで、あのひとがこの世にいたときは、あなたの音楽が最重要事だった。でも、それはあなたにとっても重要だったのだから、ニッセンとわたしの何かであなたが傷つくなんてことあるかしら？　あなたとはあんなふうにいつも楽しくて、ふたりして笑ってばかりだった。でも、ニッセンとのあいだではそんなことは決してなかった。ニッセンはいつも真面目で、威厳に溢れていた。何年一緒に暮らしても、その礼節の上着を脱ぎ捨てたところはみせたことがなかった。ちょっと彼の肖像画をみてやってちょうだい。生き写しだわ。ほんとうよ、ニッセンがどんなだったかがみてとれるわ。りっぱなひとだった。これ以上の人格者はいないわ。そしてカールとヴォーヴィには最適な父親だった。悪く思わないでね。でも、あなたは多分あの子たちにとってニッセンよりいい父親にはなれなかったわ。ニッセンはカールのために五ドゥカーテン金貨に相当する運送費を払い、三十五グルデン以上の出費をしてくれた。わたしたちが写譜代と通行税その他のために必要としたお金だった。カールはとてもそれを喜んで、それで結婚式のとき、珊瑚玉をわたしにプレゼントしてくれたのよ。このエピソードからだけでもわかってくださらなくては。ニッセンがわたしに対してどんなだったか。まるであなたの想い出の品を扱うように、やさしく気遣ってくれたわ。

不意にがつんと殴られたかのように、コンスタンツェは自分がひとりで話しているのに気づいた。モーツァルトはもう手の届かないところにいる。

しかし彼女はそれでもなお、モーツァルトの気むずかしさのニュアンスをすみずみまで承知していた。おお、主《しゅ》よ、あのひとに永遠の平安をお与えくださいますように。また永遠の光も。

コンスタンツェは誇り高い女性だった。ガシュタインであのイギリス人が全裸で入浴すると言い張って譲らなかったとき、何より好きな入浴を二時間待って辛抱したほどだ。コンスタンツェはまた、そのスタイルのよさで着こなせたにもかかわらず、フランスで大流行したという透ける素材の服は身につけなかった。コンスタンツェは、それで装った婦人たちのことを裸以上にあられもないと思う。そこまで神への畏敬の念が失われてしまったなら、フランス革命後に革命家たちが互いに殺し合うのは、コンスタンツェにしてみれば何の不思議もなかった。

この世には全く同じというものはなかった。天地創造の計画には同一のものは記されなかった。すべてのものが違うのである。ひとはそれに従っておのれの分相応の働きをするべきなのだ、できる限り。善良なニッセンもいつもいっていた……何をいってたっけ？　コンスタンツェはど忘れしてしまったが、何か賢明で正しいことであった。彼女は全く同じものを想像できなかった。そもそもこの世で何が同じだというのか？　自分の左右の手さえ同じではないというのに。

左の手より右手のほうが静脈が浮き出て目立っていた。浮き出た静脈を指でなぞると妙な感じだった。あす、ゾフィーに爪を切ってもらおう。あの子のほうがルイーゼより上手だから。

自由、それをモーツァルトは切望していた。作曲のための自由。それはしかし革命家たちが夢みた自由とは別種のものであった。それともそうではなかったのだろうか？　高貴な身分のお歴々の横柄さにモーツァルトは怒り狂ったものだ。激怒のあまり文字通り口から泡を飛ばしたこともしばしばだった。アルコ伯爵[49、*175]を思い出したところでそうだ。モーツァルトは、なぜ大司教のコック長を認めず、大司教その人をも嫌ったのか。何がそうさせたのか。この〈無作法大司教〉はまだ害がなかった。自由は服従の反語なのか？　あるいはそれ以上のものなのか？服従することをモーツァルトは学んだ。徹底して学んだ。実際には、父親への服従をやめてしまってからもなお、父宛の手紙は《誰よりも従順な息子》という署名で結んだのであった。それも結局は嘘とはいえないだろう。従順であることのよしあしは別として、レーオポルト・モーツァルトにはこの息子しかいなかったのだから。

自　由《フライハイト》、[*176]——コンスタンツェはこの語を数回低くつぶやいた。R《エル》の音が口腔内でヴィブラートすると何かしっくりしない感じがして、舌を使って意識的にT《テー》の発音をするときもその違和感が残った。

「自由」

コンスタンツェは苛立たしげにかぶりを振った。高尚な意味のある言葉は彼女を悩ませた。その意味を考えるのはそういう言葉と付き合える、ほかの連中に任せればいいのだ。だいたいきょうはたくさん考えすぎた。あまりに多くを、だ。

三番目は何だったかしら？　兄弟愛[*177]だ。それについては兄弟たちが考察を進めればいい。もし気が向けば、の話だけど。

夕食が重すぎたのかしら？

あした、ルイーゼに仔牛の骨を買わせよう。野菜とマルククネーデル入りのアインマッハスープ[*178]を作らせるのだ。パセリをたくさん入れよう。香り付けにはいうまでもなくナツメグ[*179]だ。おいしくてからだにいいわ。もちろんルイーゼには母やヨゼーファが作ったスープの味は出せないだろう。ふたりがこしらえてくれた料理を想い浮かべると、口の中に唾液が溢れた。香辛料を使って味をととのえるときの母の顔——指でスパイス類をすり潰そうというとき、母の口元はへの字を描くのをやめ、いつもきつく閉じられている唇に柔らかさが宿った。母はそのとき愛情こまやかな女にみえた。味見をしようとして、熱い玉じゃくしを吹き冷ましてから口をつける様子はまるで誰かにそっとキスをしようとしているかのようだった。

　いつか遠いむかし、そう、ほぼ百年前には、あのひとはそんなふうに柔和な笑みを浮かべて、父をみつめたに違いなかった。

　父親をソースと比べるなんて。自分はもうほんとうにおかしくなったのだろうか？　もう？とにもかくにもわたしはもう八十歳なのだ。望むなら、おかしくなったって構わないところだ。やればいいのだ、自分のやりたいことを。誰に申し開きをする必要があろう。ただし、そう簡単にいかないのは、自分がいったい何をしたいのかわからないところにあった。

　ニッセンが死んで以来、何を望むべきなのかをコンスタンツェに教えてくれる人は誰もいない。

　ニッセンに感謝している。あのひとがわたしのためにしてくれたすべて、それ以上にわたしに教えてくれたすべてに対して、こころから感謝している。コペンハーゲンで暮らした歳月[*180]は素晴らしかった。ある金持ちの商人のことが思い浮かんだ。その男はモーツァルトを慕うあまり、息子にモーツァルトという名前をつけてしまったのであった。ペーターセンというひとだったわね。ちょっとうかがいますが、わたしの記憶力が衰えたなんていうのは誰かしら？　名前さえコンスタンツェはまだおぼえていた。コペンハーゲン。ニッセンとともにオペラ座に姿をみせると、みながいっせいにこちらを振り向いたものだった。めぐみ深く愛情こまやかなマリーア・ゾフィー・フリーデリケ女王陛下は、大変お優しい言葉を一度ならずかけてくだすって、モーツァルトへの賞讃の気持ちをお示しくださった。そんなときのニッセンは、あたりをはらう気品に溢れてコンスタンツェのかたわらに控え目に立っているのだが、その目はいつも笑っていたものだった。立派なニッセン。あのひとはいつでも、この瞬間には何が適切か、どのようにふるまうべきかを的確にわきまえていた。

　あら、そうだわ。いま何が頭をかすめたのか、しっかりとコンスタンツェはとらえなおした。ある旋律があまりに早く走り去ったので、つかまえられなかったのである。〈セ・ヴォール・バラーレ、シーニョル・コンティーノ〉[*181]。

　アリアではなく、前奏の一部が耳の奥で鳴り騒いだのであった。

　ニッセンはこのアリアをそれほど好きではないようだった。煽情的すぎると思ったようだ。多分あのひとは正しかったのだろう。きっと正しかったのだ。音楽のなかでもそうであるように、この世界には秩序というものが必要だったから。モーツァルトはこのアリアが気に入っていた。初演のベヌッチ[50]は何と見事にそれを歌ったことか。一つひとつの言葉にこまやかな感情を込めて、まるでその役になりきって歌っているようだったわ。そう思ったとき、コンスタンツェは突然モーツァルトの姿を目の前にみた。大好きな赤い上着を身につけている。ところが頭には赤いトルコ帽をのせていて、鞭を手にした扮装《いでたち》だ。その顔は暗がりに隠れている。モーツァルトの前ではアルコ伯爵が跳びはねていて、まるで踊る大熊みたいだ。コンスタンツェは大司教のコック長と面識はなかったが、彼がその人物《ひと》だとひとめでわかった。その男はひどくおどけた様子で左右の足を上げ下げしており、足元に向けてモーツァルトが鞭をふるっていた。コンスタンツェはけたたましい笑い声をあげた。

そのとき、ストレースが彼女の邪魔をした。そうなのだ、コンスタンツェが『フィガロ』を思い出すと、決まってそれが起こらずにはいないのだ。スザンナ*182が、くるぶしに羽根でもあるかのような独特の歩き方で、踊るようにしてこちらにやってくる。好奇心一杯で、もう我慢できないというふうだ。いつも息を弾ませ、全身からときめきの渦が溢れ出ている。ストレースをみて既婚婦人と思う者はいなかった。本人自身もそうだったろう。それに比べてコンスタンツェは当時、アヒルのようによたよた歩いていた。小さなレーオポルト*183が胎内で手足を動かし、どの子よりも元気におなかを蹴っていたからだ。そして、その子は生まれ、ひきつけを起こして死んでしまった。一月《ひとつき》にもならないうちに。

妊娠中の様々な危険と苦労、出産の痛みを通り過ぎても、喜ぶのは早すぎた。死の危険は至るところで嬰児を待ち伏せしていた。幼子らは死ぬ。ひきつけで、高熱で、何かの病気になって。あるいは幼子らの生命の火は、だしぬけに、ただただ吹き消されてしまうのであった。それがなぜかは誰にもわからなかった。そしてふたたび家から小さな柩が運び出されるのであった。あんなふうに何もかもがあっという間に飛び去るように過ぎていく状態では、ひとはどのようにして愛することを学べばよいのだろう？　何ものかと固く結びつくことに不安を覚えるようになるものだ。

ひょっとしたらコンスタンツェには単にその才能がなかったのかもしれない。ひとを愛するのにはそのための才能が要る。それは音楽や、絵画や、算数をするのにそれぞれのための才能を要求されるのと同じことだ。

だが、それが葬られてしまった才能だったとしたらどうだろう？　自分の才能を葬り去った者は、狼の遠吠えと歯ぎしりだけが聞こえる真っ暗闇の森の奥深くに投げ出されたようなものではないのか？

コンスタンツェは愛する才能を葬ってしまったのだろうか？

コンスタンツェはありふれた女でしかなかった。ただひたすら、夫となった者たちの幸福《しあわせ》を懇願し、そうなるように努めたただけだった。それともそうではないというのか？

彼女は『後宮からの奪還』のコンスタンツェのアリアを口ずさんだ。《ああ、わたしは恋を

していて、とても幸せでした*184》

わたしもまた幸福《しあわせ》だったのかしら？　それは確かにそうだった。ふたりのよい夫。どちらのひともわたしを愛し、大切にしてくれた。そのことをさっきゾフィーにいっておけばよかったのだが。

ふたりのよい夫、ふたりのよい息子。ひとりの女としてこれ以上何を望めよう？

ふたりのよい息子たち。カールはモーツァルトの姓をそれほど重荷にしていない。役人にはそれは用をなさないものだから。でも、息子は音楽家として成功するという望みを最終的には捨てざるをえなかった。それがどれほどつらかったのかは、コンスタンツェには見当がつかない。翻って、ヴォーヴィはどうだろう？　最後に訪ねてきたとき、あの子は疲れた様子で、精力を使い果たした男のようにみえた。あの子のいのちはそう長くないのかもしれない。息子の向こう気の強さはどこへいってしまったのだろう？　あの子は作曲することができたのだ。だが、しようとはしなかった。

これが父親との違いだったのか？

コンスタンツェはふたりに書いてやったことがある。《モーツァルトの息子たるもの、凡庸であることは許されないのです。何もとりえがないということ、それは信用というより不名誉なのです》と。並でいることへのおそれが息子たちの気勢をそいでしまったのか？　わたしが欲張りすぎで忍耐に欠けていて、そのせいであの子たちの成長を挫《くじ》いてしまったのか。息子たちにこちらの望む理想像を押しつけるとき、わたしははたしてあの子たちの気持ちの隅々にまで心を配り、あの子たちを思いやっていただろうか？　神のみぞ知る、だ。神様はそれに、当時わたしが正しいと信じて行なったあれこれのことも知っていてくださる。

われらがひとに赦《ゆる》すごとく、われらの罪を赦《ゆる》したまえ。[*185]

なぜわたしはそのまま打っちゃっておかないのかしら？　なぜきょうという日になって、自分の人生を帳簿のように見直さなくてはならないのだろう？

してみるとあれは真っ赤な嘘というものか。モーツァルトのことを聞きたくてやってきたひとたちに対して、そのひとたちが何を聞き出したいのかを察してコンスタンツェが語ったモーツァルトの人物像は？　あの人は自然を熱狂的に讃美していました、と彼女が証言した[*186]としても、それはモーツァルトを損なうわけではない。人びとが以前にも増してモーツァルトの音楽を尊重してくれるなら、そのひとたちがこうあってほしいと思うそのままにあの人の人物像を語って、どうしていけないのか？

モーツァルトには全くどうでもいいことなのだ、そんなことは。コンスタンツェにはわかっていた。

コンスタンツェはベッドに身を起こした。どのみち眠ろうという頭はすでになかった。肩に痛みを感じ始めていた。

　ひとはみな、それぞれにモーツァルトの姿を想像し、どの肖像画が一番本人に似ているか聞きたがった。[*187]　どうしてそんなことがわかるかしら？　こんなに時が経ってしまったあとというのに？　死者の面影だって変化してしまうものではないかしら？　それでなくとも肖像画自体はどれもある瞬間をとらえて静止している。だけどモーツァルトはじっとしていたためしがなかった。いつも動き回っていた。いったいあのひとの鼻がどう付いていたか、眉はこういう弧を描いていたかそれとも違ったか、などがそんなに重要なことだろうか？　モーツァルトがお追従をいわれて喜んだ、とかいう話についてはコンスタンツェは何も知りたくなかった。

　肖像画がいけない、と彼女は思った。わたしがあのひとを目の前に思い浮かべられないのは肖像画のせいなのよ。輪郭ははっきりしていながらモーツァルトの顔が真っ白なのは、あのひとの顔についてあまりにくだくだしく論じられすぎたからなのだ。焦点のぼやけたふにゃふにゃという以外、形容のしようもない散漫な言葉によって。

　現在、モーツァルトの記念像が建てられようとしている。コンスタンツェはそれを喜んでいる。だが、モーツァルトは、あのひとは、これをどう思うだろう？　夫は音楽が何もわかっていない聴衆を前にすると、あんなにいやそうに演奏していたではないか。

　モーツァルトは誰も要らなかったのよ、ほんとうに誰かひとを求めなければいけないところでは。あなたたちも、わたしもよ、とコンスタンツェはつぶやく。あのひとはただただ音楽だけが必要だったのだわ。たとい手紙にこうあろうとも。《……きみには想像できないかな、きみと離れている時間がどれほど僕に長く感じられるか！――僕のこの気持ちはきみにうまく説明できないが、空虚なんだ――それがたえず僕を苦しめている。――ある憧れというか、決して叶えられず、だから止むこともなく――ずっと続いていて、日に日につのるのだ。――思えばバーデンで一緒だったときの僕たちは何て楽しく、子供みたいに無邪気だったことだろう――僕はここで何ともわびしく退屈な時間を過ごしているかと思うと――仕事さえも楽しくないのだ。だって、ときどき手を休めてきみと二言三言《ふたことみこと》、言葉を交わすのに慣れてしまっているのだもの。残念ながら目下はその気晴らしができないのだからね――クラヴィーアの前に立って、オペラのなかから何か歌ったりもするが、すぐ止めたくなる――あまりにいろんな感情が湧いてくるので――やめよう《バスタ》！――いまこの時間で仕事を切り上げられれば、次の瞬間には僕はもうここにはいないぞ……*188》

この手紙を受け取ったとき、すぐにヴィーンへ取って返すべきだったのだ。そうしたら……。

いや、それはない。手紙にある空虚や憧れをコンスタンツェが満たしてやることはできなかっただろう。彼女にはできない。そしてほかのひとにもできない。誰であっても、だ。最近、とみにこの一、二年というもの、ときおりコンスタンツェは夫の手紙にあった空虚の気配を身にしみて感じた。でもそれは、多分別の空しさであろう。

早く一日が始まってくれればよい。ゾフィーが部屋に入ってきて、何か声をかけてくれないかしら。何か、この静けさを破る一言を。

ふたたびコンスタンツェのアリアが脳裡をよぎった。

《……そしてあのひとはわたしの膝で休んだ》[*189]

そう、あのひとはわたしの膝で休んだ。だけど、それでじゅうぶんだったの？

じゅうぶんだったに違いない。

間もなくモーツァルトの名を担う者はいなくなるだろう。その栄誉も、その重荷も。ヴォルフガング、あるいはカールとともにその名は死ぬであろう。

息子たちはいった。あのひとは不滅だと。それでモーツァルトの立像の除幕式のために、グリルパルツァー[51、*190]がお祝いの詩を起草するとかいう話なのだ。風のたよりではすでに作り終えたとも聞く。しかし、あの立像を食事に招くことはできない。[*191]

あの小柄で細身だった夫。猫をまねてミャーオーとテーブルや肘掛け椅子に飛び乗ったり、とんぼ返りを打ったりして道化になっていたひと。それとも、あのときのあなたは、ほかのひとたちを小馬鹿にしていたの？　自分でも驚くほど、そんな夫の姿がありありと目の奥に立った――あのひとがすべての市民の誉れとなって、広場の中央に不動の姿勢で立つことになる。でもそれは『フィガロ』を、そして『ドン・ジョヴァンニ』を書いたあのひとではない。それは立像だ。そしてその立像は多くの肖像画と等しく、その当の人物よりも製作者のことを多く物語るものになるだろう。ヴォーヴィとカールがお祝いに駆けつけるはずだ。ヴォーヴィはおそらく、ニッセンの死に際してもそうだったように、『レクイエム』の棒を振るだろう。あのときはみんなが口々にほめたたえてくれたっけ。こんな美しい調べの、こんな胸を突かれる死者のためのミサ曲は聴いたことがなかった、と。

ヴォーヴィはニッセンを父親として愛していた。それを思えば、とにもかくにもコンスタンツェは母親として、ヴォーヴィに父親をあてがってやれたということか。

ノヴェッロが真心こめて招いてくれたのに、あの子ったらイギリスへは行かなかった。あれは残念だったわね。イギリスではモーツァルトの名はもろ手を上げて歓迎されたはずなのに。あの子がイギリス行きをためらったのはそのせいかしら？　もちろんモーツァルトの息子として迎え入れられたはずでしょうけど。あの子をヴォルフガングと名づけたのが間違いだったの？　そうしなければ、フランツ・クサヴァー・ヴォルフガング・モーツァルトという人間よりもっと気楽に生きられた？

夜に考えそうなことね。つれづれの夜の、退屈しのぎにもならない物思いだわ。空が白々と明けるころにはちりぢりになってどこかへ消えてしまうものね。コーヒーをいれさせよう。モーナには焼きたてのキップフェル[*192]を添えてもらおう。違うわ、モーナじゃないわよ。モーナはずいぶん前にいなくなったわ。ルイーゼ。もちろんルイーゼよ。おかしいわね。女中がお姉さまと同じ名前だなんて。姉のルイーゼの下でわたしは女中のような思いをさせられてきたのに。ルイーゼにはきょうこそ銀器のカトラリー[*193]を磨いてもらわなくては。きのうコンスタンツェはフォークやスプーンに曇りを認めたのだ。あれでは銀製品の重厚さが台無しだわ。起きたらすぐルイーゼにいいつけよう。そうなのだ、旧姓ヴェーバー、いまではコンスタンツェ・フォン・ニッセンことモーツァルト未亡人には、これまで所持品として、六組の銀製のスプーンとフォーク、そして誰かが不注意にトイレに落とさなければ六本だったはずの、銀製のナイフ五本があった。五十年前、家じゅうのほかの銀器は質屋で流れてしまった。コンスタンツェはいまでも誰がその質草を引き取ったのか、どうしても知りたかった。モーツァルトときたら何にでも無頓着だった。コンスタンツェが死んだら、あの上等な真珠のネックレスは誰の首を飾るだろう？　ヨゼフィーネ[*194]ではない。ヴォーヴィはこの真珠を譲りはしないだろう、ヨゼフィーネには。あの連れ合いは深い信頼を寄せられても無関心を示されても、いずれ相手に疑いをいだく人間だから。それに、そうこうするうちにふたりの愛も薄らいだのでは？

　空はそろそろ白みかけていたが、すっかり明け初《そ》めるにはまだ間があった。ただ、窓のところは、室内の暗闇に向けて明るく浮き出ていた。犬が吠え上げた。かすれ声で、一度だけ。ほどなく、下の通りをやってくる早番の奉公人たちのおはようの声や足早に歩く靴音が聞こえ始めるだろう。払暁の活気だ。コンスタンツェは枕を振ってふくらませ、元の位置に置き直した。さあ、やっと眠れそうだ。急にぐったりと疲れを覚える。一時間か二時間。それ以上は無理だ。さもないとゾフィーがあれこれ質問し始めるだろう。家具の輪郭が切り絵のようにくっきりと目に映った。ヴォーヴィとカールはこれらのほとんどを売りさばいてしまうのだろう。ヴィーンまで運ぶのは手間がかかるし、ましてミラノまで搬送するとなると費用がかさむ。それに、ここにある家財道具は、息子たちにとっては由緒も何も感じない代物でも、コンスタンツェにとっては一つひとつがかけがえのない想い出の品なのだ。自分の家具がどこかの古物市場に積み上げられ、知らないひとたちに触られるのを思うと、いたたまれない気分になった。机のひっかき疵《きず》はその人たちに何も物語りはしないだろう。コンスタンツェがニッセンのために鵞《が》ペンを作ったとき、余分なところを切ろうとしてナイフが滑ったあの日のことは。買い手の目にはひっかき疵《きず》はただの瑕《き》疵《ず》にすぎない。価値を減じる以外の意味はない。未知の買い手には丸いしみはあくまで汚点であり、こころ弾む夕べの想い出にはならないのである。

コンスタンツェが子供たちを出産し、モーツァルトが死んでいったベッドに、いま、どんなひとが眠っているのだろう？　ニッセンとコペンハーゲンに移動する時点では、こんなことは思いもしなかったのに。
あら、だってあの金メッキの縁どりのある鏡はどこにいったのだろう？　あれはデンマークにももっていったものなのよ。

　コンスタンツェの頭のなかはめちゃくちゃである。重要なこととくだらないことがごっちゃになって、まるでラウエンシュタインガッセにあったむかしの住いのようだ。彼女はモーツァルトが自分のために書いてくれたフーガ[*195]を思い出そうとした。フーガというのは純然たる秩序だ。紛糾をゆるさない精緻な構築物だ。だけどコンスタンツェは文字通りフーガに逃げ去られてしまったのか、主題すら思い出せなかった。かわりにひょいと迷い出てきたのは、パミーナとパパゲーノのデュエットだった。《男と女、女と男は手に手をとって神性にいたる[*196]》

　もう眠らなければ、そう思った瞬間であった。教会はすこぶるつきのすさまじい音で鐘を鳴らし始め、その音が室内の空気をふるわせつづけているあいだに、冷たい灰白色の光が部屋の隅々にまで射し込んできた。コンスタンツェは飛び上がらんばかりに驚く一方、この夜を起き過ごして、不思議なことに疲れはとれ、いぶかしいくらい軽快に、新しい一日への好奇心が湧き起こってくるのを感じた。コーヒーの香りがキッチンから漂ってきた。コンスタンツェはベッドから離れると、口をすすぎ髪を梳《す》いた。年寄り女といえどもぼさぼさの頭でそこいらを歩くものじゃない。これはコンスタンツェ持ち前の矜持《きょうじ》だった。年取った女というのはそれでなくても好ましくない眺めなのだから。これは虚栄ではなく配慮というものだ。

コンスタンツェは窓辺に寄って二重窓を開け放した。水気を含んだひとすじの日輪の征矢《そや》が、ふるえながら広場に射していた。その下にモーツァルトは立つ予定だった。ミュンヒェンの鋳造所では、これをみた誰からも、美しい、立派だ、といわれているその立像が。コンスタンツェには背を向けて立つ、*197というのがモーツァルトの本意なのか？　あの人は肩をすくめるだろう。だって、これは僕じゃないよ、と。ついでにいえば、あのひとは雀や鳩の来訪を楽しみに待つはずだ。雀や鳩は、止まっている時間の長短はあれ、どんな記念像からもしゃちほこばった感じを取り去ってくれるから。人びとはあなたを作り出したのよ、とコンスタンツェはこころに向かってつぶやきかけた。愛する郷土の最も偉大な息子とよばれているわよ。それを面白がっているかしら？　わたしにはできないけど、人びとはあなたを作り上げたのよ、みんなが期待するあなたのイメージそっくりそのままに。でも、わたしはもう、あなたを見出すことすらできないの。

コンスタンツェは朝の空気を深々と吸い込み、その冷たさを味わった。肺の奥までさわやかさが流れ込んできた。素敵だわ、まだ生きているってことは。あとで広場まで歩いていって、人足たちが働くのを眺めよう。それから大家《おおや》の犬にソーセージをやろう。

ドアの向こうでゾフィーがルイーゼと話す声がする。

コンスタンツェが笑い出した途端、ゾフィーがドアをさっと開けた。妹はそこに立っていた。その顔を気遣いのかげりがつっとかすめ、姉に尋ねる。「どうしたの？　どこか具合が悪いの？気分がよくないの？」

「たったいま、はっきりしたのよ」と、コンスタンツェは答えた。「わたしはあのひとがからだを掻く様子を二度と思い出せなくなるのね。だって、そのたびに考えなくちゃならないもの。天才がからだを掻くときにはこうするはずだってね。わかる？」ゾフィーは何をとっぴなことを、というような顔をして首をふった。

コンスタンツェは妹を抱きしめた。「何でもないのよ。空気に雪の味がするわよ。吸ってごらんなさい」

たといこのようではなかったにせよ、一八四一年、ひとりの老婦人がしばしば目撃されている。その女《ひと》は窓辺に立って、当時まだミヒャエル広場とよばれていた、のちのモーツァルト広場を、雨を透かして眺めていたという。

原注と訳注

凡例

一　以下、［　］は原注、＊は訳注を示す。原注に挿入された参照の記載は訳注の筆者によるものである。

二　原注凡例：本文中の書簡の引用はステファン・クンツェ（編集）『ヴォルフガング・アマーデウス・モーツァルト、書簡集』ユニヴァーサル・ビブリオテーク、一九八七年、シュトゥットガルト、に拠った。

三　訳注凡例：ローマ数字Ⅰ～Ⅵは海老澤敏・高橋英郎（編訳）『モーツァルト書簡全集』（白水社、一九七六～二〇〇一年）の巻数を、№はその書簡の番号を示す。Sはメイナード・ソロモン（著）、石井宏（訳）『モーツァルト』（新書館、一九九九年）、Cはフランシス・カー（著）、横山一雄（訳）『モーツァルトとコンスタンツェ』（音楽之友社、一九八五年）、Nはネリーナ・メディチ・ディ・マリニャーノ、ローズマリー・ヒューズ（共編）、小池滋（訳）『モーツァルト巡礼――一八二九年ノヴェロ夫妻の旅日記（抄訳）』（秀文インターナショナル、一九八六年）を示す。訳注はすべて小岡明裕による。

[1] ゾフィー：ゾフィー・ハイブル。旧姓ヴェーバー。一七六七年（?）（一七六九年とも――訳注筆者）ヴィーゼンタールのツェル生、一八四六年ザルツブルク没。コンスタンツェの末の妹、ペートルス・ヤーコプ・ハイブル（*68参照）と一八〇七年に結婚。

*1 ゾフィー：[1] 参照。ヴェーバー家の四女（末娘）。コンスタンツェのすぐ下の妹。モーツァルトの最期を看取った女。ちなみにヴェーバー一家は、マンハイムの宮廷に仕えるプロンプター兼バス歌手であり写譜家としてのフランツ・フリードリーン・ヴェーバー（[36] 参照）（一七三三～一七七九）を父、マリーア・ツェツィーリア・スタム（一七二七～一七九三）を母として、長女ヨゼーファ（一七五九～一八一九）（[38] 参照）、長男ヨハン・ネーポムク（一七六〇～?）、次女アロイージア（ルイーゼ）（一七六〇?～一八三九）（[9]、*19参照）、三女コンスタンツェ（一七六二～一八四二）、四女ゾフィー（[1] 参照）、次男フェルディナンド（一七六五～一七六八）、三男ヨハン・バプティスト（一七六九～一七七一）の、夭折した者も含めて七人構成である。なお、父の弟フランツ・アントン（一七三四～一八一二）には、その再婚相手ゲノフェーファ・ブレンナー（一七六四～一七九八）との間に、『魔弾の射手』の作曲家、カール・マリーア・フォン・ヴェーバー（一七八六～一八二六）（[45]、*154参照）がいる（つまり、コンスタンツェの従弟にあたる）。われらがヒロイン、コンスタンツェは、一七六二年一月五日、東南ドイツ、ヴィーゼンタールのツェルで出生。父はツェル、母はマンハイムの出身。父は一七六二年、横領の嫌疑でツェルを去ってマンハイムに移住している。コンスタンツェはヴォルガング・アマーデウス・モーツァルト（以下、単にモーツァルトの表記は、コンスタンツェの夫モーツァルトを指す）との間に、長男ライムント・レーオポルト（[5]参照）（一七八三年六月十七日～同年八月十九日）、次男カール・トーマス（[3]参照）（一七八四年九月二十一日～一八五八年十一月二日）、三男ヨハン・トーマス（[6] 参照）（一七八六年十月十八日～同年十一月十五日）、長女テレージア（一七八七年十二月二十七日～一七八八年六月二十九日）、次女アンナ（一七八九年十一月十六日～同日）、四男フランツ・クサヴァー（一七九一年七月二十六日～一八四四年

七月二十九日）（［7］参照）の、六人の子供を設けた。六人の子供のうち夭折したのは四人、生き長らえて天寿を全うしたのは次男のカールと四男のクサヴァーのふたりである。したがって、カールを長男、クサヴァーを次男とよぶこともある。

［2］ルイーゼ：姓不詳。コンスタンツェの女中。コンスタンツェの遺言状に彼女に対する配慮がみられる。（Nの三九ページには、「とても陽気で愛らしい娘だが、ドイツ語しか話せない」とある――訳注筆者）。

＊2　霊名の祝日：聖命（名）の祝日ともいう。カトリックの伝統で、オクターヴェとして、命名聖人の祝日から八日間お祝いをし、聖人の加護を祈る。

［3］カール：カール・トーマス・モーツァルト。一七八四年九月二十一日ヴィーン生、一八五八年十一月二日ミラノ没。モーツァルトとコンスタンツェの息子。父の死後、ヴァン・スヴィーテン（［26］参照）男爵によりプラーハのフランツ・ゴットフリート・クサヴァー・ニーメチェク（［33］参照）のもとへ送られる。学業を終える前の一七九七年に、リヴォルノ（＊49参照）の商人のもとへ丁稚として年季奉公に出されるが、音楽を学ぶが、途中でこれに見切りをつけ、ナポリの副王に仕えるオーストリア国家の会計官吏になった。このときコンスタンツェは息子にモーツァルトの形見のクラヴィーアを贈った。カールは母を数回ザルツブルクに訪ね、モーツァルトの記念碑の除幕式が行なわれた一八四二年にもやって来て式に立ち会った。彼の娘コンスタンツェ（＊71参照）は一八三三年に死去している。

＊3　カミツレのお茶：ヨーロッパ原産キク科二年草の薬用植物カミツレの乾燥花をお茶のようにして飲む。特有な芳香と苦味があり、発汗作用があるので風邪のひき始めなどに効果があるとされる。カモミールともいう。

＊4　時間が：クロイツァー硬貨は当時のオーストリアにおける最も細かい小銭で、百枚や二百枚の硬貨は手元にあったのであろう。それをすべて、三度ずつ裏返すという、長い時間。

＊5　副楽長：モーツァルトは、名誉を伴い、金銭的に有利な公的地位を生涯にわたって得ていない。借金に追われ、無心の手紙を書き続けたモーツァルトという謎の原因の一端がここにある。モーツァルトは、死の年、一七九一年四月二十六日、ヴィーンの司教座聖堂である聖シュテファン大聖堂副楽長の職を志願している。当時の楽長は六十一歳のレーオポルト・ホフマン。ホフマンが死亡するか引退すれば、副楽長が楽長に昇格し、年俸二〇〇〇グルデン（当時の貨幣価値について、ヴォルフガング・ヒルデスハイマーの『モーツァルト』〈訳者あとがき〉〈渡辺健〉から引用させていただくと、「一七八五年ころの一グルデンは一九七五年の換算で一五ないし一八西ドイツ・マルクとのことである。したがってほぼ一七〇〇円から二〇〇〇円程度、一方、ドゥカーテンは、（中略）八〇〇〇円から九〇〇〇円ほどになろう。とすれば『ドン・ジョヴァンニ』の作曲料は八〇万円から九〇万円ということになる。（中略）なお、フローリンはグルデンのフランス語名である」）が支給されるが、副楽長は無給である。しかしこのモーツァルトの請願は即座に却下され、その後、間を置かず条件付き（モーツァルトのためだけに設けられた特別条項付き）で受け入れられ、副楽長職に任命されてはいる。請願当初の冷ややかな却下とそれに続く手のひらをかえすような当局の決定には、モーツァルトの私生活に関する醜聞が関与していたとされている。すなわち、中傷するものとそれを否定し当初の方針の変更を説得したものがいたとされる。私生活の醜聞とは、一七八八年六月から一七九〇年十一月までモーツァルトが居住していたヴェーリンガーシュトラーセ二六番地に足しげく訪れるマグダレーナ（＊35参照）に関わる。この住居の後方には、ライラック、ジャスミン、かえでとちなどの茂った庭があり、この庭を俯瞰できる別の住居に、市長の相談役ヨーゼフ・フランツ・マルティノーリなる男が住んでいて、その彼がモーツァルトとマグダレーナとの関係を御注進に及んだのではないかとされている。しかしマルティノーリはモーツァルトの友人でもあったので、結局はモーツァルトに副楽長の職を与えるように説得に回ったのではないかという説がある。ところで、コンスタンツェはノヴェッロ夫妻（［21］参照）に、「モーツァルトは、聖シュテファン大聖堂楽長職を死の三日前にようやく与え

られた」という虚偽の情報を告げ、「夫が臨終の床でこの職を与えられたことを知ったときにいったことばを正確に記憶している」とまで公言している。すなわち、モーツァルト曰く「これでようやく安心して作曲できる。ようやく価値あることをやれる」と。現在、聖シュテファン大聖堂の外部北東側にあるカピストラン説教壇（〈十字架像小聖堂〉あるいは〈死者のための礼拝堂〉）の横、地下墓所いわゆるカタコンベからの出口の上には「一七九一年十二月六日、モーツァルトはここに安置された」という表示がかかっている。一九四二年オーストリアのグラーツに生まれたゲルハルト・ロートは、その作品『ヴィーンの内部への旅——死に憑かれた都』（ORF制作による同名の映像作品も存在する）のなかで「シュテファン大聖堂はいくつもの時代の高潮を耐えてヴィーンの歴史がそのなかに象徴と痕跡の形で息づいている石と化したノアの方舟であり〈信仰によって移築された山岳〉（Iコリント一三－2——訳注筆者）でもある」と書いている。

＊6　ゲトライデガッセ：モーツァルトの生家は、ザルツブルクのゲトライデガッセ二二五番地（現在は九番地）。義姉のゾンネンブルク夫人（ナンネル）（［22］、＊47参照）の住居はキルヒガッセ二二四番地。フォン・ニッセン未亡人、すなわちコンスタンツェの家はノンベルク二三番地。なお、「ガッセ」とは「小路《しょうじ》」の意味、「シュトラーセ」とは「通《とおり》」の意味のドイツ語。

［4］ヨハン・ゲオルク・レーオポルト・モーツァルト：一七一九年アウクスブルク生、一七八七年ザルツブルク没。作曲家、ヴァイオリニスト、音楽理論家。ザルツブルクで哲学と法律学を学ぶ予定だったが、音楽に熱中して大学を除籍になる。領主司教の宮廷の第二ヴァイオリンの職を得、のちに副楽長になる。『ヴァイオリン教程』の著書でヨーロッパ全土に名が知られる。アンナ・マリーア・ペルトゥル（＊151参照）と一七四七年に結婚。そして「神がこの世、ここザルツブルクに顕現させた、奇蹟」（すなわちモーツァルト）の誕生が彼の人生を変えた。自分の出世栄達を犠牲にして、子供たちの教育に専念、一身を献げる。彼は息子のために、父、教師、助言者、編集者、写譜屋、秘書、旅行案内人、また従者の役をひとりでこなし

た。息子が領主司教（［10］参照）と決裂したことはショックだったが、それ以上にコンスタンツェとの「ふつりあいな結婚」に踏み切ったことは彼に衝撃を与え、息子がわが手から滑り落ちていくと感じたようである。彼の晩年の悲劇を形成したのは、息子モーツァルトをつかまえておこうとの、徒労に終わるしかない必死の試みであった。一七八七年五月二十八日のドミニクス・ハーゲナウアー（［20］参照）の日記にこうある。「聖霊降臨祭の翌日の月曜日、二十八日の早朝、当地の副楽長レーオポルト・モーツァルトが死去。この人物はおよそ二十年前、ふたりの子供とともにザルツブルクを世に知らしめた……今日みまかったこの父親は、頭がよく、機知に溢れた男だったから、音楽家でなかったとしても国家に貢献する働きをしたに違いない……」。

＊7　モン・トレ・シェール・ペール：フランス語。一七七七年九月二十三日付、ミュンヒェンのモーツァルトからザルツブルクの父宛書簡（№二三二。Ⅲの三六ページ）に最初にみられる冒頭の挨拶の表現。ムッシュ・モン・トレ・シェール・ペールなどの表現もある（№二五九。Ⅲの一二一ページ）。「うっかり女性形云々」（№二七一。Ⅲの一七四ページ）なども あり、多彩。

＊8　はじめてザルツブルクを訪れたとき：一七八三年七月下旬、コンスタンツェとモーツァルトは、生後六週間の長男ライムント（［5］参照）をヴィーンに残して、父レーオポルトと姉ナンネルの住む家で三か月を過ごす予定でザルツブルクを訪れた。だが、この訪問によって、コンスタンツェに対するレーオポルトの悪感情が改善されることはなかった。むしろその悪印象が改めて確認されただけであった。ザルツブルク滞在最後の日曜日の十月二十六日、聖ペーター教会で『ハ短調ミサ』（K四二七）の初演が行なわれた。コンスタンツェはソプラノのソロパートを歌った。このあと、ふたりはザルツブルクを発ち、リンツに向かう。リンツでは四日間で仕上げられた『ハ長調のシンフォニー「リンツ」』（K四三〇）が初演された。十二月初旬、ヴィーンに戻ったふたりが聞いたのは、ライムントがすでに死んでしまっていることであった。翌一七八四年の五月二十一日にコンスタンツェは次男カール・トーマスを出産している。逆に、レーオポ

ルトがヴィーンにふたりを訪ねたのは、一七八五年二月中旬から四月中旬にかけての一度きりである。
＊9　ヴォルフェルル：ヴォルフガングの愛称形。
[5] ライムント：ライムント・レーオポルト・モーツァルト。一七八三年六月十七日ヴィーン生、一七八三年八月十九日没。コンスタンツェが産んだ最初の子供。＊8参照。
＊10　埋葬したのだった：＊8にも記したように、ふたりがヴィーンに戻ったのは十二月初旬であり、遅延した葬儀を行なったと思われる。
＊11　怒った：一七八三年六月十八日付、ヴィーンのモーツアルトからザルツブルクの父宛書簡（№五二八。Vの三七八ページ）参照。この日付の二日前、つまり十六日の夜、長男誕生を心待ちにしつつ書かれたとされるのが、『ニ短調の弦楽のためのカルテット』（K四二一）の終楽章である。
[6] ヨハン：ヨハン・トーマス・モーツァルト。一七八六年十月十八日ヴィーン生、一七八六年十一月十五日没。コンスタンツェが産んだ三番目の子供。＊1参照。
[7] ヴォーヴィ：フランツ・クサヴァー・ヴォルフガング（ヴォーヴィ）・モーツァルト。一七九一年七月二十六日ヴィーン生、一八四四年七月二十九日カールスバート没。コンスタンツェが産んだ六番目の子供で、生き残った子供としては二人目。その名は母親によってヴォルフガング・アマーデウスとよびかえられた。五歳のときからプラーハのドゥーシェク（[27] 参照）のもとで暮らし、ニーメチェク（[33] 参照）から最初のクラヴィーアのレッスンを受ける。その後ヴィーンのサリエーリ（[13]、＊29参照）に学び、この師は彼に「まれにみる音楽の才能」を認め、「名声に包まれた父親に勝るとも劣らぬ」出世をするであろうと予言した。一八〇八年、音楽教師としてレンベルクに赴く。一八三五年以降ヴィーンに居を構えたが、一八四一年には〈司教座聖堂楽友協会とモーツァルテウム〉の名誉楽長としてザルツブルクに、一八四二年にはコングレガツィオーネとアカデミア・サンタ・ツェツィーリアによって〈コンポシトーレ・オノラリオ（名誉作曲家）〉としてローマに招かれる。彼は「自分の遺品のなかにある、偉大な父の自筆の作品断

片や原稿、そのほか家族の書いたもの、父や家族の肖像画……そして自分の蔵書のすべてを父の恒久的な記念物としてモーツァルテウムに」遺贈したのであった。＊70参照。

＊12 あのときである：一七九六年、ヴォーヴィことフランツ・クサヴァーは、五歳のとき、プラーハのドゥーシェク夫人のもとに預けられた。このあと、同じくプラーハのニーメチェク家に兄カールとともに引き取られる。一七九七年十一月、プラーハで催されたモーツァルト演奏会では、コンスタンツェも歌手として参加。このとき、フランツ・クサヴァー・ヴォルフガング、つまり六歳になった〈ヴォーヴィ〉は、ドイツ語による二幕のジングシュピール『魔笛』（K六二〇）（＊153参照）のパパゲーノ登場のアリア、「デア・フォーゲル・フェンガー・云々」を歌って喝采を博した。

［8］ニッセン：ゲオルク・ニーコラウス・ニッセン。一七六一年デンマーク、ハーダースレーベン生、一八二六年サルツブルク没。デンマークの外交官。コンスタンツェの再婚相手で、モーツァルトの並外れた崇拝者であって、年代的にいって三番目のモーツァルトの伝記作者。＊14参照。

＊13 あのころ：モーツァルトの葬儀の五日後、皇帝レーオポルト二世の謁見を賜ったコンスタンツェは、年金請願書を提出、二六六グルデンの年金を下賜された。この収入でモーツァルト自身が残した一〇〇グルデンの借金は返済された。さらには、モーツァルトの作品の販売や演奏会の開催で潤っていた。事実、コンスタンツェはモーツァルトの死後数年にわたり彼のジングシュピールの巡回公演を行なっている。それは、グラーツ、リンツ、ドレースデン、ライプツィヒ、ベルリーン、プラーハなどの大都市での公演であり、一七九七年十一月十五日のプラーハ再公演まで続いている。ちなみに、コンスタンツェは、一七九七年、こうして稼いだ収益から、ドゥーシェク夫人（［27］参照）に対して三五〇〇グルデンを六パーセントの金利で貸し付けるほどになっている。

＊14 間借り人：十七歳のコンスタンツェは、自宅を神の眼館《ツム・アウゲ・ゴッテス》として下宿人を置いて生計の一部とした母をみている。未亡人となったコンスタンツェ自身も収入増加のため下宿屋を始め、ニッセン（［8］参照）を

止宿させた。かつて母親の下宿人のひとりと結婚し、このあとまた自分の下宿人と再婚することになる。ニッセンとコンスタンツェはヴィーンの東約四十八キロメートルのプレスブルク（現在はスロヴァキアのブラティスラヴァ）で挙式。一八〇八年の春から一八〇九年八月までそこで暮らした。のちに外交官を退職して年金を受ける身分となったニッセンとともに一八二〇年、コンスタンツェはザルツブルクに移った。＊180参照。

＊15　引きずり回した：＊151参照。

＊16　小柄で細身の男だった：＊78に示したナンネルの回想録によるモーツァルト像。

＊17　間借りしてきた：ミュンヒェンにいたモーツァルトは、ザルツブルクの大司教ヒエロニムス・ヨーゼフ・コロレード（［10］参照）によってヴィーンに呼び寄せられた。コロレードは自分の父親の病気見舞いのために楽士を伴ってヴィーンにいたのである。モーツァルトは一七八一年三月十六日、ヴィーンに到着している。コロレードのもとを去ろうとしていたモーツァルトは、侍従長のカール・ヨーゼフ・フェリックス・アルコ伯爵（［49］、＊175参照）に退職届とザルツブルクへの帰路の旅費を返却しようとするがどちらも受理されず、コロレード指定の宿舎（ドイツ騎士団長の館）を出てコンスタンツェの母親マリーア・ツェツィーリア・ヴェーバー（夫のフリードリーン・ヴェーバーはすでに死亡している）のところ（神の目館《ツム・アウゲ・ゴッテス》）（アム・ペーター一一番地）（＊23参照）に間借りした。以後、モーツァルトは死のときまで、約十年間をヴィーンで暮らすことになる。＊14参照。

＊18　解任されてやってきたのであった。＊17参照。

［9］アロイージア：アロイージア（ルイーゼ）・ランゲ。＊1、＊19参照。旧姓ヴェーバー。一七六一年ヴィーゼンタールのツェル生、一八三九年ザルツブルク没。コンスタンツェの二番目の姉。彼女は「すばらしく歌がうまく」て「美しい澄んだ声をもっていた」。モーツァルトはマンハイムでこの女性にぞっこん惚れ込み、彼女にレッスンを施し、彼女とその父親を連れてイタリアを旅して歩くつもりで計画を練り上げた。彼女

は俳優で画家でもあるヨーゼフ・ランゲ（［40］参照）と結婚したが、別れてヴィーンを去り、アムステルダム、パリ、フランクフルトそしてチューリヒなどで歌った。モーツァルトはこの女性のために数多くのアリアを作曲した（＊113参照）。彼女は『劇場支配人』の最初のマダム・ヘルツであり、ヴィーン初演時の『ドン・ジョヴァンニ』のドンナ・アンナであった。

＊19　アロイージア：コンスタンツェの直上の姉。＊1、［9］参照。コンスタンツェよりも美人であり歌もうまく、モーツァルトはこの姉に対して激しい恋をした。ちなみに、モーツァルトはヴェーバー家の娘たちを評して（というよりも、コンスタンツェを認めさせんがために）父親に次のように書き送っている（一七八一年十二月十五日付、ヴィーンのモーツァルトからザルツブルクの父宛書簡（№四七〇。Ｖの一八〇ページ）。「ところで、ぼくの愛の対象は誰でしょう？――どうか驚かないでくださいね。――まさかヴェーバー家の娘じゃないだろうね？――いやその通り、ヴェーバー家の娘なんですよ。でも、ヨゼーファでも――ゾフィーでもなくて――コンスタンツェ、真ん中の娘です。――ぼくは、ひとりひとりの性格が、こんなにも違う家族をみたことがありません。――長女は怠け者で、無作法で、不実で、油断ならないひとです。――ランゲ夫人になった娘は、嘘つきで、意地悪で、誘惑的《コケット》な女です。――末の娘は――まだ若すぎて、特にどうという取り柄もなく――お人好しだけども、軽薄な娘っ児です！　神様があの子を誘惑から守ってくれますように！――ところで、真ん中の娘、つまりぼくの善良な、かわいいコンスタンツェは――一家の殉教者で、おそらくそのために最も心優しく、賢くて、要するにみんなのなかで一番いい娘です。――自分から家事のいっさいを引き受けているのに――姉妹たちに満足されていません。（略）コンスタンツェは醜女《しこめ》ではありませんが、決して美人とはいえません。――およそ彼女の美しさは、その小さな黒い両の目と、すらりとした体つきにあります。機知はありませんが、妻として、母親としての務めを果たせるだけの常識はじゅうぶんに備えています。彼女に浪費癖などありません。それは真っ赤な嘘です。――それどころか、質素な身なりに慣れています。――というのも、母親が娘たちにしてやれるわずかば

かりのことを、ほかのふたりにはしてやったのに、彼女にはまったく構ってやらなかったからです。――彼女はこざっぱりとした清潔な身なりが好きなことは確かですが、洒落た服装はしたがりません。――それに、女が必要とするものはほとんど自分で作れますし、髪だって毎日自分で結っています。家計も心得ているし、世にも優しい心をもっています。――ぼくは彼女を愛していますが、彼女も心からぼくを愛しているか、ですって?――ぼくがこれ以上のよい妻を望めるでしょうか?」。アロイージアは、モーツァルトの恋心をつれない態度で袖にして、［9］にもあるようにヨーゼフ・ランゲ（［40］参照）と一七八〇年十月三十一日に結婚した（ランゲは再婚）。ランゲは一七七〇年から一八一〇年と一八一七年から一八二一年までヴィーン宮廷劇場（ブルク劇場）と契約した俳優であり、ヴィーンで最初のハムレット役を張ったのもランゲである。彼は画家の才能ももっており、モーツァルトの未完の肖像画やコンスタンツェの肖像画も残っている。アロイージアとの間には六人の子供を設けている。一七九五年にアロイージアと離婚。

＊20　つれない態度をとったとき：十六歳（あるいは十七歳）のアロイージアは、パリで母を亡くしたモーツァルトが失意のうちにマンハイムのヴェーバー家に立ち寄ったとき、モーツァルトの恋心をつれなく退けた。モーツァルトはそれ以前に父の弟の娘、つまり従妹であるマリーア・アンナ・テークラ・モーツァルト（通称ベーズレ）に恋をし、肉体関係ももった。このころにベーズレに宛てたモーツァルトの書簡はスカトロジーと言葉遊びに満ち満ちていて、いわゆる「ベーズレ書簡」として有名。女性のタイプとして、アロイージアとベーズレは互いに対極に位置し、コンスタンツェはこのふたりの中間に位置するといってよいか。

＊21　母を亡くして：モーツァルトの母アンナ・マリーア（＊151参照）は息子との滞在先のパリのグロ・シュネ街（モーツァルトは、下記ヨーゼフ・ブリンガー神父宛書簡の追伸として、「念のために／グロ・シュネ街／クロワッサン街向かい／ホテル《カトル・フィス・エモン》」と四行をしたためている）にて一七七八年七月三日午後十時二十一分に死去。死因は不詳。何回かの瀉血（＊41参照）が容態を悪化させたので

はないかといわれている。当日、母の死後、モーツァルトは二通の手紙を書いている。一通は父親宛で、「非常にいやな、悲しいお知らせをしなくてはなりません。（中略）お母さんが重態です」というふうに始まり、母の死を父親には隠していて、なおかつ「神の御意思に任せています」とまでいっている（№三三八。Ⅳの一三一ページ）。もう一通はザルツブルクの友人ヨーゼフ・ブリンガー神父宛で、告解をさせ終油の秘蹟を受けさせたことを含めて、母の臨終のときのモーツァルトの内心の詳細が打ち明けられている。さらには、「そこでお願いだが、最上の友よ、どうか父を支えてあげてくれたまえ。（中略）父に勇気を吹き込んでくれたまえ。（中略）姉のことも、くれぐれもよろしく。母の死んだことはいわないで、その心構えだけをさせてほしい」と、父と姉への深い配慮が開陳されている（№三三九。Ⅳの一三七ページ）。また、この日に先立つ二週間ほど前からの父親宛の何通かの書簡は、死に対するモーツァルトの思想と諦観が顕著に表現されていて、読むものに深い感動を与える。なお、このあと、父親が妻の死を教えられ、息子に対してどのような態度をとったかについては、ソロモンの分析が興味深い（Sの二九七〜三〇三ページ）。モーツァルトの死に対する考え方については＊97も参照されたい。

＊22　泣きわめいたのであった：一七七二年七月、コンスタンツェは母のもとを離れヴァルトシュテッテン男爵夫人（[23]、＊50参照）のところに二度目の寄宿をしていた。モーツァルトはそこに足しげく通っているが、コンスタンツェの母はそのとき「警察をよんで娘を連れ戻す」と泣きわめいている。ただ、結果的にこのことがふたりの結婚を早めることになった。カーはこの経緯を「誰が誰を誘拐していたのか？誰が誰を誘惑していたのか？　モーツァルトはコンスタンツェをヴェーバー夫人から奪い取ろうとしていたが、それには夫人の同意、事実彼女の積極的な働きかけがあった。モーツァルトは力ずくでやったわけでもなく、詐欺的手段を弄したのでもなかった。彼はコンスタンツェに操を与えるよう求めてはいたが、それは結婚の約束を前提にしてのことだった。コンスタンツェと母親はどんな役割を果たしていたのだろうか？　このふたり（母親と後見人トールヴァルト〈[11]、＊24参照〉を指す――訳注筆者による）

は強行手段を使うことで、――つまりモーツァルトがコンスタンツェを玩んでいるという噂を煽り、おそらくはその噂を撒き散らし、結婚契約を楯に法的手段に訴えると脅すこと、そして最後に、コンスタンツェと結婚しないのなら、彼がコンスタンツェを一時預けていたヴァルトシュテッテン男爵夫人の家から、警察をよんで彼女を連れ戻すと脅迫することで――、モーツァルトを独身の身分に訣別させようとしていたのである。誘惑といえば、コンスタンツェと母親は、結婚を、もちろん合法的にではあるが、主張すると同時に、モーツァルトに、彼の操を引き渡すよう説得していた」（Cの六四ページ）と喝破している。なお、自分のことを中傷・誹謗した書簡のたぐいの多くを廃棄したコンスタンツェであるが、何ゆえか残存していて有名な、コンスタンツェ宛モーツァルトの書簡（№四八四。Vの二三四ページ）にみえる「色男にふくらはぎを測らせた」（＊172参照）ことをたしなめているのは、このヴァルトシュテッテン男爵夫人のところに寄宿していたときの事件であろうとされている。

［10］大司教：領主司教ヒエロニムス・ヨーゼフ・コロレード伯爵。一七五二年生、一八一二年没。一七七二年から一八〇三年にかけてザルツブルクの領主司教を務める。啓蒙主義の信奉者で、吝嗇家で、無味乾燥な自信家。コロレードは「お前以上にわたしによく仕える人間は百人だって見つかる」と、モーツァルトに断言した（モーツァルト）。＊17参照。

＊23　神の目館：モーツァルトはこの建物の三階に下宿した。神の目館《ツム・アウゲ・ゴッテス》は「中世には有力な市民たちの一門の所有するものであったが、十八世紀に至って、隣家と合体し、道路に面した入り口を三つも占める建物に改築されていた。一八三〇年にまたもや改築されるが、それまでは、トゥフラウベンからペーター広場に通り抜けられる建物となっていた。一七八一年当時の所有者はエレオノーレ・アンドレスであった」（№四三三の解説、Vの四九ページ）。また、「モーツァルトが結婚式の折、自分の住所の一つを《ウンター・デン・トゥフラウベン》とし、一方、コンスタンツェが彼女の住所を《アム・ペーター》としたのは、同じ建物を意味したのであった」（同上）。

[11] トールヴァルト：ヨハン・フォン・トールヴァルト。役人からブルク劇場の棧敷席案内人になり、宮廷ならびに国立劇場の衣装管理官、会計検査官、そして総助監督に出世した。一七九三年フランツ二世により貴族に列せられる。上級式部官局が彼をヴェーバー家の娘たちの後見人に命じた。

＊24 トールヴァルト：コンスタンツェとモーツァルトが結婚するに際して、この男はコンスタンツェの後見人として、母親ツェツィーリアと結託して以下のような一役を買っている。すなわち、トールヴァルトは次のような趣旨の文書を作成した。「私（モーツァルト）はコンスタンツェ・ヴェーバー嬢と三年以内に結婚すべきものとし、もし私の気が変わり結婚できないような事態に立ち至った場合には、彼女は一年間三〇〇グルデンの年金を受け取る資格があるものとする」。しかしコンスタンツェは母親からこの文書を奪い取って破り捨てて曰く、「わたしはあなたの文書による保証など必要ではありません。わたしはあなたの言葉を信じています」。＊22参照。

＊25 この手紙：一七八二年一月十六日付、ヴィーンのモーツァルトからザルツブルクの父宛書簡（№四七六。Ⅴの二〇〇ページ）に記されたレーオポルトの手紙の文言。父親の書簡そのものは散佚。おそらくコンスタンツェおよびニッセンによって廃棄されたものと思われる。このころの息子に宛てたレーオポルトの書簡は一通も残されていない。「男女とも懲役囚は、麻の服を着せられ、頭を丸坊主にされ、ふたりずつ鎖につながれて街頭を引きまわされることになっていた」というヨーゼフ二世の条令を念頭に置いて書かれたものとされている。

＊26 書簡一七九一：コンスタンツェの再婚相手であるニッセン（[8] 参照）は、モーツァルトの書簡を整理し、最初に出版した人物でもある。この一七九一という数字はモーツァルトの死の年、一七九一年の意味であろう。

[12] プフベルク：ミヒャエル・プフベルク。一七四一年生、一八二二年没。ヴィーンの商人。モーツァルトの正債権者。

＊27　無心の手紙：Ⅵの六一七ページ以降の、№七二六、№七二七、七三六、七三八など、プフベルク宛借金依頼状が合計十二通残されている。プフベルクはフリーメイスン（＊153、＊177参照）会員でもあった。

＊28　バーデン：バーデン・バイ・ヴィーンともいわれ、ヴィーン南二六キロメートルの郊外に位置する温泉保養地。現在はヴィーンのオーパーから路面電車にて小一時間（徒歩で五〜六時間ほど）の距離であるが、当時は馬車を仕立てて二時間ないし三時間であった。途中、ヴィーナーノイドルフにて休憩し、馬を替えたりなどもした。コンスタンツェは、モーツァルト存命中から何度も湯治でバーデンに滞在している。その必要経費と、バーデンでの浪費がモーツァルトを金銭的に苦しめたことは否めないとされている。＊143参照。

［13］サリエーリ：アントーニョ・サリエーリ。一七五〇年レニャーゴ生、一八二五年ヴィーン沒。ヴィーンの作曲家、宮廷楽長。また室内楽作曲家。一七七五年以降ヴィーンの音楽全体に彼の影響が感じられる。前掲［7］のフランツ・クサヴァー・ヴォルフガング・モーツァルトに音楽を教える。

＊29　サリエーリ：モーツァルトと同時代にヴィーンでガスマンから音楽教育を受け、ヴィーンで活躍したイタリア人作曲家。彼のオペラ作品はグルックの庇護のもとイタリア各地はもとよりパリでさえ上演されて大成功をおさめている。ほとんど生涯にわったってヴィーン音楽界に君臨した。また偉大な音楽教育者でもあった。モーツァルトを毒殺したという説もあるが根拠はない。ハンス・ウンガー（一九二五年ヴィーン生）の劇作品『サリエーリ裁判』（岩淵達治〈訳〉クラシックジャーナル023、アルファベータ、二〇〇六）は、この毒殺説の生まれた経緯を検討する形式でモーツァルトの死の謎に肉迫している。サリエーリによるモーツァルト毒殺説に準拠する形でつくられた作品のひとつとして、ピーター・シェーファーの戯曲『アマデウス』があり、映画にもなった。サリエーリによる毒殺説が全世界に広がる淵源となったのは、プーシキンの劇詩『モーツァルトとサリエーリ』（一八三〇年）であり、この劇詩はリムスキー＝コルサコフによって同名のオペラ作品（一八九七年）に仕立て上げられている。

［14］ディッタースドルフ：カール・ディッタース・フォン・ディッタースドルフ。一七三九年生、一七九九年ボヘミアのノイホーフ歿。作曲家、ヴァイオリニスト。

＊30　ディッタースドルフ：約一二〇曲のシンフォニー、約四〇曲のソロ・コンツェルトはヴィーン古典派の様式変遷をよく物語るものとされている。ジングシュピールの代表作としては『精神病院の恋』、『医師と薬剤師』などが残されている。

＊31　礼儀正しかった：約束の日に借金返済ができないこともしばしばのモーツァルトであった（たとえば、№七二六と№七二七。Ⅵの六一七～六二〇ページ）が、寛容であったことを指す。

＊32　大黄：タデ科の多年草で、外皮を剥いて乾燥させた根茎を煎じた液体は健胃薬、瀉下薬として用いられる。

＊33　アデュー：一七九一年六月二十五日付、モーツァルトからヴィーン近郊バーデンのコンスタンツェ宛書簡（№七三九。Ⅵの六四七ページ）。「ここに息子宛の手紙がある」というカール宛書簡は散佚。

［15］アンナ：アンナ・マリーア・モーツァルト。一七八九年十一月十六日ヴィーンに生まれ、同日死去。コンスタンツェの五番目の子供。＊1参照。

［16］ホーフデーメル：フランツ・ホーフデーメル。一七五五年ころヴィーン生、一七九一年歿。ヴィーン最高裁判所書記官。モーツァルトの債権者。妻はモーツァルトの生徒。＊35参照。

＊34　便り：一七八九年三月下旬の、モーツァルトからヴィーンのフランツ・ホーフデーメル宛書簡（№六九一。Ⅵの四八九ページ）。モーツァルトはこの書簡でホーフデーメルに一〇〇フローリンの借金を願い出ている。ホーフデーメルへの借金申し込みは再三にわたってなされていることが書簡によってわかる。さらには、一七九〇年、懐中時計をカタに、ホーフデーメルの妻の父親ポコルニー（＊35参照）からも借金をしている。ヴィーン最高裁判所書記官ホーフデーメルは、本書簡の末尾、「ところで、われわれは間もなく、さらに立派な名で互いを呼び合うことができるでしょう！――あなたの見倣い期間ももうすぐ終

わりですね！」の言葉でもわかるように、フリーメイスンに入会しようとしていた。

＊35　噂した：ホーフデーメルの妻はマリーア・マグダレーナ（一七六六～一七九一）といい、音楽家ゴットハルト・ポコルニー（一七三三～一八〇二）の娘。モーツァルトのクラヴィーアの生徒であった。モーツァルトの死の翌日、すなわち埋葬の日の一七九一年十二月六日、身重の彼女は夫から刺されている（未遂であり、死には至らなかったが、妻がモーツァルトの死を嘆き悲しむのをみて嫉妬にかられて刺したといわれた）。夫は妻を刺した直後に自殺した。マリーア・マグダレーナの腹の子の父親はモーツァルトであるという風聞が囁かれていた。このあたりの経緯はS（六八七ページ）において、その批判とともに詳しく述べられている。

＊36　モーツァルト：一七八九年四月十三日朝七時付、ドレースデンのモーツァルトからヴィーンのコンスタンツェ宛書簡（№六九四。Ⅵの四九七ページ）。妻の肖像画をみながらのオナニーの描写。

［17］リヒノフスキー：カール・アロイス・ヨハン・ネーポムク・ヴィツェンツ・レオンハルト。リヒノフスキー侯爵。一七五六年ヴィーン生、一八一四年没。モーツァルトの弟子でパトロン。のちにベートーヴェンの後ろ楯をする。モーツァルトのプラーハ、ドレースデン、ライプツィヒまたベルリーンへの演奏旅行の費用を受け持って、旅に同伴した。

［18］ホーファー：フランツ・デ・パウラ・ホーファー。一七五五年生、一七九六年没。オーストリア人のヴァイオリニスト。モーツァルト家の友人。コンスタンツェの一番上の姉ヨゼーファ（＊1参照）の夫。［38］参照。

［19］ザートマン：作家か？（Ⅵの三四一、三四四ページ参照――ちなみに、ここでは「職業的な筆耕師であろう」となっている）。

＊37　モーツァルト：一七八九年五月二十五日付、ベルリーンのモーツァルトからヴィーンのコンスタンツェ宛書簡（№六九八。Ⅵの五二一ページ）。はじめの××××は解読不能、次の××××はニッセンによる抹

消である（Ⅵの訳注、五二五ページ参照）。

＊３８　あてられていた：三幕のドイツ語ジングシュピール『後宮からの奪還』（K三八四）の主要登場人物の名がコンスタンツェ。ただ、わがコンスタンツェはCで始まるが、こちらの頭文字はKである。台本はヨハン・ゴットリープ・シュテファニー（一七四一～一八〇〇）。初演は一七八二年七月ヴィーンのブルク劇場。初演は大成功をおさめ（一七八二年七月二十日付、ヴィーンのモーツァルトからザルツブルクの父宛書簡、№四八八。Ⅴの二四八ページ）、初演後二か月で十六回演奏され、一七八三年にはプラーハ、マンハイム、フランクフルト、ボン、ライプツィヒで上演、さらにその翌年にはザルツブルクで上演、という大歓迎であった。

＊３９　オスミン：『後宮からの奪還』の主人公。モーツァルトはこの人物に大司教コロレード（［１０］参照）をイメージしているようである。つまり劇中での復讐として。

＊４０　足が痛い：コンスタンツェは結婚当初から痛風に悩まされ、しばしばバーデン（＊２８、＊１４３参照）に湯治に出かけていたが、この齢になっては、さらに加齢による悪化が重なっているのであろう。

＊４１　瀉血：痛風（というよりも、広く、炎症性疾患）の治療として消炎のために、当時、瀉血が第一選択で行なわれた。モーツァルトの最期を看取った主治医クロセットは若い同僚マティーアス・エートラー・フォン・ザラーバに意見を求めているが、このザラーバはある将校から一週間で五リットルの血液を抜いたことを症例報告している。また、ゾフィー・ハイブルも、モーツァルトが瀉血されたことを語っている。瀉血とは、治療目的で患者の静脈を開いて血液を体外に除去する処置のこと。

＊４２　ユーデンガッセ：ザルツブルクのゲトライデガッセ（＊６参照）は市庁舎（現在でいえば旧市庁舎）の前でその名を変えて、ユーデンガッセとよばれる。ユーデンガッセを抜けるとモーツァルト広場である。ゲトライデガッセもユーデンガッセも、ともにザルツブルクの街をほぼ東西に走っている。

＊４３　ヴォールト：ヨーロッパ建築における、アーチの原理によって架構された天井や屋根などの曲面構造

のこと。穹窿《きゅうりゅう》ともいう。トンネルヴォールト、交差ヴォールト、交差リブヴォールトなど、様々なヴァリエーションがある。近代以前の建築物はほとんどがヴォールトを有していると考えてよい。ここでは建物全体の玄関扉から中に入ってすぐの空間。

［20］ハーゲナウアー：ヨハン・ロレンツ・ハーゲナウアー。一七一二年生、一七九二年没。レーオポルト・モーツァルトの友人で大家《おおや》。父レーオポルトがふたりの天才児を連れて演奏旅行をしたときに、経済的援助を行なった。〈ハーゲナウアー特産品店〉は現在もザルツブルクに存続している。［4］、＊151、＊156参照。

［21］ノヴェッロ：①メアリー・セビラ・ノヴェッロ：一七八九年生、一八五四年没。多方面で豊かな才能に恵まれた、ドイツとアイルランドの混血女性。サロンの中心人物で、文人、画家、音楽家などと交流する。夫のヴィンセントとともに〈モーツァルトへの巡礼の旅《レーゲンス・コーリ》〉（旅日記のドイツ語のタイトル）を実行する。②ヴィンセント・N・ノヴェッロ：オルガン奏者、合唱隊指揮者、指揮者、出版人、作曲家。血筋はイタリア人である。モーツァルトの熱狂的な讃美者で、モーツァルトのことを〈音楽のシェークスピア〉とよんだ。一八二九年にマリーア・アンナ・モーツァルト（［22］、＊47参照）が零落して極貧の生活に苦しんでいるという噂が流れると、彼女のために募金活動を行ない、〈ナンネル〉に名誉の贈り物（義捐金）を手渡すため、妻のメアリーとザルツブルクに旅した。同時にその旅は、モーツァルトの伝記を書くための資料集めを目的としていたが、結局伝記は実現することがなかった。ヴィンセントとメアリーの日記は、一九五五年になってようやくロンドンで出版された（「訳注凡例」参照）。

＊44　インク壺：「長方形の小さな黒い大理石の上に、銀色の金属製インク壺がのっているもので、壺はコップのような格好で、ワイングラスほどの容積だ。この反対側にも同じ形の壺があって、こちらは砂（インクを吸い取らせるために撒く）が入っている。二つの壺の間には小さな鐘があり、これは封蠟紙の壺の役をしている。大理石板の両端に小さな竪琴の形をした突起があり、使わないときのペンをここに寝かせておく」といったものであった（N九一ページ）。なお、肖像画とは、ランゲ（［40］参照）の描いたあの

有名な肖像画（＊164参照）である。

＊45　聖遺物：聖人の遺体やその一部（たとえば、髪の毛、手首、足首、爪、血痕の付着した布など）のこと。聖遺物崇敬はキリスト教迫害時代から殉教者崇敬と並行して行なわれ、中世ヨーロッパでピークに達した。病気の恢復、一族の安全・繁栄、多産、豊穣、信仰の強化などを聖遺物を前にして祈願した。霊験あらたかな聖遺物のあるところには、大挙して巡礼が行なわれた。カトリック教会、東方正教会で行なわれ、いわゆるプロテスタント教会諸派はこれを認めていない。

＊46　巻き毛の一房をプレゼントすると：「午後、私たちは夫人の家でコーヒーを御馳走になりました。私たちが着いたとき彼女は庭にいました。山の中腹にある美しい庭で、花がいっぱいに咲き、山腹にはぶどうが生え、おそらく世界一素晴らしい見晴らしのきく椅子がありました――美しい庭。左に宮殿と教会。目の前には雪で包まれた山々。下の美しい谷にはザルツァッハ川（＊86参照）が流れています。夫人はやさしく迎えてくれ、たくさんの質問に快く答えてくれ、ザルツブルクの滞在を数日延ばすよう、そうすれば付近の見物に案内しましょうと説得しました。私たちのアルバムにフランス語で書いてくれたうえに、モーツァルトの遺髪を少しくださいました。ほんの少ししかないのですが、ヴィンセントさんと半分分けにしましょう、と」（メアリー）。「モーツァルトの遺髪をほんの少ししか持っていない未亡人が、御親切にも私に分けてくださった（とても嬉しい大きな御好意だと思っている）。その代わりに私がこれまで何年も肌身離さず持っていた小さな金のブローチをさしあげると、受け取ってくれた。ブローチがずっと名誉ある場所、彼女自身の首を飾ることになって私は満足だ」（ヴィンセント）（N五九ページ）。

［22］ナンネル：マリーア・アンナ（ナンネル）・ヴァルブルガ・イグナーティア・ベルヒトルト・ツー・ゾンネンブルク。旧姓モーツァルト。一七五一年七月三十日あるいは三十一日ザルツブルク生、一八二九年十月二十九日ザルツブルク沒。クラヴィーア奏者。弟とともに奇蹟の子としてヨーロッパ全土から賞讃を浴びる。弟だけが旅の生活を続けるようになった一七六九年からは母親と、後年は父親と、ザルツブルク

に留まった。モーツァルトは姉の作曲を褒めたが、その作品を所持する者は誰もいない。青春時代の恋人ディッポルト（＊47、＊87参照）とは、相手に家庭を築くだけの経済力がないという理由で結婚を許されなかった。一七八四年、ザンクト・ギルゲン（＊47参照）の男爵で男やもめだったヨハン・バプティスト・フォン・ベルヒトルト・ツー・ゾンネンブルクと結婚。夫の死後は自分のふたりの子供、レーオポルト・アローイス・パンタレオン（一七八五〜一八四〇）とヨハンナ（一七八九〜一八〇五）を連れてザルツブルクへ戻った。クラヴィーアの教師になり、生徒の数は多かった。一八二五年に失明した。

＊47　ナンネル：モーツァルトの姉、マリーア・アンナ・ヴァルブルガ・イグナーティア・モーツァルトの通称。モーツァルト同様、幼児期から弟とともに父親に同伴してヨーロッパ各地の演奏会でその早熟した才能を披瀝した。しかし、モーツァルト一家が神童のためにすべてを犠牲にしていくなかで音楽家としての姉は次第に忘れ去られていく。二十一歳年長のザルツブルク宮廷陸軍参事官フランツ・ディッポルト（一七三〇〜一七九〇）（＊87参照）の求婚を断り（収入のわずかなことから生活が成り立っていかない、などの理由で父レーオポルトの強力な反対があったため）、母の故郷であるザンクト・ギルゲンの地方貴族であるベルヒトルト・フォン・ゾンネンブルク（一七三六〜一八〇一）と一七八四年八月二十三日結婚。夫の死の年までザンクト・ギルゲンの母の生家で暮らした（ザルツブルクから三〇キロほど離れたこのザンクト・ギルゲンの家は一九八三年からモーツァルト記念館として公開されている。そばにザンクト・ヴォルフガングという美しい湖がある）。ゾンネンブルクは十五歳年長で、すでにふたりの先妻と死別、五人の連れ子がいたが、ナンネルとの間に三人の子（レーオポルト・アローイス・パンタレオン〈［22］参照〉、ヨハンナ〈［22］参照〉、マリー・バベット〈一七九〇〜一七九一〉）を設けている。五十歳で未亡人となったナンネルではあるが、その後二十年間ほどザルツブルクでクラヴィーアを教えて暮らした。一八二〇年ころから視力が衰え始め、一八二五年ころ、失明。一八二九年十月二十九日、七十八歳で死去。墓はザルツブルクの聖ペーター教会地下墓地にある。ナンネルは七十二歳のとき、聖セバスティアン教会の父の

墓（娘のヨハンナの埋葬墓でもある）への埋葬希望を遺言状に残したが、コンスタンツェが一八二六年、夫ニッセンを父の墓所に埋葬、さらには自分の実家であるヴェーバー家にまでその墓所を提供したため、ナンネルは上記遺言状の埋葬希望を破棄し、聖ペーター教会地下墓地に埋葬されることを追加している。一八二九年七月十五日、ナンネルの死の三か月ほど前、ノヴェッロ夫妻（[21] 参照）がフランツ・クサヴァー（[7] 参照）の案内でキルヒガッセ二一四番地の彼女の住まいを訪問している（N五三ページ参照）。

＊48　リンツァーガッセ：ザルツブルクのモーツァルト広場からスターツ橋でザルツァッハ川（＊86参照）を対岸へ渡り、そこから聖セバスティアン教会へと向かう街路。

＊49　リヴォルノ：イタリアはトスカーナ州の、ティレニア海に臨む港町。十七世紀、ルネサンス後期になってメディチ家によって理想都市として築かれた。フィレンツェから、現在は電車で一時間ほど。斜塔で知られるピサの次の駅。ピサとリヴォルノは電車で約十五分。

[23] ヴァルトシュテッテン男爵夫人：マリーア（あるいはマリータ？）・エリーザベト・ヴァルトシュテッテン。一七四四年生、一八一一年没。モーツァルトのパトローネ、友人。夫とは別居して暮らし、悪い評判が立つのを楽しんでいたきらいがある。

＊50　ヴァルトシュテッテン男爵夫人：[23] 参照。旧姓シェーファー。モーツァルトの、楽天的で遊び好きで軽薄で賑やかな、ともすれば倫理的に奔放な、仲間のひとり。お気に入りの男性であれば雑多に付き合う傾向があり、すぐに別れてしまうような浮気を次々としている、といった奔放な女性であったとされている。モーツァルトの、結婚前後を通じてのパトローネ。結婚前のコンスタンツェの寄宿先（＊22参照）。夫人は夫と別居している。一八七二年八月二日、モーツァルトとコンスタンツェは告解をすませ聖体を拝領、四日に聖シュテファン大聖堂で結婚式をあげたが、その夜の祝宴はヴァルトシュテッテン男爵夫人邸で催された。モーツァルトは、螺鈿のボタンのついた赤い上着をねだり、それをもらったお礼に『クラヴィーアのための二短調のコンサートロンド』（K三八二）を献呈している。

＊51　レントラーまで：いずれも十七世紀から十八世紀末の舞踏会で用いられた舞曲の名称。メヌエットは四分の三拍子（踊りは六つのステップが一単位となるので二小節がワンセットとして数えられる）でペアの男女が床にS字状やZ字状の曲線を描くように踊るもの、コントルダンスは集団の男女が対面して踊るもの、ドイツ舞曲とレントラーはいずれもオーストリアや南ドイツにおける四分の三拍子の舞曲で、前者は男女ペアで踊るものの総称、後者はテンポの遅い民俗舞曲。

［24］モーナ：姓不詳。コンスタンツェの女中。コンスタンツェが頻繁に訪れたガシュタイン（＊128参照）への湯治に何度かお伴をしている。

＊52　アル・デシオ：Al desio, di chi radora(あなたを愛しているひとの望みどおり)。『フィガロの結婚』（K四九二）第四幕第一〇場、第二八（二七とも計算される場合がある）番のスザンナのアリア「どうか遅れないで来てちょうだい」の代替曲（K五七七）。アドリアーナ・ガブリエーリ夫人（フェッラレーゼ・デル・ベーネ）のために、という献辞付き。一七八九年八月二十九日、ヴィーンのブルク劇場での『フィガロの結婚』上演に際して書かれた。ちなみに、［28］に示されているカタリーナ・カヴァリエーリは、このとき伯爵夫人役を演じている。スザンナ役はもちろんフェッラレーゼ・デル・ベーネ。N一七〇ページも参照されたい。『フィガロの結婚』の正式名称は『たわけた一日、あるいはフィガロの結婚』で、原作はフランスの劇作家、カルヴァン教徒からカトリックに見せかけの転向をした父親をもち、時計職人から貴族にまで上り詰めた風雲児、ピエール＝オギュスタン・カロン・ド・ボーマルシェ（一七三二年パリ生、一七九九年パリ歿）による《フィガロ三部作》（『セビーリャの理髪師』、『フィガロの結婚』、『罪の母』）のなかの『フィガロの結婚』で、この原作から、イタリア人台本作家ロレンツォ・ダ・ポンテ（一七四九年チェネダ生、一八三八年ニューヨーク歿）が抜粋してオペラ台本に仕上げた作品。なお、ボーマルシェの『タラール』はサリエーリによってオペラ化されてもいる。モーツァルトの『フィガロの結婚』について、シェーンベルクに師事したドイツ人作曲家で、ブレヒトとの共同作業者として有名なハンス・アイスラー（一八九八

年ライプツィヒ生、一九六二年ベルリーン歿）は、「ダ・ポンテは驚くべき巧妙さでボーマルシェの政治的風刺の刃を骨抜きにしてしまった。だがしかしモーツァルトは、音楽によってこのテクストに新しい生命を吹き込んだ。それは、めくるめく鋭利さと、ほとばしる才気に彩られた優雅と上品であり、音楽による新しい政治風刺の味付けであった」と評している。

＊53　セバスティアン墓地：モーツァルト家の墓地は、ザルツブルクの聖セバスティアン教会の墓所にある。＊47、＊48参照。

＊54　船：ザルツァッハ川では夏になって雪解け水で川の水位があがると船による遊覧が行なわれる。

＊55　弟であるごとく：ノヴェッロ夫妻の『モーツァルト巡礼』のこの部分を含む文章は次のようになっている。「夕食ののち、わたしは光栄にも夫人と妹を無事自宅までお見送りすることになった。ふたりは女中を同行させていたから、そんなご面倒をかけなくともよいと固辞したが、わたしはモーツァルトと親しかったような比類なきかたと、そう毎晩ご一緒できるわけではないのだから、とふたりにいったので、夫人は固辞を取り下げ、まるで実の弟のように親しくわたしの腕を取った。彼女の家へ行く途中、前に述べた女子修道院の門を通らなくてはならない。この門は毎晩早くに閉まってしまうので、わたしたちは門番を呼ばねばならなかった。夫人はわたしが帰るまで待って通してくれるよう、門番に頼んでくれた。遠くの山々を美しい月が照らし、女子修道院付属のゴシック様式で建てられた古い聖堂と、山上の古城をくっきり映し出していた。周囲の風景の美しさと、そのときの会話の面白さのおかげで、この散歩はわたしが経験したなかで最高にロマンチックで楽しい散歩となった。夫人の家に着いたので、とうとうお別れをせねばならなくなった。夫人はもう一度温かくわたしの手を握り、近いうちにきっとお手紙を出しますと約束してくださり、あなたがたのザルツブルク訪問はわたしにとっても〈わたしのモーツァルト〉の思い出にとっても、ここ数年来受けたなかで一番うれしい訪問のひとつでした、といった」（N一七一～一七二ページ）。

＊56　正書法：言語を表記するうえで、正しいとされている規則。たとえば行末と行頭に一語を綴り分けす

るときなどに問題となり、教養の有無が露呈する。ドイツ語では十六～十七世紀にかけて、言語学者や印刷業者などによって確立された。コンスタンツェは、この点無教養そのものであった。たとえば、№四八二、四八六（Vの二二六、二四一ページ）に添え書きされたコンスタンツェの文章の原文参照。ただし、しゃべることば、聞くことばをそのままアルファベットに直したような書き方は、この時代のほとんどの女性に共通のものであったろうと思われる。

＊57　ダンネブローク騎士団：Dannebrok はデンマーク語で、赤地に白十字のペナント形のデンマーク国旗、あるいは赤い角形のデンマーク商船旗を指し、デンマーク国王のもとに忠誠を誓い結成された騎士団。

＊58　ハーダースレーベン：デンマーク語ではハーデルスレブ（Haderslevl）。南ユトランドの都市。十九世紀後半から一九二〇年までプロイセン王国のシュレスヴィヒ・ホルスタイン州に属した。

＊59　レクイエムの指揮：一八二六年八月、義理の父親の死に際し、ヴォーヴィはレンベルクからザルツブルクを訪れ、鎮魂のため、ザルツブルク大学付属の聖堂でモーツァルトの『レクイエム』（＊60参照）を指揮し、市庁舎で演奏会を開いている。

［25］ヴァルゼック伯爵：フランツ・ゲオルク・ヴァルゼック゠シュトゥパッハ伯爵。半可通な音楽愛好家。頻繁に作曲を発注し、自分をその原作者として誇示した。『レクイエム』は、妻アンナの初命日の追悼ミサに演奏するつもりで注文したとされている。＊60参照。

＊60　『レクイエム』：ニ短調、K六二六。未完。「ラクリモーザ」の冒頭八小節で中断、以下、および全般にわたって弟子のジュースマイヤー（＊77参照）による補筆があるとされている。モーツァルトの死の床での、この『レクイエム』にまつわる伝説的な話の出所は＊62に示したゾフィーの手紙に依拠するものである。一七九一年七月のある日、突然見知らぬ使いの者が無署名の作曲依頼状を携えてモーツァルトのもとを訪れた。灰色の服を着た長身・痩軀の、何かひとをはばかるような、幽霊のような、その下僕の持参した手紙は、レクイエム作曲の意志、引渡しと支払いの条件などを確認するものであった。そして、依

頼人の探索は無駄なので探さないように、とも釘を刺された。モーツァルトはこれを引き受けた。依頼主が名を告げなかったのは、これを自分の作品として発表・演奏するつもりであったためである。下僕とは、弁護士で、依頼主ヴァルゼック伯爵の代理人ヨハン・ゾルチャン博士、あるいは伯爵の領地管理人フランツ・アントン・ライトゲープなのか定かではないとされている。コンスタンツェがノヴェッロ夫妻に語ったこのころのモーツァルトは、『僕には死ぬのがわかっている』と彼はいいました。『誰かが僕にアクア・トファーナを飲ませて、死ぬ日を正確に計算している。そのためにレクイエムを注文した。だから僕は僕のためにレクイエムを書いているんだ』」(S七四一ページ)という状態であった。報酬の半分はモーツァルト存命中に受け取っているが、残り半分は完成させないと支払われないので、コンスタンツェが完成を強く望んだため、現在の形があるといって過言ではないだろうといわれる。なお上記の「アクア・トファーナ」とは、毒殺用の砒素化合物。

＊61　宛てて：ゾフィーによるニッセン宛の書簡。＊62参照。

＊62　明かりの話があって以来：ゾフィーはモーツァルトの最後の二週間ほどと臨終の場に立ち会った。モーツァルトはゾフィーの腕のなかで死んだのである(＊63参照)。一八二五年四月七日付ニッセン夫妻宛書簡にそのときの詳細が記載されている(Ⅵの七〇七〜七一〇ページ)。ニッセンはこのころ、モーツァルトの伝記の執筆中であった。死後三十四年たっていても、ゾフィーはモーツァルト最後の数日を鮮明に記憶していた。「次の日は日曜日でした。私はまだ若くて、白状しますと見栄っぱりでした。——それにおめかしが好きでした。おめかしをしても、歩いて郊外市から市内に行くのはいやでした。しかし馬車ではお金がかかります。そこで私は母にいいました。《お母さん、今日はモーツァルトのところには行かないわ。——昨日はとても具合がよかったから、今日はもっとよくなってることでしょう。一日ぐらい、何てことはないわ。》すると母はいいました。《ところでねえ、おまえ。コーヒーを一杯いれてね。そのあとで、おまえがどうしなければいけないか言うことにするわ。》母は私を家に置いておきたいらしいのです。という

のは、お姉さまもご存知のように、私はいつでも母のそばにいなければならなかったからです。そこで私はキッチンに行きました。もう火は残っていませんでした。私は明かりをつけて、火をおこさなければなりませんでした。モーツァルトのことが、でも忘れられませんでした。コーヒーができましたし、明かりはまだ燃えていました。そこで私は、そんなにたくさんの明かりを使って、明かりを何て浪費してしまったんだろうと思いました。明かりはまだ派手に燃え上がっていました。今度は私は明かりにじっと見入りながら考えました。モーツァルトがどうしているのか、私はやはり知りたいんだと。そしてそう考えて明かりに見入ると、それが消えたのです。それも、全く燃えていなかったようにすっかり消えてしまったのです。太い芯には、少しの火の粉も残っていませんでした。風が全くなかったことは誓っていえます。私は身ぶるいがして、母のところに走って行ってそのことを話しました。母はいいました。《とにかく、急いでお出かけ、すぐに知らせてくれるんだよ。彼がどんな具合なのか。でも長いあいだいるんじゃないよ。》私はできる限り急いで行きました」。

＊63　十二月四日と五日：モーツァルト最後の二日。＊62にも示したように、ゾフィーの鮮明な記憶に反して、コンスタンツェはモーツァルトの最後については多くを語っていない。モーツァルトが死んだとき、コンスタンツェは自らの感染をいとわず夫のベッドに身を投げたというのは、コンスタンツェ自身の語っているところではあるが、それは何年もたってからであり、しかもこれを確認した人物は誰もいない。また、モーツァルトが感染症にかかっていたと証言しているのはコンスタンツェただひとりである。しかし、コンスタンツェがモーツァルトの死の当日の十二月五日に、夫の愛用の《記念帳》に書き込んだという一文が残っている。記入したとする日については、後日であろうという疑いが晴れていないが、曰く「かつてあなたがこのページの上に、お友達のためにお書きになったこと、／そのことを、私はいま深くうなだれつつ、あなたに対してお書きしています。／いとしい夫よ、私にとっても、またヨーロッパ全土にとっても忘れることのできないモーツァルト。／あなたも、いまは幸せでございましょう。――永遠《とわ》に幸せであ

りますように！／本年の十二月四日から五日にかけての真夜中の一時に、あの方は三十六歳で去ってゆかれました。――ああ！　あまりにも早すぎるのに！／このすばらしい――でも恩知らずの世を！――ああ！神様！――／八年もの間、優しいかぎりの、この世では断ち切ることのできない絆が、私たちを結びつけていました！／ああ！　やがては永遠にあなたと結ばれる日が参りますように。／あなたの悲しみに暮れる妻／コンスタンツェ・モーツァルト／旧姓ヴェーバー」（Ⅵの解説、七一八ページ）。

＊64　遺産目録：＊106参照。

＊65　連れ去ってくれていたのだろう：コンスタンツェにはできなかったモーツァルトの葬儀と埋葬の万端を取り仕切ったヴァン・スヴィーテン（［26］参照）が、コンスタンツェと生後六か月のヴォーヴィをシカネーダー（［46］、＊167参照）の友人であるヨーゼフ・パウエルンフェルトのところへ連れていき、そこに泊まれるよう手配したとされ、このあとコンスタンツェはここに長くは滞在せず、モーツァルトの友人のヨーゼフ・コルトハーンの家に移ったとされている（C二〇八～二〇九ページ）。

＊66　直筆の手紙である：一八二五年四月七日付ニッセン夫妻宛ゾフィーの書簡。＊62に示した書簡である。

＊67　きみがここにいてくれなかったら？』ってね：＊62の引用の直後は次のようになっている。「ああ、神様、なかば取り乱しながら、それでも何とか気を落ち着けようとしているお姉さまが私を出迎えて、次のようにいったとき、私はどんなにびっくりしたことでしょう。《あ、ゾフィー、来てくれてよかった。ゆうべはとっても悪かったので、今日までもうとても持たないって思ったほどなの。今日は私と一緒にいてちょうだい。だって、今日もまたあのひとがあんなになったら、今晩にも死んでしまうわ。ちょっとあのひとのところへ行って、具合をみてね。》私は気を落ち着けようとして彼のベッドのそばへ行くと、すぐに彼は私に呼びかけるのでした。《ああ、よかった、ゾフィー。ここにいてよ。今夜はここに残っていてくれなくちゃぁいけない。きみは僕が死ぬのをみていてくれなければ。》私は気持をつよくもって、そんな話をやめさせようとしましたが、彼は万事につけ私に答えを返すのでした。《舌の上にはもう死人の味がするんだ。

きみがここに残っててくれないなら、いったい誰が僕の最愛のコンスタンツェの助けになってくれるんだい。》」(Ⅵの七〇七〜七一〇ページ)。

＊68　亡くなったとき：ゾフィーの夫ハイブルは、ニッセンと同日の一八二六年三月二十四日に死去している。ゾフィーはモーツァルトの死後、一八〇七年一月七日、スロヴェニアのディアコヴァール(＊121、＊157参照)で、グラーツ生まれ(一七六二年)のペートルス・ヤーコプ・ハイブルと結婚。ハイブルは再婚であった。ハイブルはディアコヴァールでは聖歌隊指揮者であり、それ以前の一七八九年にはヴィーンにいて、シカネーダー一座の役者兼テノール歌手兼ジングシュピールの作曲家であった。もちろんモーツァルトとも知己であった。初婚の相手のカタリーナが一八〇七年に死亡、同年ディアコヴァールに移住し、ゾフィーと結婚した。おもな作品はシカネーダーの台本によるジングシュピール『チロルの白パン』(一七九六年)、バレー音楽『邪魔の入った結婚』(一七九五年)。ベートーヴェンの『「ヴィガーノ風メヌエット」による十二の変奏曲ハ短調』(ＷｏＯ六八)はハイブルの作品『ヴィガーノ風メヌエット』によるクラヴィーアのためのヴァリエーションである。ディアコヴァールでは、ハイブルはほかに教会用の作品も数多く残している(Ⅵの七三九〜七四〇ページ)。Ｎ一六五ページには、ゾフィーがノヴェッロに夫の作曲したミサ曲をみせたことがしるされている。

＊69　遺贈：法律用語。遺言によって、相続人以外の者に財産をおくること。

＊70　ユースティンカ：ヨゼフィーネ・カヴァルカポ夫人(一七八八〜一八六〇)。フランツ・クサヴァー(［7］参照)が長年(一八〇八〜一八三五)住んでいたレンベルク(現在のウクライナ共和国リヴォフ)でのパトロンであった人物の妻。フランツ・クサヴァーと愛人関係にあった。フランツ・クサヴァーは、一八三五年にレンベルクを去り、ヴィーンに戻った。一八四一年ザルツブルクにモーツァルテウムが創設されることになったとき、コンスタンツェはフランツ・クサヴァーを初代院長に就かせようと働きかけたが、これは実現せず、名誉楽長の称号が与えられた。一八四二年三月六日に母コンスタンツェが死亡。同年六月、

フランツ・クサヴァーは、ヨゼフィーネ・カヴァルカポ夫人を単独相続人とする遺言状を書いている。
＊71　カールの娘：コンスタンツェ。カールは娘に自分の母親の名前をつけた。［3］参照。
＊72　帝室兼王室：十九世紀におけるフランツ・ヨーゼフのハプスブルク家によるオーストリア＝ハンガリー二重帝国ではなく、ここでは、〈帝室〉は神聖ローマ帝国の中枢、〈王室〉はオーストリア王国の中枢のこと。
［26］ヴァン・スヴィーテン：ゴットフリート・ヴァン・スヴィーテン。一七三〇年生、一八〇三年没。女帝マリーア・テレージアの侍医だったゲラルド・ヴァン・スヴィーテンの息子で、オーストリアの外交官、音楽愛好家。モーツァルトをバッハやヘンデルに近づけた。モーツァルトが一七八九年に演奏会を開こうとしたとき、申し込みの予約をした唯一の人物だった。モーツァルトの埋葬を手配し、カールをプラーハに連れていったのも彼である。

［27］ヨゼーファ・ドゥーシェク：名声あるボヘミアの歌手。フランツ・クサヴァー・ドゥーシェクの妻（＊12参照）。モーツァルトは彼女のために『ああ、私は前からそのことを知っていたの！』と『私のうるわしい恋人よ、さようなら』を書いている。
＊73『私のうるわしい恋人よさようなら』：レチタティーヴォとアリア。K五二八。
＊74『ああ、私は前からそのことを知っていたの』：レチタティーヴォとアリアおよびカヴァティーナ。K二七二。
［28］カヴァリエーリ：カタリーナ・カヴァリエーリ。一七六一年生、一八〇一年没。ヨゼーフ二世治下のジングシュピール歌手。サリエーリ（［13］参照）の生徒で愛人。ヴィーン初演時のコンスタンツェ、ドンナ・エルヴィーラ、初演のミレ・ジルバークラング。
＊75　コンスタンツェ：『後宮からの奪還』（K三八四）の主要登場人物名。＊38参照。
＊76　モーツァルト：モーツァルトからヴィーン近郊バーデンのコンスタンツェ宛書簡（日付は一七八九年八月中旬以前）（No.七〇三。Ⅵの五三六ページ）。

［29］ジュースマイヤー：フランツ・クサヴァー・ジュースマイヤー。一七六六年生、一八〇三年没。オーストリア人の作曲家。モーツァルトの弟子で助手。同時にサリエーリの弟子でもあった。

＊77　ジュースマイヤー：オバーエステライヒ（オーストリア上部州）シュバーネンシュタットで生まれ。幼少期から音楽教育を受ける。一七八八年からヴィーンに定住。一七九〇年ころにモーツァルトと知己となり、弟子兼助手として写譜なども手伝っている。一七九一年六月から七月ころのバーデンのコンスタンツェ宛モーツァルトの書簡には、たとえば「きみにはきみの無作法な連れがいる」とか、「ジュースマイヤーは僕の楽譜の四番と五番を送り返してほしい」とか、「食卓の道化師を活用したまえ」などとジュースマイヤーのことに頻繁に言及しているように、このころのジュースマイヤーはコンスタンツェのバーデンにおける湯治療養の世話を引き受けている。近年、コンスタンツェの末子フランツ・クサヴァー（［7］参照）はジュースマイヤーの子ではないかとの説もある。『レクイエム』（＊60参照）の補筆・完成に与ったことは有名であるが、その拙劣さは今なお話の種になっている。その後サリエーリ（［13］参照）の弟子ともなっていて、当時かなりの売れっ子作曲家であった。

［30］ブライトコプフ・ウント・ヘルテル：音楽出版社。一七一九年ライプツィヒに創設された。＊78参照。

［31］メケッティー：ヴィーンの音楽出版社、美術商。

［32］シュリヒテグロル：フリードリヒ・シュリヒテグロル。一七六五年生、一八二二年没。文献学者、モーツァルトの最初の伝記作者。＊78参照。

＊78　言辞だった：シュリヒテグロルの『ネクログ（死者列伝）』（一七九二年）を指す。この『ネクログ』はモーツァルトの姉ナンネルから得た情報に基づく。一七九二年のナンネル（［22］、＊47参照）の回想録に、「ヴォルフガングは小柄で細身、顔色は青白く、肉体や容貌に何も冴えたところはなかった。音楽を除けばあの子はずっと子供のままだった。そしてそれがあの子の性格の影の特徴だった。ヴォルフガングはいつまでも父を、母を、さもなくば後見人を必要とした。あの子はお金の管理ができず、父に逆らって自分に

ふさわしくない娘と結婚した。それゆえ、ヴォルフガングの死に際、そして死後も家庭に生半可ではないごたごたが生じたのだった」（＊95参照）とあり、シュリヒテグロルはこれをそのまま『ネクログ』に引き写した。一方、コンスタンツェはニーメチェク（［33］参照）に、書簡等の情報を提供し、夫の伝記を書かせている（一七九八年）。二つの伝記。ここには、死後のモーツァルトの争奪戦がある。すなわち、姉と妻とのあいだで分裂したモーツァルト家。こうした状況のなかで、姉と妻の双方から多数の情報（双方とも、「より完全な」モーツァルト伝を目指しての、自分の言い分を添えて）がブライトコプフ・ウント・ヘルテル社に与えられている。なお、シュリヒテグロルの『ネクログ』には、コンスタンツェを誹謗するくだり（すなわち、父レーオポルトと姉ナンネルの視点）があって、コンスタンツェはこの本を破り捨てたといわれる。一八二八年になってようやくニッセンによる（ニッセンの死から二年後、コンスタンツェ自身による刊行物である）浩瀚な『モーツァルト伝』が刊行され、分裂した初期伝記群に終止符が打たれる。ただ、コンスタンツェの与えた情報には、自分に都合のよい風聞はあえて否定しないといった偏りがあったことが指摘されている（M七五八ページ）。ブライトコプフ・ウント・ヘルテル社（［30］参照）は、モーツァルトの死後、彼の作品を競って出版した多数の出版社のうちでも最もモーツァルトに力を注ぎ、一七九八年以前から『モーツァルト全集』の刊行を開始、二五〇点の作品を出版した。なおブライトコプフ・ウント・ヘルテル社は、一七七九年四月二十九日付、ザルツブルクのレーオポルト・モーツァルトからライプツィヒのブライトコプフ宛書簡（№三八五。Ⅳの四〇三ページ）に、「ただいま送付申し上げました『ヴァイオリン教程』三〇部の支払いは云々」とあるように、父親の時代からの付き合いであった。

［33］ニーメチェク：フランツ・ゴットフリート・クサヴァー・ニーメチェク。一七六六年生、一八四九年沒。プラーハのギムナジウムの教授。モーツァルトの二番目の伝記作者。家族の友人で、ヴォーヴィ（［7］参照）に音楽の手ほどきをした。

［34］フォイエルシュタイン：ヨハン・ハインリヒ・フォイエルシュタイン。ドレースデン近郊のピルナに住

む教授、医学博士。ニッセンの死後、彼が残したモーツァルトの伝記を校閲し、序文を書いた。精神錯乱に陥って死去している。

［35］アンドレー：ヨハン・アントン・アンドレー。一七七五年生、一八四二年没。オッフェンバックの音楽関係の出版人。コンスタンツェはこの人物にモーツァルトの遺作を三一五〇グルデンで売却。彼はモーツァルトの手稿のテーマ別のリストを作成した。

＊79　アンドレー：音楽出版社の経営者であるアンドレーは、一七九九年、コンスタンツェが経済的に困窮していることをハイドンから聞かされ、コンスタンツェがその時点で所蔵していた山のようなモーツァルトの自筆楽譜一切を三一五〇グルデンで買い取っている（［35］参照）。しかしアンドレーはこれらを出版することはせず（弦楽四重奏曲――『ハイドンセット』、ニ長調のK四九九など――数曲はJAシュトンプに売却されたが）、特別に箱に入れて死蔵していた。しかし、これらはのちにケッヒェルの研究に多大な貢献をしたとされている。また、コンスタンツェはアンドレーに対し、一八〇〇年一月十五日付書簡と二月二十一日付書簡で、息子はフランス語、英語、イタリア語、ラテン語ができ、音楽のことがわかるので、好条件で雇ってほしい、と、十六歳になろうとするカール（［3］参照）の就職、引き取りを依頼している。

［36］フリードリーン・ヴェーバー：一七三三年生、一七七九年没。ヴィーゼンタールのツェルの役人。妻ツェツィーリアに強く求められてマンハイムに移る。そこでバス歌手、ヴァイオリニストまたプロンプターとして活動した。写譜の仕事で経済的増収を図り、それでモーツァルトと知り合った。＊1参照。

＊80　認めたことだ：［7］、［13］参照。

［37］パパハイドン：ヨーゼフ・ハイドン。一七三二年三月三十一日ローラウ生、一八〇九年五月三十一日ヴィーン没。作曲家。ヴィーンの古典派音楽の最長老でモーツァルトの父親の友人。一七八七年十二月、ヨーゼフ・ハイドンがプラーハのオーバーフェアプフレックの管理人フランツ・ロットに宛てた書簡にこうある。「……いかなる音楽でも喜びではありますが、特にあの素晴らしい、誰にも真似のできないモーツァルトの作品は、

音楽というものへの理解に溢れていて、気宇壮大な感覚とともに深く魂を揺さぶります。ですから国家は競ってこういう宝物を環状囲壁内《わがまち》に所有しようとするでしょう。プラーハはこの大切な人物をつかまえておかねばならないばかりか、彼に報いてやらねばならないのです。そうでもしない限り、この偉大な天才の生涯はみじめです……いまだにこの唯一無比のモーツァルトという才能が当地の宮廷に採用されていないことに、私は憤りを感じます。私がかっかしすぎているようでしたらお許しください。私は彼をかわいく思っているものですから……」。

＊81　墓碑銘：＊29に示したハンス・ウンガーの『サリエーリ裁判』に次のような記載がある。「[女性著述家]（その理由は）時間ですよ。当時の規定によると、冬は、遺骸を（午後）六時以前に墓地に運んではならないことになっていました。／だから六時頃に、霊柩馬車について、聖シュテファン教会から聖マルクス墓地まで徒歩で行かねばならなかったのです。行けば帰らなければなりません。十二月の初旬は早く暗くなります。街灯は当時まったくありませんでした。／[名誉回復弁護依頼者]（以下、BfR）ほこりだけでなく、真っ暗な闇夜と寒さのことも理由だといわれるのですね。／[女性著述家]　ええ、それにもちろん、一番大事な理由があります。たいていの人は忘れているのですが。／[BfR]　それは何です？／[女性著述家]　当時はこんにちのように、埋葬にはついていかなかったのです。／教会に行って歌い祈り、そこから遺骸は、市の条例通りに、／「町の外に選ばれた墓地に、美々しく飾ったりはせずに、埋葬のために運ばれる」／[BfR]　美々しく飾らずに、というのは結構ですね。しかしだからといって、それは縁者が墓地までついて行けないことにはならないでしょう。／[女性著述家]　行けましたよ。もちろん。禁じられてはいませんでした。問題は彼らが行きたかったかどうかです。道の途中に居酒屋《ホイリゲ》があれば馬を止めてそのたびに一杯ひっかける呑兵衛の御者の霊柩馬車のうしろを歩くんですよ。御者は、冬は寒さのため、夏はほこりのために、何度も居酒屋《ホイリゲ》に立ち寄ったのです。／店でひっかけてまた御者台に乗る。鞭が鳴る。びっくりした馬が急に引っ張ると、そのはずみでよく包んでいない屍体がなくなることもある。

馬車ががたがたして、ほこりのなかに転がり落ちる屍体もありましたよ。御者はわめきながら馬車を止め、千鳥足で屍体をつかみ、腹を立てながらまた屍体を積み込む。／聖マルクス墓地まではこういう道中です。やっと着くと屍体はおろされ、すぐにお荷物の屍体を運んで一番手近の墓穴へ入れる。そこがいっぱいになるとすぐ次のへ。ほうり込んだらすぐシャベルで土をかける。大急ぎ、大急ぎ、条令通りにね。／そうですよ、当時は当の死人を愛した人たちだって、埋葬までついてはいきませんでしたよ。ヨーゼフ二世は、屍体を美化する気など全くありませんでした。／［ＢｆＲ］何て野蛮な！／［女性著述家］野蛮じゃありません。衛生的だったんです。／屍体が埋められなかったり、墓穴が開いていたりしたら、疫病の巣になると思われていましたから、それは当然ですよ。／墓掘り人夫がこれを守らなかったら大変でした。／「彼はただちに警察に送られ、その行状に応じて懲役刑に処せられる」／ことになってたんですよ。／（犬に）おとなしくおしよ！／［ＢｆＲ］この厳格な規定は、貧民の屍体の墓掘り人夫に対して行なわれたのですか？／［女性著述家］貧民用の墓掘り人夫？そんな区別はありませんよ。貧民も、貧民以外の連中の屍体と同じ墓穴に入れられました。墓穴一つに成人遺体五体、もしくは成人四体と子供二体です。／［ＢｆＲ］それじゃ個人の墓穴は全然なかったとおっしゃるのですか？／［女性著述家］ひじょうに有名な人物の場合、例外はありました。／［ＢｆＲ］じゃ、モーツァルトは？／［女性著述家］まだ有名さが足りませんでした。死んだ当時はね。彼は多くの音楽家のひとりにすぎなかった。それに、決して最も有名な人のなかに入らなかった。／［ＢｆＲ］それでは、墓穴に区別がなかったにしても、埋葬には区別があったはずです。／［女性著述家］埋葬というのを、教会へ行く葬列と葬儀に限れば、区別はありました。」（岩淵達治訳）。なお、＊144も参照されたい。

＊82　拱廊：アーケードを指す教会建築用語。

＊83　ホーエンハイム：ルネサンス期スイスの錬金術師にして医師、パラケルスス（一四九三～一五四一）の本名。コンスタンツェの義父レーオポルトと夫ニッセンの墓のあるザルツブルクの聖セバスティアン教

会墓地には、このパラケルススの墓もある。

＊84　握りしめる：ゾフィーはパラケルススから医療の力を引き出そうとし、ルイーゼ（霊名の祝日で休暇をとっているのでこの場にはいないが）は聖アントニウスから信仰の力を引き出そうとしている。コンスタンツェは自らロザリオの祈り（＊132参照）を献げようとする。

＊85　歓迎してくれたこと：一八三二年、コンスタンツェはバイエルン国王ルートヴィヒ一世の訪問を受け、年金を下賜されている。

＊86　ザルツァッハ：ザルツブルクの中心を流れる川の名。両岸に街区があり、ニッセン夫人ことコンスタンツェとゾフィーの住居やモーツァルトの生家はその南岸の旧市街、聖セバスティアン教会はその北岸、新市街にある。一七七三〜一七八七年までモーツァルト一家が住んでいた家はタンツマイスターハウスとよばれ、新市街のマカルト広場の前にある。

＊87　あなたが愛した男：フランツ・ディッポルト（［22］、＊47参照）か、フランツ・フォン・メルクを指す。モーツァルトはフランツ・ディッポルトについては（姉ナンネルに向かって）、「あなたが繰り返し病気になってしまうことについてごく率直にいわせてください。（略）あなたを治す薬は夫をもつことなのです。（略）ザルツブルクでは、あなたとディッポルトが暮らせる見込みはありません。しかしディッポルトはこちらで何か収入が見つけられないのですか。（略）彼が何をしたいかいってくれればいいのです。私はできるだけのことをします。（略）本当の話、あなたならヴィーンでたくさん稼げますよ」といい、フランツ・フォン・メルクについては、「僕が残念に思うのは、姉さんがフォン・メルクさんを泣かせ、手ひどく苦しめたことです。姉さんは《そり乗り》に誘われたのに行かなかったでしょう。あの日泣かされたあの人は何枚のハンカチを使ったことか。あの人は前もって一オンスも酒石を使ってあの汚い体をきれいにしただろうに」といっている。

＊88　あなたが手に入れた男：ベルヒトルト・フォン・ゾンネンブルク（＊47参照）。

＊89　キスをされることもなかった：一七六八年一月十九日、モーツァルト一家は、女帝マリーア・テレージアに招かれ、ナンネルは宮廷の礼装を下賜された。少年モーツァルトは、ポンパドゥール夫人にキスをしようとして拒まれたとき、「この人誰なの？　どうしてキスしてくれないの？　マリーア・テレージア様だってキスしてくれたのに」といったという逸話が残されている。事実、少年モーツァルトはオーストリア女帝の膝に飛び上がり、抱きついて「あなたを心から愛しています」といって、キスしてもらっている（S二一ページ）。

＊90　ボンネットを縫ってあげた：一七八二年三月二十二日付、ヴィーンのモーツァルトからザルツブルクの父宛書簡（№四八〇。Vの二一八ページ）に、「僕の大好きなお姉さんには、ヴィーンで最新流行の帽子をふたつお送りします。――両方とも、僕のいとしいコンスタンツェの手づくりです！」とあり、義父と義姉に対するコンスタンツェのアプローチの最初であった。

＊91　あなたを訪ねて：＊47参照。

＊92　よそよそしくなってしまった：幼少期の二人は文字通り一心同体の関係であったが、たとえば、ナンネルは父の死を、自分ではモーツァルトに教えていないだけではなく、危篤であることすら通知していない。彼らの交信は一七八〇年代の半ばころから極めて間遠になっている。彼らは互いの結婚式に列席していないし、互いに相手の子供たちの顔をみたことがなかった。また、モーツァルトの死に際しては、ナンネルとコンスタンツェの間に何も交信はなかったようである。＊95も参照。

＊93　やってしまったからなのね：ナンネルはゾンネンブルクと結婚したが、これは父親の選んだ相手であり、自分が好意を懐いていた相手とは結婚できなかった。彼女にしてみれば、父親からの独立という考えはあまりに過激であり、リスクが大きすぎた。ナンネルは父親からの独立には踏み切れなかった（S六二〇ページ）。＊47、＊78、＊87参照。一方、コンスタンツェとモーツァルトは果敢にも父親からの独立を果たしたということか。

＊94　嫌がった：＊47参照。ナンネルはザルツブルクの聖ペーター教会墓地に葬られ、その墓はミヒャエル・ハイドンの墓と隣り合わせである。

＊95　ごたごたが生じたのだった：一七八三年にナンネルは、弟には父の遺品選びをさせないと宣言し、さらには遺品を競売した売上げの分け前を欲しいかどうか第三者を介してモーツァルトに尋ねていることなどを指す。モーツァルトと義兄との交渉で、ヴィーン貨幣で一〇〇〇グルデンがモーツァルトに支払われ、モーツァルトの書いた楽譜も返却された。そしてナンネルが欲しいと思うものは競売にはかけられなかった。ナンネルがこのとき自分のものとして押さえたひとつとして、家族間でやりとりされた膨大な量の書簡があった。

＊96　先だわねえ：ナンネルの死亡は一八二九年十月二十九日。享年七十八歳。四週間先ということは、〈本日〉は十月二日に当たるか（＊116参照）。

［38］ヨゼーファ：ヨゼーファ・ホーファ。旧姓ヴェーバー。一七五九年ヴィーゼンタールのツェル生、一八一九年ヴィーン没。歌手。コンスタンツェの一番上の姉。初演のときの夜の女王。［18］、＊1参照。

＊97　カナリア：一七八七年、モーツァルトは可愛がっていたむくどりの死に寄せて一篇の詩作品を残している。「ここに眠るいとしの道化、／一羽のむくどり。／いまだ盛りの歳ながら／味わうは／死のつらい苦しみ。／その死を思うとこの胸はいたむ。／おお読者よ！　きみもまた／流したまえ一筋の涙を。／憎めないやつだった。／ちょいと陽気なお喋り屋。／ときにはふざけるいたずら者。／でも阿呆鳥じゃなかったね。／いまごろあいつは天国で／ぼくを讃えているだろう、／無償なる友情の詩を。／突如血を吐き／召された時に、／まさか主人がこんなにも／見事な韻文詩人だと／ついぞ思ってみなかった。／一七八七年六月四日／モーツァルト」（Ⅵの解説、四一〇ページ――なお、『モーツァルト全四巻セット、［1］人間モーツァルト』一五三ページ（岩波書店、一九九一年）にみられる田辺秀樹による秀逸な翻訳も参照されたい）。この詩は父レーオポルトの死（同年五月二十八日）の直後に書かれたものであるが、同時期にリート『老婆』

（K五一七）、同『ひめごと』（K五一八）、同『別れの歌』（K五一九）、同『ルイーゼが不実な恋人の手紙を焼いたとき』（K五二〇）が書かれ、『音楽の冗談』（K五二二）、リート『夕べの想い』（K五二三）、同『クローエに』（K五二四）が書かれている。このむくどりの詩を含めた一連の創作活動を突き動かした力の内実として、死に対するモーツァルトのイローニッシュでアンビヴァレントな思い（父親をむくどりと見なす、という意味だけではなく、また母親の死に際して書かれた二通の書簡〈＊21参照〉とは対照的な点においても）を読むことができよう。そしてモーツァルトはダ・ポンテの創作台本を借りて、フェルランドに「詩人がいいそうなたわごとさ！」といわせている（『コシ・ファン・トゥッテ』第一幕第一場のレチタティーヴォ）。「まさか主人がこんなにも／見事な韻文詩人だと」とあるように、原文は強引な押韻で埋め尽くされ、言葉遊びの詩人モーツァルトの面目躍如というところである。このむくどりの詩には曲はつけられていないが、モーツァルトが自分で書いた詩に曲をつけたものとしては、三重唱『いとしいマンデル、リボンはどこなの？』（K四四一）、カノン『プラーター公園に行こう、狩場に行こう』（K五五八）（＊171参照）、同『おやすみ！　おまえはほんとうのおばかさん』（K五六一）などがよく知られている。さらに、詩ではない、喜劇の台本の断片も残されている。ソロモン曰く、「もし父が死んだとしたら何が起きるか、モーツァルトはまだ父が生きているからそんなことを考えたかのように、将来起こりうる怒りを想像して、怒りをコメディに仕立て、悲しみを皮肉に変えてみようとした形跡がある。彼が『ヴィーンに暮らすザルツブルクのならず者』（K五〇九b）という笑劇の台本を書いた裏にはそんなことがあったに違いない。書いた時期は一七八七年の初めころと推定されるが、その第一幕第一場で起こる事件は〈シュタッヒェルシュヴァイン（はりねずみ）氏が母から届いたばかりの手紙を読む。それには父が死んだと書いてある。彼は自分の失ったものを悲しむ。その一方で遺産が入るといって喜ぶ〉となっている。第二幕第二場では〈はりねずみ氏は父を失ったにもかかわらず、自分は羽振りがよくなると友人たちにいいふらす〉のである。というふうに、モーツァルトは父の考えを想像して文字にしている」（S六三〇ページ）。なお、モーツァルトとカナリアの関係として、一七七〇年五月十九日付で、ナポリからザルツブルクの妻に宛てた父親レーオポルトの書簡に添え書きされたモーツァルトから姉ナンネルへの付言に、「カナリアのご機嫌はいかがですか。知らせてください。相変わらず歌っていますか？　やはり得意になってさえずっているかな？　僕がどうしてカナリアのことを思い出したかわかりますか？　僕らの次の部屋に一羽いて、家のと同じようににぎやかにしています」というのがみられる（№一一一。Ⅱの一三九ページ）。

＊98　ポンス：ラム酒などのシュナプシスにレモンや砂糖を混ぜた熱い飲み物。

＊99　お母さんみたいに、と：コンスタンツェたちの母親マリーア・ツェツィーリア・ヴェーバーは、飲酒（ワイン）を好み、しばしば酩酊のうえ、絡んだりしたらしい。＊22、＊25参照。

＊100　八月四日：モーツァルトとコンスタンツェの結婚の日。一七八二年八月四日。ヴィーン聖シュテファン大聖堂。出席者は、母親ツェツィーリア、妹ゾフィー、モーツァルトの介添え人で外科医のフランツ・フォン・ギロフスキー、コンスタンツェの介添え人で地方議会議員のフォン・ツェットの四人のみ。

［39］ツェツィーリア・ヴェーバー：旧姓シュタム。一七二七年マンハイム生、一七九三年ヴィーン没。コンスタンツェの母親。奇妙なほど一致してひどい人物だと書かれたが、ゾフィーにとっては「わたしたちのよいお母さん」であり、「モーツァルトに対しても時の流れにつれて優しくなった。相手も母に対してそうであったように」と証言されている。＊1、＊22、＊25、＊99参照。

＊101　遅い夕食：Soupée。フランス語からの雅語で、遅い夕食のこと。＊22、＊50参照。

＊102　後見人：ヨハン・フォン・トールヴァルト。［11］、＊24参照。

＊103　いただけよ：＊22参照。

＊104　選帝侯：十三世紀から十九世紀初頭まで、領邦国家ドイツの諸侯のなかで、中世ドイツ王国の国王（神聖ローマ帝国の皇帝）を選挙で決める権限を与えられた者。

＊105　ルイーゼのおかげなのよ：コンスタンツェの姉アロイージアのこと。［9］、＊1、＊19参照。

＊１０６　モリエールの全集：モリエールの喜劇全集。モーツァルトの死後、当時の法律上の定めに従って《遺産目録》が作成され、それぞれの品目の評価額も付記されている。そのなかの蔵書目録のうちにこのモリエール全集もみられる。曰く、「12　モリエール著『喜劇全集』（フリードリヒ・ザームエル・ビーアリング訳、四部、ハンブルク、一七五二年）六クロイツァー」（Ⅵの七二三ページ）。
＊１０７　追っ払ったときだ：＊２０参照。
＊１０８　小男だった：＊２０参照。
＊１０９　尻を舐めろ：書簡中に頻繁にみられるモーツァルトのスカトロジー表現の一つ。ジュースマイヤー（［２９］、＊７７参照）もホルン奏者のロイトゲープも「舐めさせられている」。ロイトゲープは一七三二年ザルツブルクに生まれ、一七七七年からヴィーンに定住、宮廷楽団でホルンを吹きながらチーズ商をもやっていた。彼に遅れること四年後に、やはりザルツブルクからヴィーンにやってきたモーツァルトとはきわめて親しい間柄で、冗談や悪ふざけを交し合う大親友であった。モーツァルトはロイトゲープのために四曲のホルンのためのコンツェルトと一曲のホルンのためのクインテットを作曲している。なお、モーツァルトには自作の詩に作曲したカノン『俺の尻を舐めろ』（K三八二c）もある。
＊１１０　契約をした：一七七八年ミュンヒェンの宮廷劇場のオペラ歌手として一〇〇〇グルデンで契約が成立し、ヴェーバー一家はこれを機に、ミュンヒェンに移り住んでいる。なお翌年に、アロイージアがヴィーンの宮廷劇場のオペラ歌手として契約されると、一家もまたヴィーンに移住している。
［４０］ヨーゼフ・ランゲ：一七五二年生、一八三一年没。ヴィーンの俳優。特にハムレット役で名声を博した。画家、モーツァルトの友人。アロイージアの夫。＊１９参照。
＊１１１　彼女ではあったのだが：＊１１０参照。
＊１１２　書いている：一七八一年十二月十五日付、ヴィーンのモーツァルトからザルツブルクの父宛書簡（№四七〇。Ｖの一八〇ページ）。＊１９参照。

＊113　作曲をしている：モーツァルトがアロイージアのために書いた曲は、K二九四（レチタティーヴォとアリア『アルカンドロよ、わたしは告白する――わたしは知らぬ、このやさしい愛情がどこからくるのか』）（一七七八年）、K三〇〇b（三一六）（レチタティーヴォとアリア〈シェーナ〉『テッサーリアの民よ――不滅の神々よ、わたしは求めはしない』）（一七七八年）、K三八三（アリア『わたしの感謝をお受けください』）（一七八二年?）、K四一六（レチタティーヴォとロンド『わが憧れの希望よ――ああ、おまえは知らないのだ、その苦しみがどんなものか』）（一七八三年）、K四一八（アリア『わたしはあなた様に明かしたい、おお神よ』）（一七八三年）、K五三八（アリア『ああ、恵み深い星々よ、もし天にあって』）（一七八八年）の六曲で、およそ十年にわたっている。十年で六曲というのは速筆のモーツァルトとしては少ないようにも思われるが、ここでは十年という長い期間のほうに目を向けよう。なお、アロイージアは一七九五年三月二十一日、『ティート帝の仁慈』（K六二一）のヴィーン初演（世界初演は一七九一年九月のプラーハで、コンスタンツェを伴ってプラーハ滞在中のモーツァルト自身の指揮）のヴィテッリア役でブルク劇場の舞台に立っている。

＊114　はじめて作曲するフーガ：K三七五dで、一七八一〜一七八三年のもの。コンスタンツェはフーガを好んだという。ちなみに、モーツァルトがコンスタンツェのために書いた作品は、K三七五c（Anh.四三）（二台のクラヴィーアのためのソナタ変ロ長調〈断片〉）、K三七五d（Anh.四五）（二台のクラヴィーアのためのフーガト長調〈断片〉）、K三八三a（三九四）（クラヴィーアのための幻想曲とフーガハ長調）、K三八五b（三九三）（ソルフェッジョ〈未完〉）、K三八五c（四〇三）（クラヴィーアとヴァイオリンのためのソナタハ長調〈未完〉）、K三八五f（三九六）（クラヴィーア幻想曲ハ短調〈断片〉）、K四一七a（四二七）（ミサハ短調〈未完〉）で、合計七曲である。

＊115　ハ長調：モーツァルトのクラヴィーアコンツェルトでハ長調のものは、八番（K二四六）、一三番（K四一五〈三八七b〉）、二一番（K四六七）、二五番（K五〇三）がある。多分ここで口ずさまれたのは二五番の第三楽章の冒頭（リート『春へのあこがれ』〈K五九六〉の主題で始まる）であろう。

＊116　九月二十一日で：カール（［3］参照）は一七八四年九月二十一日生まれなので、この年は一八四一年ということになる。「ナンネルの命日の四週間前」という記述（＊96参照）とあわせ考えると、ここに書かれている一日は一八四一年九月二十二日から十月二日あたりと同定できる。この季節のザルツブルクはかなり冷え込み、キーンと乾燥した日々である。

＊117　売女呼ばわりされなくちゃならなかったのよ：一七八一年十二月二十二日付、ヴィーンのモーツァルトからザルツブルクの父宛書簡（No.四七二。Vの一八八ページ）。「ヴィンターのあらゆる雑言のなかで、何よりも腹が立ったのは、やつがぼくのいとしいコンスタンツェを売女《ばいた》呼ばわりしたことです」（同、一九二ページ）。なお、〈売女〉の原語はLüder。

＊118　あの革命：一七八九～一七九九年のフランス革命。

＊119　セレナーデ：第二幕で歌われるカンツォネッタ、いわゆる「ドン・ジョヴァンニのセレナーデ」。「さあ、出てきておくれ、窓辺に」の原語はDeh vieni alla finestraである。

＊120　パミーナ：ツェルリーナは『ドン・ジョヴァンニ』（K五二七、一七八七年）の、スザンナは四幕のオペラ・ブッファ『フィガロの結婚』（K四九二、一七八五年）の、フィオルディリージは『コシ・ファン・トゥッテ』（K五八八、一七九〇年）の、ドラベッラは『コシ・ファン・トゥッテ』の、コンスタンツェは『後宮からの奪還』（K三八四、一七八一年）の、ドンナ・エルヴィーラは『ドン・ジョヴァンニ』の、パミーナは『魔笛』（K六二〇、一七九一年）の、それぞれ女性登場人物。

［41］ハイブル：ペートルス・ヤーコプ・ハイブル。一七六二年生、一八二六年没。歌手、作曲家また聖歌隊長。ゾフィーの夫。＊68参照。

＊121　ディアコヴァール：スロベニアの都市。＊157参照。

＊122　体つきです：一七八一年十二月十五日付、ヴィーンのモーツァルトからザルツブルクの父宛書簡（No.四七〇。Vの一八〇ページ）。＊19参照。

［42］ナンシー・ストレース：アンナ・セリーナ（ナンシー）・ストレース。一七六六年生、一八一七没。イタリア系イギリス人の歌手。『フィガロの結婚』の初演のスザンナ。

＊123　ナンシー・ストレース：一七八七年イギリスに帰国。そのときの告別演奏会（一七八七年二月二十三日、於ヴィーン）ではナンシー自らソプラノのためのシェーナとロンド『どうしてあなたが忘れられるでしょうか――心配しなくともよいのです、いとしいひとよ』（K五〇五、一七八六年）を歌う。モーツァルトはそのとき、オーケストラと協演するクラヴィーア演奏を受け持っている。なお、モーツァルトはナンシーの兄スティーヴン・ストレース（ヴィーン滞在中のイギリス人作曲家）と親友であった。ナンシーは、二十一歳年長の夫と離婚後、イギリスに去るまでフランツェスコ・ベヌッチ（［50］参照）と熱烈な恋愛関係にあった。

＊124　メッツォソプラノ：多くの文献では、ナンシーはソプラノ歌手とされており、スザンナを歌うのもソプラノである。

＊125　深刻だった：ドゥーシェク（［27］、＊12参照）との不倫のときはコンスタンツェを安心させようとする手紙などを盛んに書き送っているモーツァルトであるが、ストレースとの不倫の場合、安心させようとの配慮もなく、むしろあけすけにストレースとの会話をコンスタンツェの眼前で再現してみせたりした夫とストレースのことを指している。

＊126　僕のために："Für Madmoiselle Storace und mich"。K五〇五に記された献辞。

＊127　お乳を与えるべきではないか：当時、女性の出産平均年齢は十代前半であった。出産自体も母体に大きな負担を強いるものであるが、母乳の成育も未熟であったため、比較的裕福な市民層の多くは母親に代わって乳児に母乳を与え子育てをしてくれる乳母を、給与を支払う形で雇った。住み込みの乳母もいれば出身地の村の自分の家でそれをする〈持ち去り乳母〉もいた。乳母は教会あるいは役所によってかなり厳密に審査され、その資格が与えられた。また、教会あるいは役所によって認可された形で、乳母を斡旋

する業者も存在した。乳母を雇って母乳を与えないようにすれば、母体のホルモンバランスの正常復帰が加速され、次の妊娠がしやすくなり、後継者残しに一役買うという考えである。一八〇〇年代初頭、この乳母制度は最盛期を迎え、一八〇〇年代後期には免疫等の医学的見地から母乳保育を推奨する医師が増え始め、徐々に乳母制度はすたれていくことになる（参考文献：アルフレッド・フィエロ〈著〉、鹿島茂〈監訳〉『パリ歴史事典』〈白水社、二〇〇〇年〉）。

＊128　ガシュタイン：オーストリア最大の温泉保養地。バートガシュタインともよばれる。ザルツブルクの南約一〇〇キロに位置し、コンスタンツェはモーツァルトの死後、ザルツブルクに住むようになってから湯治に出かけている。

＊129　聖ペトロ：聖ペーター教会は聖ペトロに奉献された教会であり、また聖ペトロの加護に与ろうとするものである。ペーターはペトロのドイツ語呼称。

＊130　メケッティー：［31］参照。

［43］ヨハン・ネーポムク・フンメル：一七七八年生、一八三七年没。クラヴィーア奏者、作曲家、モーツァルトの弟子。

＊131　フンメル：プレスブルク（現ブラティスラヴァ）に生まれワイマールで死去したオーストリア人作曲家。モーツァルトに師事したのは一七八六年から一七八八年。クラヴィーア奏者としての才能が秀でており、ドイツ各地、ロンドンなどへ演奏旅行をしている。一八〇四年からはハイドンの後継者としてエステルハーツィー家の楽長、最終的にはワイマール宮廷の楽長であった。クラヴィーア独奏曲が多数残されている。＊141参照。

＊132　ロザリオ：祈りの回数を確認するための、カトリックで用いる数珠様のもの。通常一箇の大きい珠と十箇の小さい珠をひもに通して一連をなし、これを五連で環をつくり、さらにこの環に五箇の小さい珠と十字架をつなげたもの。珠を爪繰りながら、大珠で一回の主禱文（主の祈り）、小珠で十回の天使祝詞（アッ

ヴェ・マリーア）（本文次のパラフレーズ「めでたし、云々」はその冒頭）、最後に栄唱（神に栄光を帰する祈り）を一回唱えて一連とし、これを十五連繰り返す。これをいわゆるロザリオの十五玄義という。薔薇の花冠を意味するラテン語 rosarium に由来。ロザリオの祈りはカトリックの典礼外の信心として古くから最も普及して親しまれているもの。

＊133　赦したまえ：主禱文の一節。マタイによる福音書六 - 12による。

＊134　名声（ラム）：ラム酒 (der Rum) と名声 (der Ruhm) のかけことば。あるいは、アダージョの演奏が抜群だったというオーボエ奏者で、一七七七年以降のモーツァルトの親友であったフリードリヒ・ラム (Friedrich Ramm〈一七四四～一八一一年〉) とのかけことばであるかもしれない。

＊135　とりなしの祈り：神と人間とのあいだを取り次ぐ仲介者（イエズス・キリスト）としてのはたらき（作用）を、イエズス・キリスト、あるいは聖母や天使をはじめ諸聖人に願うカトリックの祈り。

＊136　モスト：アルコール分の少ない果実酒。梨や林檎からつくる。

＊137　カミツレ：＊3参照。

＊138　いったわね：尿意のこと。加齢による尿失禁をも想像させる表現。

＊139　葡萄畑：温泉地でもあるバーデンは、白ワインの名産地ギュンポールズキルヒェンという村を近郊にもつ。

＊140　キクニガナ：Wegwarte のドイツ語が示すように、この野草に変身した少女が道端で恋人を待ったという伝説がある。

＊141　マルハナバチ：ミツバチ科のハチ。ミツバチよりも体長が大きく、丸々としており、胸や腹の部分にふさふさとした体毛を有し、ミツバチ同様集団生活を営む。ほかの動物が掘った穴や樹木の根もとの空洞を利用する形で巣を地中につくる。花が細長かったり複雑な形をしていても吸引管が長いため奥に隠された花蜜を吸い取ることができるので花粉媒介に大きな役割を果たしている。マルハナバチはドイツ語で

フンメル（Hummel）といい、ここでは作曲家フンメルとのかけことばのようにもとれようか。

＊１４２　戯れかけた：＊７７参照。

＊１４３　硫黄の匂い：十四箇所の源泉を有するバーデンは硫黄泉の湯治場・保養地であり、お湯の温度は摂氏三六度くらい。効能はコンスタンツェの持病である痛風をはじめ、リウマチなどの運動機能障害や神経痛、皮膚病など。ここのカジーノはオーストリア有数のもので、コンスタンツェもモーツァルトもカジーノで楽しんだといわれている。

＊１４４　墓石を建てなかったこと：フランシス・カーは以下のようにいっている。「ヘルミーネ・クレーターの『W・A・モーツァルトの墓』によれば、コンスタンツェに、夫の墓に十字架を立てるべきだと最初にいったのは墓掘り人足だという。ここでようやくモーツァルトが埋葬された場所を知っている人間が現れるはずだが、のちにある人が当の墓掘り人足に尋ねようと墓地に出かけたところ、新しい墓掘り人足がこの仕事をやっていることがわかった。彼の前任者ともいうべき男は発見できなかった。すでに述べたように、コンスタンツェは、墓に十字架を立てるのは司祭の仕事だといって何もしなかった。ヨーゼフ・ダイナー〔［４８］、＊１６９参照――訳注筆者による〕も、この簡単な仕事を実行するようコンスタンツェに説得したが、クレーターによると〈彼女から剣もほろろにあしらわれた〉という。言い換えれば、コンスタンツェは単に非協力的だっただけでなく、攻撃的でもあった」、「この一件では激しいことばのやりとりがあったかもしれない（とクレーターは書いている）。モーツァルトの墓は、記念や愛のしるしは何ひとつなく――墓石も、十字架も、名前も、花も――ついに所在も突きとめられなかった。コンスタンツェの行動を、感情的な面から判断することは差し置くにしても、彼女が引き起こした混乱は救いがたいもので、それはこんにちまで尾を引いている。コンスタンツェは〈司祭が十字架を手配するもの〉と思ったと繰り返しいった。十字架が実際に立てられたかどうかを確認してみようという考えは、頭に浮かばなかった。コンスタンツェには、自分を最も優しく愛してくれた人、その栄光ある名前で恩恵を与えてくれた人の埋葬場所を訪れよ

うという気持ちはまったくなかった。彼女は、息子たちに父親の最後の安息場所を見せなければならないとはまったく思っていなかった。彼女が、すでに所在不明として評判になっていた夫の墓を——他人に尻をたたかれて——ようやく見に出かけるまでに、十七年もの歳月が流れていた。その気があれば実に簡単で、極めて当然である義務を果たそうとしなかったコンスタンツェの冷たい態度、不遜な行為は、やがて世間の不興を買うことになった」、「こうした行為はコンスタンツェの冷淡さを示すだけではない。彼女が感謝と愛の気持ちをもって動かなかったことは、悪意でないとしたら激しい敵意の表示以外の何ものでもない。アルトゥール・シューリヒは、そのコンスタンツェについての短い伝記的研究のなかで次のように言い切っている。〈もしモーツァルトが死後に名声を得なかったとしたなら、コンスタンツェは夫のことをたちまち忘れてしまっただろうといってまず間違いない〉。もしモーツァルトに対するコンスタンツェの愛が、このようにいい加減なものだったのなら、彼女が別な男に気を向けたとしても、少しも驚くには当たらない。シューリヒは、コンスタンツェの性格を要約して、〈利己主義の要素が強く発達した……狭量で虚栄心の強い、貪欲で幼稚な女性である〉といっている。しかし他方、彼の見解ではコンスタンツェは〈快活で気のいい人間〉でもあったという。一八〇五年、ハイドンはコンスタンツェがモーツァルトを尊敬しようとしないのに不快の念を表明している。この年、彼の談話が報道されているが、それによると彼は次のようにいっている。〈モーツァルトがわれわれから去って何年もたつというのに、彼の墓は依然何の手がかりもありません。彼の遺骸が置かれた場所がわからないとしたら、これこそ末代までの恥です。これを思うと、私の心は真実痛みます。それにしても、何らかの手が打たれ、その実際の責任者である人たちにより実行されることを期待する私の気持ちは、いまも変わることはありません〉」（C二一八～二二〇ページ）。

＊145　ニッセンの書いた伝記：一八二八年に出版されたニッセンによる『モーツァルト伝』。ニッセンの死から二年後、コンスタンツェ自身による刊行物である。＊78参照。

＊146　廃棄してしまった手紙：コンスタンツェは自分に不都合な手紙を廃棄したり、部分的に抹消したり

している。

＊147　ゾマー：ゾマーはドイツ語で夏、後続するヴィンターは冬。コンスタンツェに冬を夏と言い間違えさせた著者の言葉遊び。夏を想起させるような暑苦しい不愉快な男というほどの意味をこめたかったのか。

［44］ペーター・（フォン）・ヴィンター：一七五四年生、一八二五年没。ドイツ人の作曲家。『ラビリンス』ほかを書いたが、この作品は『魔笛』の続篇と考えられている。＊148、＊149参照。

＊148　ヴィンター：ペーター・フォン・ヴィンター（［44］、＊117、＊149参照）は、「一七七五年にマンハイムで宮廷楽団員となり、一七七八年にミュンヒェンに移っている。一七八〇～一七八二年のヴィーン滞在中にサリエーリの弟子となり、ここで三作のバレー曲をつけている」（№四七二の冒頭に記されたヴィンターに対する訳者注。Ｖの一九三ページ）。シカネーダーが『魔笛』の成功に気をよくして一七九八年にヴィーデン劇場で『魔笛』の続篇として『ラビリンス』を公演したが、これはモーツァルトの死後であったため、ヴィンターが作曲したもの。なお、『魔笛』の続篇としては、ゲーテが『魔笛』第二部を試みたが未完で、一八〇二年に断片が集められて出版されているし、グリルパルツァー（［51］、＊190参照）も『魔笛』第二部を書き、一八二六年に出版されている。

＊149　書き送った：「ヴィンターがコンスタンツェとヴォルフガングについての中傷を行なったのが、書面によるものか、ミュンヒェンに行く目的でザルツブルクに立ち寄った際に口頭で行なったものか定かではない」（№四七二の冒頭に記されたヴィンターに対する訳者注。Ｖの一九三ページ）。＊117参照。

＊150　煉獄：小罪のある、あるいは罪の償いを果たさなかった死者の霊魂が天国に入る前に一時的浄化を受ける滞留場所あるいはその状態。煉獄の刑罰は喪失の苦罰と感覚の苦罰であり、感覚の苦罰は火によって科せられるものである。そこに悩む霊魂は信者のとりなしの祈り（＊135参照）によって救済される。煉獄の様相は、ダンテの『神曲』の《煉獄篇》などに詳しい。

＊151　母親：アンナ・マリーア。旧姓ペルトゥル。一七二〇年十二月二十五日ザルツブルク近郊のザンクト・

ギルゲンに三人の子供の末娘として生まれた。年長のふたりの兄弟姉妹はいずれも早世している。父はヴォルフガング・ニーコラウス・ペルトゥル（一六六七～一七二四年）、母はエーファ・ロージナ・プクスバウム（一六八八～一七五五年）（旧姓アルトマン。母は再婚であった）である。父親の家系はザルツブルク宮廷の下僕、母親の家系は教会の楽士である。ただ父親は、家系のなかでも最も才知豊かで出世をした人物で、ザルツブルクのベネディクト会の大学で学び、聖ペーター教会聖歌隊のバス歌手や、修道会付属学校で音楽教師を務めた。結婚後、病にたおれ、借金を負う身となり、死後財産を没収された。アンナ・マリーアは一七四七年十一月二十日、自分より一歳年長で二十八歳のレーオポルト・モーツァルトと結婚。このとき、レーオポルトの母親は、アンナ・マリーアが没落した家の娘であることを理由にこの結婚に反対している。新婚のレーオポルト夫妻はザルツブルクのゲトライデガッセ二二五番地（現、九番地）の卸商人ローレンツ・ハーゲナウアー（[20]、＊156参照）家の三階に一家を構えた。この住いにふたりは十六年住むことになる。その間に七人の子供が生まれたが、五人が早世、残りのふたりがナンネルとヴォルフガングである。三人目の子供が一七五〇年七月に死去すると、レーオポルトは妻をガシュタイン（＊128参照）に保養に出している。一七五一年七月三十日には、モーツァルトの姉、ナンネルを出産している。レーオポルト夫妻は姉と弟ふたりともに備わった天性の音楽的才能を認め、この子供たちを連れてヨーロッパじゅうを演奏旅行する計画を立てた。一七六三年六月から一七六六年十一月まで四十一か月と二十日の長期間、バイエルンから始まって、パリ、ロンドンにまで、一家四人は主として馬車旅でこれを実行している。歴訪した都市の数は再訪も含めて八十八、演奏を聴いた者の数は数千人に及ぶ。一七七八年、マンハイムからパリに延長された息子との二人旅の途上、パリで死去する（＊21参照）。S二九二ページに以下のような記載がある。曰く、「モーツァルトの母には、彼（モーツァルト）が自分の生き方を追求しようとしていること、自分の可能性を見つけようとしていること、自分自身の友人をもちたがっていること、などがよくわかっていた。（中略）だから彼女が夫に出す手紙では、彼女は夫との共同の利益を守るようにみせてはいるが、その実、彼女は明らかにふたりの男のあいだに入って動こうとしており、息子の行動に好意的な光を当ててきたのである。しかし彼女にとって行きすぎることは禁物であった。夫はすぐさま彼女を息子と共謀しているといってなじるからである。しかし、とどのつまりは、彼女は夫の意志に従わざるをえなかった。それは彼女自身の利益のためだったというより、私にいわせれば、彼女が単に夫の命令を拒むことができなかったためであろう」。

＊152　そのとき：終わりの日、最後の審判の日。キリストが最後の日に栄光のうちに再臨するとき、万物が更新され、全人類の判き、永遠の懲罰、悪の滅亡、さらには最終的な救済、洗礼を受けたすべての死者の復活、キリストによる神支配のはじまりがおとずれるという、キリスト教的終末論によって立つカトリックの考え方。レクイエムではセクエンツィア（続唱）の部分がこれに相当する。モーツァルトの『レクイエム』はこのセクエンツィアの「ラクリモーザ」の部分で絶筆となっている。第二ヴァティカン公会議（一九六二～六五年）でディエス・イレ（怒りの日）がレクイエムから除外された。

＊153　『魔笛』：一七九一年四月、フリーメイスン（＊177参照）の盟友でもあるシカネーダー（［46］、＊167参照）の依頼によって作曲された二幕のドイツ語オペラ（ジングシュピール）（K六二〇）。様々なイニシエーション・秘儀・儀式をくぐりぬけて至高の存在に至るというフリーメイスンのシンボル・思想を中心にすえた内容。『魔笛』とフリーメイスン思想の関係については、ジャック・シャイエ『秘教オペラとしての魔笛』に詳細な分析がなされている（邦訳は白水社刊）。先行する作品として、クリストフ・マルティン・ヴィーラント（一七三三～一八一三年）の編集による童話集『ジンニスタンあるいはお伽噺精選』（一七八五～一七八九年）に収録の『ルル、あるいは魔笛』や、ヨーアヒム・ペリネット台本、ヴェンツェル・ミューラー（一七六七～一八三五年）作曲のジングシュピール『ファゴット吹きのカスパル、あるいは魔法のツィター』などが指摘されている。モーツァルトは『魔笛』の大部分をラウエンシュタインガッセ（＊170参照）の自宅で作曲したが、バーデンに湯治に行ってコンスタンツェが不在であったため、最後の

ほうはヴィーデン（＊158参照）のフライハウス劇場のそばのあずまやで書いたとされている。このあずまやは、いわゆる〈魔笛の小屋〉であり、一八七三年にザルツブルクに移築された。ザルツブルクでは一八七七年にカプツィーナベルクという山の上に移され、さらに一九〇〇年代なかばには国際モーツァルト財団の建物の裏にある庭園パスツィーオガルテンに移され現在に至っている。オペラの初演は一七九一年九月三十日、ヴィーデンのフライハウス劇場。翌十月一日に再演。この二回はモーツァルト自身による指揮であった。以降はシカネーダー一座の楽長ヘンネベルクの指揮。初演の日の第一幕終了後の聴衆の反応はいまひとつであったが、終幕ではモーツァルトが舞台に呼び出されるほどの喝采があったという。だから翌日の再演が可能となったわけであるが、その後の一年で一〇〇回以上の公演が行なわれたという大ヒット作であった。音楽の構成は、フリーメイスンの試練や儀式を様式化したシンボルのオンパレードというだけでなく、様々な音楽様式・モティーフの網の目状の構築物となっている。たとえば、多くのモーツァルト研究家が指摘するように、〈タミーノ〉、〈パミーナ〉はイタリアオペラのアリアとドイツリートが渾然としていて、ロマン派オペラの様式美、〈ザラストロ〉はフランスバロックやグルックの崇高と厳粛の様式美、〈夜の女王〉はイタリアのオペラセリアの様式美、〈三人の侍女〉、〈モノスタトス〉はイタリアブッファの様式美、〈パパゲーノ〉、〈パパゲーナ〉はヴィーンジングシュピールの様式美、といった具合である。

［45］カール・マリーア：カール・マリーア・（フォン）・ヴェーバー。一七八六年生、一八二六年没。ロマン派の作曲家、指揮者、クラヴィーア奏者そして評論家。コンスタンツェの従弟。＊1、＊154参照。

＊154 カール・マリーア：オイティン生、ロンドン歿。ドイツロマン主義オペラの先駆者であり、確立者でもある。色彩効果の強いオーケストレーション、ライトモティーフ的な技法、諸芸術を融合する方向へ向かういわゆる総合芸術の手法はヴァーグナーに強い影響を与えた。ここの本文でふたりの従姉妹に思い出されているときにはすでにヴェーバーは死亡しており、名声も確立したものであった。

＊155 くれるものとなる：一七八七年四月四日付、ヴィーンのモーツァルトからザルツブルクの父宛書簡（No.

六七四。Ⅵの三八四ページ）。〈父宛書簡の最後のもので、モーツァルトの死に対する想念を披瀝したものとして、母を亡くしたときのパリからの二通（＊２１参照）とともにわれわれの多様な読解を許すテクストとなっているものである。

＊１５６　ハーゲナウアー：ザルツブルクのハーゲナウアー広場（ゲトライデガッセのモーツァルトの生家の正面に位置する）にある老舗。［２０］参照。

＊１５７　ディアコヴァール：ゾフィーの夫ヤーコプ・ハイブル（＊６８参照）はスロベニアのディアコヴァール大聖堂の聖歌隊長であった。一八〇七年、シカネーダー（［４６］、＊１６７参照）はヤーコプ・ハイブルを郊外市ヴィーデン（＊１５８参照）にあったフライハウス劇場の歌手兼器楽奏者兼作曲家として採用している。Ⅵの六三七ページ、同七三九ページ参照。

＊１５８　ヴィーデン：ヴィーンのリンクのすぐ外の市。［４６］にあるテアター・アン・デア・ヴィーン、また＊１５７にあげたフライハウス劇場は、いずれもこの市にあった。

＊１５９　ラウエンシュタインガッセ：＊１７０参照。

＊１６０　アインザッツ：オーケストラや合唱曲のある声部、コンツェルトのソロ部分、フーガの主題などの奏しはじめ、歌いはじめ。〈入り〉のこと。

＊１６１　リヴォルノ：＊４９参照。

＊１６２　ピッツィパンケール：飼い犬の呼び名。

＊１６３　天に……アメン：主禱文。＊１３２、＊１３３も参照。

＊１６４　肖像画：アロイージアの夫ヨーゼフ・ランゲ（［４０］、＊１９参照）がモーツァルトを描いた未完の肖像画。ノヴェッロ夫妻（［２１］参照）は、ニッセン夫人が所蔵していたその他のモーツァルト関連の肖像画が居室の四囲の壁にかけられていて、ランゲの作品は木箱に収納されていたと記している（Ｎ四五〜四八ページ）。メアリー・ノヴェッロは木箱にしまわれて未完のままでいる肖像画の理由を次のように推

測している。「誰か他人の拙い手でこの神々しい表情が失われては、と完成させることを夫人が断ったのは賢明でした」（N四七ページ）。

＊165　同じように：一七八九年四月十六日付、ドレースデンのモーツァルトからヴィーンのコンスタンツェ宛書簡（№六九五。Ⅵの五〇四ページ）。ほかにも同様の記述が、№六九二（Ⅵの四九三ページ）、№六九四（Ⅵの四九八ページ）にもみられる。

＊166　〈銀蛇亭〉で去勢雄鶏：銀蛇亭は、［48］、＊169に記したダイナーが管理人を務めていたホイリゲ（居酒屋）。モーツァルトは『魔笛』の創作のころ、また『魔笛』が連日上演されているころには毎日のようにここで食事をした。去勢雄鶏は、肉がかたくならないように去勢した雄鶏で、オーブンなどで炙り焼き・丸焼きにして食べるのが一般的。ここでは、相当脂っこいので、胃にもたれ、うっとうしく感じて、ついつい死のことを思ってしまう、というほどの意味か。

［46］シカネーダー：エマーヌエル（実際はヨハン・ヨーゼフ）・シカネーダー。一七五一年生、一八一二年没。俳優、劇場監督、歌手、作曲家、劇作家、興行師。『魔笛』の脚本を書いた。テアター・アン・デア・ヴィーンの創設者でもある。一七八〇年にザルツブルクで客演公演を行なって以来、モーツァルトの家族と親しく付き合う。

＊167　シカネーダー：シュトラウビングに生まれ、ヴィーンで死去。モーツァルトに作曲を依頼した『魔笛』（一七九一年）では台本を執筆、初演のパパゲーノを歌った。S七二六ページに以下のような記載がある。曰く、「モーツァルトの不倫に関して最も執拗な噂の出所は、彼の最後の年に集中している。またその大部分は『魔笛』の作曲と上演の時期のものであり、モーツァルトはシカネーダー一座の団員たちと親密だったこの数か月間に放蕩を尽くしていたといわれる。そしてシカネーダー自身も女なら誰にでも手を出すことで悪評のあった人物だが、後世の伝記作者によれば、彼がモーツァルトにヴィーンの高級娼婦たちの味を覚えさせた犯人とされている。（中略）モーツァルトは『魔笛』に出演した女たちと関係があったと伝え

られている。特に初演のときのパパゲーナだったバーバラ・ゲルルとパミーナだったアンナ・ゴットリープが有名である。（中略）さらにはマグダレーナ・ホーフデーメルとのスキャンダラスな噂が最も盛んに飛び交ったのもこの時期のことである」。

［47］アルブレヒツベルガー：ヨハン・ゲオルク・アルブレヒツベルガー。一七三六年生、一八〇九年没。作曲家、教師、音楽理論家そしてオルガニストでもあった。モーツァルトは彼が聖シュテファンの聖堂付きオルガニストとして自分の後継者たる権利があると主張した。

＊168　アルブレヒツベルガー：ヴィーン近郊クロスターノイブルクに生まれ、ヴィーンで死去。一七七二年にヴィーン帝室オルガニスト、一七九三年には聖シュテファン大聖堂楽長にまでなった。対位法による教会音楽、器楽のためのフーガなど、多数の作品が遺されている。また、ベートーヴェンの指導者でもあった。一七九〇年には『作曲法基本教程』という理論書も出版した。

［48］ヨーゼフ・ダイナー：〈銀蛇亭〉の管理人でモーツァルトの何でも屋。この人物がモーツァルトの遺体を洗い、埋葬組合の帷子を着せた。

＊169　ダイナー：モーツァルトの死の直後、未明の五時にモーツァルト家の女中に伴われてモーツァルト家を訪れ、遺体の処置にあたった人物。のちにジャーナリストの取材に対し「遺体は柩の上に置かれ、当時の習慣に従って、埋葬組合から届けられた黒い掛け布で覆われた……遺体は仕事部屋に移され、クラヴィーアの脇に置かれた。……」と答えたのが、一八五六年、つまりモーツァルトの（生誕一〇〇年）死から六五年後（ちなみにダイナーの死からは三三年後、コンスタンツェの死からは一五年後）に、ヴィーンの「モルゲンポスト」紙に記事として掲載された。その記事は、＊29に記したハンス・ウンガーの戯曲『サリエーリ裁判』のなかで引用され、次のように続いている。曰く「埋葬は三等礼式で行なわれた。代金は八フロリン三十六クロイツァーであった。それに葬儀馬車に三フロリンかかった。モーツァルトの死んだ夜は真闇で荒れ模様だった。死者への最後の祝別の儀式のとき、嵐が始まり風雨が強くなった。雨

混じりの雪がつのり、自然も、この大作曲家の葬儀にこれほどわずかしか参列しなかった同時代人に恨みをこめているようだった。遺骸の野辺送りをしたのは少数の友人と三人の女性だけだった。モーツァルトの妻は姿を現していなかった。少数の友人たちは傘をさして柩のまわりに立ち、柩はそれからグローセ・シューラー通りを通って聖マルクス墓地に運ばれた。風雨がいよいよ激しくなってきたので、その少数の友人たちもシュトゥーベン門のところで引き返して〈銀蛇亭〉に向かった。管理人ダイナーも死者への最後の祝別式のときは参列していた」（岩淵達治訳）。

＊170　ラウエンシュタインガッセ：ラウエンシュタインガッセ八番地はヴィーンでの十三回目の引越し（最後の転居）で一七九〇年九月三十日からモーツァルトとコンスタンツェたちが住まいとしたところ。コンスタンツェはモーツァルトの死後もしばらくここに住んでいた。

＊171　プラーター：もともとハプスブルク家の狩猟場で、広大な水郷地帯であったのが、一七七六年にヨーゼフ二世によって市民に開放された。現在のヴィーンでいえば二区にある。リンクの外、ドーナウ運河の対岸にあり、ヴィーン中心部からいえば東に位置する。全長五キロメートルのマロニエの並木道や映画『第三の男』に登場する観覧車で有名な大公園。一七八一年七月二十五日付、ヴィーンのモーツァルトからザルツブルクの父宛書簡（№四四九。Ⅴの一〇〇ページ）にあるように、「僕らは、二、三度プラーターへ行きましたが、そのときは母親も一緒でした」と、コンスタンツェを伴ってプラーターを訪れている。また一七九一年七月六日付、ヴィーンのモーツァルトからヴィーン近郊バーデンのコンスタンツェ宛書簡（№七四六。Ⅵの六五九ページ）には、フランソワ・ブランシャール（一七五三〜一八〇五年）という気球乗りが同日プラーター公園からモンゴルフィエール気球で空に舞い上がり、ヴィーン近郊のグロースエンツァースドルフに着陸したことが記されている（「たったいま、ブランシャールが空に昇るか、それとも三度目にヴィーン人をかつぐことになるか、その瀬戸際だ！」）。モーツァルトが一七九一年六月、コンスタンツェと散策の途中、『レクイエム』は自分自身のために書いている。自分の命はもう長くない。誰かに

毒を盛られた。僕はアクア・トファーナ（＊60参照）を飲まされている」とコンスタンツェに語ったのもプラーターである。K五五八のカノン『プラーター公園に行こう、狩場へ行こう』は、「プラーターに行こう／陽気にな／カスベルのところへ行こうよ／カスベルのところへさ／カスベルは病気持ちで／熊はおっ死《ち》んだ／陽気になるのもいいけどさ、何をやらかそうというんだい／プラーターは蚊だらけだぞ／それにうんちだらけだ／プラーターはうんちの山だぞ」という自作の詩に自身が曲をつけたもの。現代ドイツの劇作家・演出家のルネ・ポレシュに『プラーター三部作』という劇作品があるが、ここでいうプラーターとはベルリーンのフォルクスビューネ劇場のバラック建て実験劇場のこと。三部作のひとつ『セックス』では女が三人登場し、「くそったれ」などというせりふを意味・脈絡不明なまま喚きつづけるというもので、このプラーターはモーツァルトのカノンを遠く想起させる。

＊172　ふくらはぎを測らせたこと：＊22参照。ほかにもコンスタンツェの振る舞いをたしなめるモーツァルトの書簡として、№六九五（Ⅵの五〇四ページ）、№七〇三（Ⅵの五三六ページ）がある。

＊173　従うべきである：Iテモテ二‐12。

＊174　従姉妹：ベーズレこと、アンナ・マリーア・テークラ・モーツァルトを指す。ベーズレは一七八四年、さる高位聖職者の私生児を出産するなど、波瀾に富んだ人生を送り、バイロイトで八十三歳の生涯を閉じた。＊20参照。

［49］カール・アルコ伯爵：一七四三年生、一八三〇年没。コロレード大司教（［10］参照）の料理長。モーツァルトと大司教謁見のための控えの間で激しい言葉のやりとりを交わしたあと、彼をドアから蹴飛ばして追い出した。モーツァルトは伯爵にも「尻に一発足蹴りを食らわせてやる。それが公道でもかまわない」と報復を誓った。＊17参照。

＊175　アルコ伯爵：＊29に記した『サリエーリ裁判』でハンス・ウンガーは、「この足蹴は、アルコ伯という貴族の長靴によって与えられたものです。現在の何百万と転がっていくチョコレートの銘菓モーツァ

ルトクーゲルンの音でも、この歴史的な足蹴の立てた響きを消してしまうことはできません」（岩淵達治訳）と、登場人物のひとりにしゃべらせている。

＊176　自由：原綴はFreiheit。『ドン・ジョヴァンニ』第一幕フィナーレにおけるドン・ジョヴァンニのイローニッシュなスローガン〈自由万歳〉を想起させる。ただし、ドン・ジョヴァンニの〈自由〉とは、放蕩の自由であった。また、モーツァルトのリート作品に『自由の歌』（K五〇六）というのがある。

＊177　兄弟愛：フリーメイスンの会員は盟友を兄弟と考え、兄弟愛を最も重要視する。さらにフリーメイスンは会員たちからフランス革命のジャコバン党員を多く輩出している。モーツァルトはヨーゼフ二世による宗教再編・教会改革に対して表向きは忠実であったが、追いつぶされて衰運を辿る瀕死のフリーメイスン時代の会員であったことに注目すべきであろう。№四七四、四八〇（Vの一九七、二一八ページ）には教皇ピウス六世がヴィーンを訪れたことが記載されているが、ピウス六世はこのときヨーゼフ二世の強硬な教会改革政策の翻意を促すためにヴィーンを訪れたのであったが、無駄足に終わった。この帰路、教皇はコロレード大司教とも面談している（Vの二二一～二二三ページの解説）。モーツァルトは一七八四年の十二月、ヴィーンのフリーメイスンロッジ〈善行〉に入会申込みをし、同月十四日に〈徒弟〉として入会を許可され、翌年の一月七日には早くも〈修業済みの徒弟〉に昇進、その後も時を経ずして〈親方〉という最高位に昇格している。一七九一年十一月十八日に執り行なわれたロッジ〈新授冠の希望〉の献堂式のために小カンタータ『われらが喜びを高らかに告げよ』（K六二三）を死の三週間前に書き上げ、これがモーツァルトの完成した最後の作品となった。そのほかに、「フリーメイスンのための音楽」をいくつか作曲している（K四二九、四六八、四七一、四七七、四八三、四八四、六一九、六二三など）。モーツァルトはフリーメイスンの真面目で、積極的で、忠実な会員であった。モーツァルトとフリーメイスンについては、Sの五〇一～五二三ページほか、多数の文献があるので参照されたい。

＊178　アインマッハスープ：マルククネーデルは骨髄を使った団子。オーストリアではバターで炒めた小

麦粉をアインマッヒェといい、アインマッハスープとはポタージュスープのようなもの。
＊１７９　ナツメグ：ニクズク科の常緑樹。種子のなかの仁、すなわちナツメグが香辛料として用いられる。挽き肉料理には欠かせない甘辛両用の香辛料で、挽き肉のくさみを消して甘い風味を出す。軽い催眠作用があり、夜向きの飲み物にも適する。健胃薬としても用いられる。和名は肉荳蔲《にくずく》。
＊１８０　コペンハーゲンで暮らした歳月：コンスタンツェとニッセンは一八一〇年九月から十年間、コペンハーゲンで生活している。ニッセンは当地で官庁勤務に就いていた。＊１４参照。
＊１８１　コンティーノ：『フィガロの結婚』第一幕第二場、第三番の、フィガロが歌うカヴァティーナ。「踊りをなさりたければ、伯爵様」。
［５０］フランツェスコ・ベヌッチ：一七四五年生、一八二五年没。イタリア人の歌手。初演のフィガロ、初演のレポレッロを演じた。
＊１８２　スザンナ：［４２］、＊１２３参照。
＊１８３　レーオポルト：長男。＊１参照。
＊１８４　とても幸せでした：『後宮からの奪還』第一幕第六番のコンスタンツェのアリア。一七八一年九月十九日（以降）付、ヴィーンのモーツァルトからザルツブルクの父宛書簡（№四五八。Ｖの一四〇ページ）の裏面に、コンスタンツェの筆跡でこのアリアの詩が次のように書かれている。「ああ、私は愛していて、／とてもしあわせでした。／愛の苦しみを知りませんでした。／愛するひとに／誠を誓い、／心のすべてを捧げてきました。／でも喜びはすぐに消え去り、別れが私の不安な運命となりました。／そして私の目はいまや涙に溢れ、／私の身には悲しみが宿っています」。
＊１８５　赦したまえ：主禱文（＊１３２、＊１３３参照）の一節。
＊１８６　証言した：コンスタンツェがノヴェッロ夫妻に語ったこと。モーツァルトは「自然の熱烈な愛好家」で、「特に花が好きであった」し、「とても田園が好きで、自然のなかの美しいものすべてを熱烈に愛した」

と証言している（N八二～八三ページ参照）。

＊187　聞きたがった：どの肖像画が最もよくモーツァルトに似ているかとヴィンセント・ノヴェッロに聞かれたコンスタンツェは、ランゲの手になるものが一番よく似ていると答えている（N四六ページ）。＊164参照。

＊188　もうここにはいないぞ……：一七九一年七月七日付、ヴィーンのモーツァルトからバーデンのコンスタンツェ宛書簡（№七四七。Ⅵの六六二ページ）。

＊189　膝で休んだ：『後宮からの奪還』第一幕第六番のアリア。＊184に示したアリアの末尾に相当する。このオペラのリブレットでは、〈私の身には悲しみが宿っています〉となっている。

［51］グリルパルツァー：フランツ・グリルパルツァー。一七九一年生、一八七二年没。オーストリア人の劇作家、詩人。財務行政局の文書係。ザルツブルクでモーツァルトの立像の除幕式が執り行なわれる際に、次のように結ばれる詩を書いている。「モーツァルトが成し遂げたことと断念したこと／それが同じ重さで名声という天秤の両側で揺れている／なぜならモーツァルトはひとであろうとする以上のことは決して望まなかったから／モーツァルトのすべての作品から節度が響いてくる／モーツァルトは実際よりむしろ小さくみえた／怪物のようにふくらんでいったときには。／芸術の王国は裏にある／だが表のように本質的で本物である／本物はすべて節度をわきまえている／今日このとき、このことを思い出せ、忘れずにおけ／より大きなことを望み、より小さなことしか成し遂げられない、いまよ」。

＊190　グリルパルツァー：ヴィーンの弁護士の息子として生まれ一八一三年から官吏の道を歩みつつ、並行して劇作を中心に活躍。ヴィーン民衆劇（ハンスブルスト劇）を度外視した教科書的、偏狭な演劇史では、後期ロマン派からビーダーマイアー期にかけての戯曲を正統の系譜につなげる実作をしたオーストリア最大の劇作家のひとりとされている。ヴィーン王宮前の公園には像が立っている。『祖先の女』（一八一七年）、『サッフォー』（一八一八年）、『金羊毛皮』（一八二〇～一八二二年）、『海の波、恋の波』（一八三一年）、

『うそつきに災いあれ』（一八三四年）などの劇作品がある。日本では『ヴィーンの辻音楽師』、『ゼンミドールの修道院』のふたつの短篇でよく知られている。一八一九年のライトヴァース『キッス』を紹介すると、「キッスというものは、手の甲にすればそれは敬意、／すっぴんの額にすれば友情、／頬ならよろこびのしるし、／唇なら感きわまった愛、／閉じたまぶたにすればそれはあこがれ、／手のひらにすれば頼みごと、／腕とうなじなら欲望であり、／そのほかところかまわずなら、それは狂気の沙汰というもの」。

＊191　招くことはできない：『ドン・ジョヴァンニ』第二幕でドン・ジョヴァンニとレポレッロの二重唱は、第一幕冒頭でドン・ジョヴァンニに刺し殺された騎士長（ドンナ・アンナの父親）の石像を夕食に招く。

＊192　キップフェル：小さな三日月形のクッキー。クリスマスのころに食べる。三日月の形はトルコとの戦いに勝利したしるしであるとされる。

＊193　カトラリー：一揃いの食事用具（ナイフ、フォーク、スプーン）。

＊194　ヨゼフィーネ：フランツ・クサヴァーの年長の愛人。＊70参照。

＊195　フーガ：＊114参照。

＊196　神性にいたる：『魔笛』第一幕一四場の、パミーナとパパゲーノによる二重唱。「崇高な愛のめざすところは、ただひとつ。女として男として生まれたことほど尊いことはない。男と女、女と男は、手に手を取って神性にいたる」。

＊197　背を向けて立つ：ザルツブルクのミヒャエル広場（現モーツァルト広場）に立つモーツァルト像は、コンスタンツェの住居に背を向けて立っている。

訳者あとがき

本書はオーストリアの現代作家レナーテ・ヴェルシュ（Renate Welsh）の作品 *"Constanze Mozart—Eine unbedeutende Frau"*（Jugend und Volk 出版、ヴィーン、一九九〇年）の全訳である。原題はそのまま訳せば『コンスタンツェ・モーツァルト――取るに足らない女』である。

ヴェルシュは十一年前に日本で自作の朗読会をささやかに行なったが、訳者たちは偶々その席に居合わせた。その朗読会で作家が採り上げた二作品の焦点は、一に女性のアイデンティティー確立のむずかしさにあった。むろん、豊かな天稟を備えて世にはばたいていく女性の例も枚挙にいとまはないが、誤解を恐れずにいえば、多くの女性は誰それの娘、誰それの妻、そして誰それの母として一生を終えるのが一般的である。そして、その「誰それの妻」として想起される女性で、作者の関心を最も惹いたのがコンスタンツェ、つまりモーツァルトの妻だったようである。また、ヴェルシュは当時、ひとつの歴史がふたりの人物のあいだで異なった（対極にあるような）解釈をされるという物語に着手しており、その萌芽は本書のコンスタンツェとゾフィーの対話にもみられるところである。姉妹の語り合いは静かだが劇的な緊張を孕んでいる。ふたりが手繰り寄せる過去の時間は大きな広がりをもつのに、懐旧に要する時間は一瞬であり、物語は一日という短さを扱いながら、ふたりの会話には物憂いような時間の流れが漂う。その緩急自在といった時間の長短と、姉妹の同じものをめぐる記憶の差異が、めくるめきに似た感覚を味わあわせてくれる。モーツァルトという歴史は、モーツァルトファン各人の数だけあると思われる。そうだとしたらコンスタンツェにもコンスタンツェなりのモーツァルトがあって然るべきである。彼女は後世にまとまった資料を残さず、八十年を一期として自分のモーツァルトを封印したが、本書はそのこころの襞をなぞってみようという試みでもあろう。

正直いってヴェルシュが東京で朗読した別の一冊（それは『風の家』と題され、ドイツの大店に嫁いだユダヤ女性がさまざまな軋轢の果てに精神を病む物語で、この主人公は実はヴェルシュの数代前のご先祖様である）のほうに訳者は興味が傾いた。ところが大のモーツァルティアンである夫のたっての望みにより、『コンスタンツェ』を訳す許しを原作者に問うたところ、ヴェルシュは快く承諾してくれた。手紙やeメールのやりとりの数こそ少ないが、ヴェルシュは当方が思い出したように送る翻訳の進捗（というか遅滞）状況と時候の挨拶に、常に折り返しの返信をくださり、その誠実な言葉をいただくにつけ、第一印象で「年齢を感じさせない、少女のようなピュアな人」と思ったのは間違いではなかったと思っている。感謝の念に耐えない。

本書をお読みくだされば、そこにヴェルシュのモーツァルトとコンスタンツェに対する温かで真っ直ぐなまなざしが注がれているのは明らかである。モーツァルトがコンスタンツェに献げた作品はなぜかことごとく未完に終わっているが、ともに暮らした歳月こそ、ふたりにとって作品以上の（天才モーツァルトの作品以上の）記憶だったに違いない。さてこそ無意味で無駄な人生だと八十歳のコンスタンツェは思ったであろうか。否、ひとはみなこの一度のInkarnation（受肉）を懸命に生きているのである。雨をすかしてミヒャエル広場を眺めるコンスタンツェの脳裡に響いたのは、ハ短調ミサのその一節だったのかもしれない。訳者たちは本書によってコンスタンツェ像を顧みるきっかけを与えられたような気がしている。

訳出に際しては、まず小岡礼子が全体の翻訳を行ない、それに対し小岡明裕がモーツァルト書簡集ほかモーツァルト文献に正確を期してあたり、訳註を作成し、訳文の彫琢に心を砕いた。解説と年譜の執筆も小岡明裕による。共訳者として名前を連ねさせていただいた所以である。ともかく本訳書が成立したのは、半分は夫の熱意によるといえよう。

クラヴィーアとすべきかピアノ、あるいはピアノフォルテとすべきかは異論のあるところであるが、本書ではクラヴィーアという訳語を用いた。また、本書における人名、地名の表記は、白水社の『モーツァルト書簡全集』の表記に準じた。

二〇〇六年一月二十七日

訳者代表　小岡礼子　識

コンスタンツェ・モーツァルト、あるいは不在とシュタンツェルル
——解説にかえて

小岡明裕

花の美しい絆を編もうと[1]
時がきた、いずれまた会おう[2]

コンスタンツェは、モーツァルトの妻、という以前に、さてどのような女だったのか。浮世において、また虚構において。

ひとのこころは繊細な糸で編まれた網のようで、とんでもないところを手繰り寄せるとだまになってしこりが残る。本書の作者レナーテ・ヴェルシュは、ふたりの夫との結婚はおおむね幸せだった——幸せとはいったい何なのか、という問いは残るにせよ——と回想する老女の朝から翌未明までの意識の流れをとおして、こころの平安と生への執着の双方を得た老境のある日のコンスタンツェを浮かび上がらせているが、シュタンツェルルが神の御前でほんとうは何を告白したのかは、天国の門番聖ペトロに訊いても沈黙の目配せすら返してはくれまい。真実の想いはあちらの肥沃な灌木の茂み、こちらの涸れた井戸の深みに分かたれて封印されたままなのだ。Donna fugata（逃げる女）。

一方、ヴェルシュの語りのパースペクティヴは、女というジェンダー、老いというフェイズを、いささか冗長ではありながら、いわば〈十八時間以内の教養小説〉としてのテクスト内に定着し、女と

老いを虚構のコンテクストたらしめている。その肌触りは、音楽でいえば和声法のそれではなく、ほんのわずかな微妙なずれ（コンスタンツェとゾフィーの視点のずれ）をこまやかな緊張の持続のうちに保ちつつ、多数の戯れのセリーが互いに互いのあとを追いかけあう多声的テクスチュアのそれである。これについてはまたのちにふれることになろう。

音楽学者、あるいは評論家の所記はひとりの女の多様・多彩な人生を一行で括る。

たとえばアルトゥール・シューリヒは次のようなことを述べている。コンスタンツェはモーツァルトの浮気を無関心に見過ごすのが常であったし、相手の女を《小間使い》とよんでいた、しかし自分と比べて心性のうえですぐれていると思われる女性との浮気に限って強い嫉妬心をあらわにし、生涯にわたって孤独なモーツァルトの内奥などいささかも感じ取ったことがなく、性的欲求が激しいあまり夫の芸術的創造の緊張を奪い去るだけであった、と。[3] またヘルマン・アーベルトはこうだ。愛の人であったモーツァルトが現実に得た伴侶は、芸術創造のうえではわずかな役割しか果たしえなかった、と。[4] さらにアルベルト・アインシュタインはいう。コンスタンツェの名声はモーツァルトに愛されたそのことによって琥珀が蝿を包むように永遠の相のもとに輝やくが、そのことで彼女自身がこの愛と名声に価するということにはならない、しかし、モーツァルトの死後にはいささかよい性質が現れてきた、それは夫とともに生活しているときには全く欠落していたコンスタンツェの生来の事務的能力の非凡さである、と。[5] 続けよう。カローラ・ベルモンテ、この女性は同性の視点でこういうふうに記す。二度目の結婚で得た夫ニッセンの思い出をコンスタンツェは大切にとっていた、しかし不滅の大作曲家のかんばせから写し取られたデスマスクは埃を拭き取る際に不注意にも床に落とされて砕け散り、この大切な思い出のかけらは無残にもごみ箱のなかに投げ捨てられたのだ、この出来事が端的に示しているようにコンスタンツェはモーツァルトを理解し相応の価値を認める能力をもちあわせていなかったし、そもそもそのようなことを受けつけなかったのである、と。[6] これらはすべて十九世紀の価値観——《天才とは凡人のお手本でなければならない》——に侵蝕された所記である。公序良俗に違犯したのは天才のほうではなく、すべて伴侶のほうであった、悪いのは妻なのだ、と。しかし、一九八八年、ハワード・チャンドラー・ロビンス・ランドンは、これまでの反＝コンスタンツェ像のすべての淵源はレーオポルトとナンネルの悪感情にあるとして、セクシーな仔猫で、浅薄で、モーツァルトを理解する能力のない愚かな女で、家計の管理能力が欠落し、モーツァルトを性的に惑乱させた淫乱の悪女だった、というこれまで長きにわたって定着していたコンスタンツェへの誹謗中傷の根拠はどこにも、またどんなものも見出せない、と論証してみせた。たとえば十九世紀の感覚で当時を類推すると非道徳的であったかに思える風習も、当時においては何ほどでもなかったこと、なぜならコンスタンツェはそのような書簡を廃棄せずにいたことが何よりもその証左である、パーティの罰ゲームでどこかの色男にふくらはぎを測らせたことがあるけれど、それのどこがそれほど顰蹙を買う不道徳なのかしら、というのがコンスタンツェの言い分だったのだ、というのである。[7] ベルンハルト・パウムガルトナーは、モーツァルトのコンスタンツェに対するゆるがぬ心服という事実はコンスタンツェのすべての欠点を正当化する、といいつつ、親＝コンスタンツェ vs 反＝コンスタンツェの振幅のあいだを揺れ動いていた裁き手の針はもはやコンスタンツェという人物の価値を秤るのではなく裁き手自身のコンスタンツェに対する好意と敵意の両極のあいだをこそ振れている、と指摘した。[8] ヴォルフガング・ヒルデスハイマーをみてみよう。曰く、「そんなわけでコンスタンツェはあれこれと不人気で、だらしがなく軽率だと批判され、通俗的な読み物にとって、やりがいのある対象となり、そういうものとして繰り返し変造されたのだが、そのコンスタンツェが同時代人たちの協奏曲的発言のなかで彼女自身の声部をもつようになるのは、モーツァルトの死後長いことたってからである。それは、その同時代人たちが年老いつつあったときであり、コンスタンツェ自身と同様に、いわば生き残りとなり、誤りがあるわけではないにしても誤りをおかしうる回想能力の持主となったときなのである」[9]。

回想してみようではないか。

音楽はその一回性の運命において詩の不幸に似るが、運命の一回性はその本来の不在性を獲得したとき、輝やかしく屹立する。

およそ時代というものは運命に先立ってある。時代は一つの運命を、その誕生から移ろい、凋落に至るまでを、完膚なきまでに演出し、周到に成し遂げることはしても運命に報いることはしない。すでに古代ギリシア悲劇が無自覚に関心を抱いていた最主要事でもある一つの不幸——無慈悲に働きかける死の暴力的身振りのめぐりを無防備な魂が旋回するその不幸、幽暗な闇の厚い層を前にしては、ただただ立ち尽くすほか何ができよう。そもそも運命とはせいぜいが悲劇的観念であって、それ以上のものでは決してないとしてみても。運命。それを感じることはたやすいことだ。だが指し示すことは容易ではない。運命とは間断なく襲いかかってくる一つの無限性の只中での魂の自存性の表徴、すなわち感情と理性とのディアローグを超えた、存在と、その存在の内実とのあいだでたえず交わされている対話であってみれば。もっとも、いまここで運命を生き、運命なるものを維持している者にしてみれば、やがて誰かがそこから挿話を切り取り一文を草するなどとは知るよしもない。

ゼフュロスの翼に乗ってカヴァティーナが聞こえてくる。[10]

未明から垂れ下がったままの空がいつしかけわしくなり、やがて雨まじりの冷たい雪となり、吹き荒んでいる。人っ子ひとりいない街路を、みにくい不具の仔犬が何かに脅えたように狂いかつ転《まろ》び、吠えたてている。一七九一年十二月六日午後三時。ヴィーン。この日、郊外の聖マルクス共同墓穴に野良犬同然に投げ込まれたモーツァルトの葬儀は、時代がそのようにして彼に与えつづけた三十五年の日々の集約的実現であるにすぎない。いかなる和解もない。時代の只中に宙吊りされたままの抹消。ただ、そのような惨劇を辿り、その数知れぬ転調の陰翳を物語ろうとは思わない。いまでは遠いこだまとなってしまって、われわれの時代や空間のささくれだった亀裂をやさしく埋めるだけかに思われるそれらの運命の奏でるパッサージュに、はるか彼方より照応してみようと思うのみである。分析するのではなく、一つの象徴的構図のもとに置いてみたいのである。

緑色の遠近法の庭苑がみわたせる。

大理石の立像の前、霧しぶく噴水の嗟嘆、ぬるんだ水に落とす光のアンニュイ、支那趣味《シノワズリー》の美しい婦人、振り返る笑顔、風かおる絹の上衣に揺曳するなだらかな曲線、羽根飾りの軽やかさで舞う恋を恋する小姓、美酒に酔い痴れていく恋の語らい、耳だけで終わる甘美な酩酊、繻子の褥《しとね》に露敷くクラヴサンの残り香、あらゆるものが人工的である美、光のロンド、仮面と偽装、それら異教的汎神論のFêtes galantes（雅なる宴）[11]にあふれていた宮廷から、市民的サロンの安楽椅子へ、時代がまだかすかにその落日の金色《こんじき》を保ちえていたころのことである。《心の間歇》を書いたプルーストは、この頽廃の時代、ロココの二重性《デュワリスム》を、ワトーの一幅のタブロー「シテールへの旅」にことよせて美しく歌っている。

樹木と、すべての顔に隈取りつける夕ぐれは、
青いマントを身にまとい、見定めがたい仮面をかぶって。
疲れた口のまわりには接吻の亡骸《なきがら》……。
虚空もいまは優しくなって、ごく近いものも遥か遠くに。

また別の憂愁のかなたには、仮面をつけた者たちの恋の身ぶり、
一段と見かけ倒しの、悲しいものだが、魅力あるもの。
それは詩人のきまぐれか――はたまた恋するものの奥の手か、
恋の手管に必要なのは、巧みにそれを飾ること――。
今ここにあるものは、船と宴《うたげ》と、沈黙《しじま》と音楽[12]。

「手とくちびる、口と手のひら！」[13]。ことばを求める手のひらにくちびるが圧しつけられる。

この時代は、ラクロからサド侯爵への悖徳の文学の系譜のなかに布置される、あの人間の省察に関わる絶望的な矜持への殉教者バンジャマン・コンスタンの硬質な文体——すなわち愛することの不可能、恋の身振り、恋を恋とはいわず「恋に似た昂奮」といってしまう「真実の感情の不幸」[14]が、文芸に関わりなく選択した文体を用意した時代である。

シェーンブルン宮殿の床で転んだところを抱き起こしてくれた七歳の小公女マリーア・アントーニア（のちのマリー・アントワネット）に「あなたは親切な方ですね、僕のお嫁さんにしてあげる」と宣言したモーツァルトは、生涯、「僕のこと好き？　本当に好き？」、「あなたを愛します。僕を愛してください」といいつづけている。

演奏や作曲のお礼に美しいお姉さんたちがくれるやさしい接吻へのしびれるような期待に〈ケルビーノ状態〉となって舞い上がり、あるいは、父方の従妹に宛てた書簡ではジェイムス・ジョイスばりに〈しもねた〉とスカトロジーの言葉遊びをプレストのトッカータに乗せて連発・発信したかと思えば、その舌の根も乾かぬうちに、のちに妻になる女の姉、才能に溢れ創造への霊感をも与えてくれるコケットなコロラトゥーラの美人歌手に激しい恋心を告白するがあっけなく袖にされ、はたまた大司教には下僕のように扱われ、アルコ伯爵には足蹴にまでされたヴォルフガング、結婚を首尾よく遂行するために告解と聖体拝領をつつがなくかつ敬虔にすませ、フーガを好む新妻の求めに応じていくつもの重層的フーガを作曲してはそのことごとくを未完のままで投げ出し、飼っていた椋鳥の死を悼んで父の死へのアンビヴァレントな思いを二重に重ねた《詩》を〈押韻の天才〉を自任しながら紡ぎ出し、またフリーメイスンの同胞の死に無報酬の葬送音楽を書くアマーデウス、そして幾人ものコロンビーヌやココットを前に下卑た猥談を際限なく飛ばしながら、使っていない片方の手で五線紙の上に鵞ペンを走らせるモーツァルトの、フェルマータの記されない日々……、そう、しかしそれらのことも過ぎ去ったこと。モーツァルトがいまわれわれの眼前にいるのはそのような仕方でではない。残酷なことだが、時代の装飾や意匠につつまれたエピソードは時代とともに褪色する。だが、ただ一回かぎり大気を顫わせ散佚するモーツァルトの諧調は、そのゆえに屹立する。いまはすでに存在しない十八世紀の庭苑、その樹々の緑を美しく洗い、おやみなくざわめいていたあの大噴水のように。かたちの美が風さながらに虚空に舞っている。輝やく不在性。その不在性のゆえにわれわれはモーツァルトを追い求める。たとえばここ、このすでに廃墟と化した庭苑、涸れた泉の前にひとりの女を招来する。「彼女はしばらくそこで腰をおろしていたいという。目の前に噴水が一つあり、彼女はその水の描く曲線をじっと目で追っているみたい。『あれはあなたの想いであり私の想いなのよ。二人の想いが一緒になってどこから湧いてくるか、どこまで噴きあがっていくかを見てちょうだい。それに落ちていくときのほうがどんなにか綺麗かってことも。落ちるとすぐにふたりの想いは溶け合って、また同じ勢いでひっぱられると上まで舞いのぼって、昇りつめたところでまた砕け、あんなふうに落ちていく……こうやって、無限に繰り返されるんだわ』[15]」。

庭苑も噴水もここではすべて架空だ。あるのは冷ややかで厚ぼったい物質の闇。ただそれだけである。だが、女は不在の噴水の前でこのような告白をするのである。わたしたちという心理の二重性《デュワリスム》に噴水のイマージュを重ねて。しかしここで、噴水のアンニュイでもわたしたちというどうしようもない共同体への女の心理の綾のことでもない、語られているのはまさしくモーツァルトだといってしまえば、モーツァルトがいっそう鮮明になる。何が無限に繰り返されるのか。モーツァルトではなくモーツァルトの不在が繰り返されるのだ。

　モーツァルトの噴水。それは、不在を存在させなければならない言語の宿命、マラルメの《花》[16]の神話にさえ似ている。

　モーツァルトの噴水、この二重性《デュワリスム》、多様性の形式がもつ悪魔的軽やかさは、アンリ・ゲオンの失禁した tristesse allante（疾走する悲しみ）[17]という美しい撞着語法がよくそれを包摂してはいる。ただゲオンはカトリシスムというものに護教的に忠実なあまり、芸術に聖霊の声しか聴きとろうとしなかった。ところがモーツァルトの形式《フィギュール》は神の業《わざ》といった無からの創造ではなく、すでにあるもののなかから思いもかけぬ一つのまったく新しい関係を切り結び呈示するそのようなかたちなのだ。人為的という意味ではない。ディオニュソス、悪魔の業《わざ》に擬えられるものである。芸術の匠とはそれが完璧であればあるだけ二元的であり、つまりは悪魔的であるという反語的真理に、ゲオンは故意に目を閉ざしてしまったのである。モーツァルトの最も戦慄的な二重性《デュワリスム》は、「少年の小さなよろこびも、それが絶妙の感受性によって途方もなく拡大され、やがて大人のなかで、いつのまにか一つの芸術作品の原理となる」[18]といった類の、作家の生活の振幅を超えた作品の自律的形式が本来的に担っている悲劇性にこそある。予感と不安。それこそがこの悲劇性を支えるのである。あの〈音楽の精髄からの〉『悲劇の誕生』[19]（一八七二年）が分娩されるまでわずか八十年しか必要としない時代である。悲劇性とは、詩や音楽が宿命的に担っている不在性を証しする一回性という内実である。モーツァルトを十八世紀という時代のなかに置きなおしてみれば、ワトーがそこに所を得るほどには落ち着かぬわけである。ワトーの風景は常に金色《こんじき》の靄、黄昏の光線で被覆されてはいるが、奇妙にもそこには、またその向こうがわにも破局を予感させるものがない。破局の直前の、だが不安と予感なしのやすらぎなのだ。大いなるフェルマータ、それがロココという時代である。実に魅惑ではある。それはワトーがいまでもロココにいるからなのだ。ところがわれわれはすでに、モーツァルトの形式を噴水の二重性《デユワリスム》に擬えたときに、「作品に賦与された魂や、作品に含まれた漠たる印象、それらがわれわれの魂に注ぎ込む霊性の光明、あるいは霊性の闇において」[20]モーツァルトを泣し去ったのであった。われわれはいま、ワトーのタブローの前にいるようにしてモーツァルトの前にいるのではない。マラルメの花の前にいるようにして、モーツァルト、不在の噴水の前に立っているのだ。

　とまれ、われわれはモーツァルトの噴水をブルトンのストップモーションフィルムに映しかえることであまりに現代にひきよせ、荒唐無稽な近視眼的ヴィジョンのなかに迷い込んでしまったのだろうか。いや、そうではない。お望みとあらば、映写オーディオ装置のリモートコントロールスイッチを一つ軽く押すだけでよい。いつでも、再びわれわれは庭苑の中央に燦然と水煙りをあげてデュナミックに躍動する大噴水を目のあたりにするであろう。

　……だが、それも束の間の幻影。庭苑も噴水もすべて架空だ。白々しいコンクリートの区画がのっぺりと続くだけである。噴水のざわめきはもとより消え去っている。女もいない。

　吹き来る風はモーツァルトのように威嚇する。

最初の夫についてのわれわれの回想はこのようであるかもしれない。

では、当のシュタンツェルについての回想は。

まずその前に、六十七歳のシュタンツェルの日誌[21]を読もう。場所はガシュタイン。

「きょう、一八二九年九月十九日、わたしはありがたいことに再びさわやかな気分で元気に起床し、全人類によろこばしい朝の挨拶をおくり、自分の部屋でコーヒーをいれ、いつものように口をすすぎ洗顔をし、朝食をとり、入浴時間まで『時禱書』を繰り、九時になってからやっと八日目の入浴にいきました。それというのも、わたしの手紙をロンドンまで持っていってくれるという、まだ名前も知らない男がいて、その男が全裸で入浴し、わたしは礼節を知る女として彼といっしょに入浴するわけにはいかないからです。十時まで浴室で過ごし、それから十五分ばかりベッドに横になり、小さなカロリーネと彼女の犬の騒ぎを聞きながら服を着ました。そのあと食事どきまで編物をし、旺盛な食欲でじゅうぶんに食べ、そして、雨が降っているので、ここに座って書いています。さもなければいつものとおり散歩に出かけるところです」。

「きょう、一八二九年九月二十三日、天にまします聖父《ちち》のとりなしと祝福を受け、十二日目の入浴をすますことができ、とても幸せでした」。

何という至福のフェルマータ！　二度目の未亡人生活の微笑ましくも伸び切ったやすらぎ。

ロラン・バルトは、老いとは「もはや過去をしかもたぬということである。失われた恋、失われた栄光、失われた世界」[22]だといっているが、老いとはむしろたえざる〈いま〉なのではないだろうか。自己が不在のままの未来と、まだらな濃密さあるいは希薄さでしか自分が存在しない過去という二重の無のせめぎあう〈いま〉。しかしそれは未来と過去の喪失にかわる報酬なのだろうか。夜が更けていくころの恋人たちの逢瀬の音や、真夜中に突発した自分の激しい動悸の音が突如〈いま〉の只中に噴出し、なけなしの〈いま〉を剝奪していくかのようだ。老いにとっての〈いま〉とは贈与ではなく負の報酬なのだ。しかもこの剝奪はたえまなく繰り返されていく。かくして〈いま〉においても自己は不在である。老いた自己が不在のままたえず織り直される対位法的テクスチュア、これがヴェルシュの語りのパースペクティヴであり、語りの機能なのである。

妻の湯治場行きで別居を余儀なくされたやもめ暮しの男は、かつてこう書いた。

「きのうは、ペルヒトルッドルフへの旅でまる一日つぶれて、きみに手紙が書けなかった。——だけど、きみが二日も手紙をくれないなんて、許せないね。でも、きょうは間違いなく手紙をもらえると期待している。そしてあしたは、きみと会って話し、こころからキスをしよう」[23]。

ヒルデスハイマーはいみじくもこういっている。「コンスタンツェは、モーツァルトの自筆の比較的小さなものを贈り物としてひとにあげてしまうという点で、適度に気前がよかった。(中略)このような恩典を彼女は厳密・精確に扱い、彼女の当然の権利どおりに出版者たちと活発な折衝を行ない、そして裕福になった。二番目の夫の——残念ながら絶対に〈読めたものではない〉(ヤーン)——『モーツァルト伝』執筆を援助し、品位ある二度目の未亡人となり、慈愛と品位をわきまえた立派な態度をもって崇拝者たちの訪問を受け、〈財務顧問官夫人フォン・ニッセン未亡人、元モーツァルト未亡人〉という名刺を刷らせた。ニッセンは一八二六年、自分の本を完成せぬまま、年金生活者として立派に死んだ。だからコンスタンツェには、その本をさらに彼女に都合のよいように操作する時間がじゅうぶんにあった。療養のための保養地滞在は生涯の最後まで続け、一八四二年三月六日、八十歳で死んだ。病気が何であろうと、温泉が彼女の害になることはなかったようにみえる。モーツァルトの存命中はバーデンが彼女の保養地であったが、のちにそのバーデンに相当する土地となったのは、おそらくもっと上等でザルツブルクにも近いバート・ガシュタインであって、彼女はそこで一年のうち何週間も、精神的ではないにせよ明るい気分のうちに漫然と過ごしたのであった。(中略)むろん彼女が輝やかしい姿としてわれわれの目に映る必要はない。夫が精神的にどのような経験を味わったかを、彼女が実際に感じ取れなかったからといって、われわれはそれをほとんど非難できない。(中略)彼女が並外れた人物でなかったということは、ますますもって彼女の罪ではない。彼女にとって彼の扱いは簡単ではなかったのだ、などといえば、それは、ふたつの人生の互いの関係を誤認するということであろう。われわれはコンスタンツェをそっとしておこう。ある意味で彼女は死後われわれのことを笑っているのだ。ゲーテの妻クリスティアーネの場合と同じである。彼女たちのふたりの夫たちの最も人間的な側面のひとつは——全面的にではないかもしれないが相当の部分が——彼女たちのものだったのだ。後世はいささかもそれに関与できない。このカーテンは隙間《すきま》をつくってはくれないのである」[24]。

　そもそもハンスヴルスト[25]のような、気まぐれで天真爛漫、乱脈といえば乱脈そのものに違いない天才——しかも〈水呑み作曲家〉——との共同生活なんて平穏であるわけがない。悟性や判断力に訴えるのではなくひたすら妻の感情に訴えかけている夫の書簡から読み取れるのは、性愛への純真な献身や些事にまつわるひたむきな拘泥といった夫の外的生活はもっぱらシュタンツェルルの女というジェンダーの特異性に則して営まれているという事実にほかならない。シュタンツェルルはこの状況のなか、衝動に身をまかせ、享楽にうつつをぬかし、影響を受けっぱなしで——つまりはきわめて順応性に富むやり方で——、夫と事を一緒に行なった。

しかしほんとうに、一緒に、だろうか。ふたりは異性である。男がわずかばかり女になり女が少し男になるという転移と侵蝕が生起する〈性愛のトポス〉においてはそれぞれのやり方でその差異を受け容れ享楽することはあっても、互いに同化することはない。したがってこのふたりにおいても、互いに自己の流儀をもっていて、譲りあうことはなかった。それでよいではないか、ましてや教会の奨め、世間のならいと多少折り合いが悪くとも、そのことがふたりを萎縮させたとは思えない。シュタンツェルルは絶え間ない借金と妊娠と出産と引越しとで、疲労困憊していた。しかし書簡でみるかぎり夫は死の直前まで妻をこよなく愛している。それはシュタンツェルルがいわば自己流の軽率と陽気でそのような苦労はどこ吹く風と意に介さず、けなげに夫の愛に応えたあかしではなかろうか。そして逆に一方、二番目の夫の凡庸のもとでは、生来からそなわっていたであろう遺産管理能力を十二分に発揮するだけでなく前夫の作品を普及させるのに八面六臂の大活躍をしているではないか。もちろんそれは収入のためではあったにしてもである。大いなる《自己実現》ではないだろうか——シュタンツェルルはこの時代、夫のオペラの一役を歌ってさえいる！　最初の墓参が夫の死後十七年もたっていたにせよ、それも自己流といえば自己流なのだ。シュタンツェルルは現代のフェミニズムを先取りした女であったのかもしれない、といってしまうのはあまりの飛躍だろうか。Una donna a quindici anni(女も十五になったなら)[26]。

今度はもう少しわれわれの前にある一枚の静止画、《この日》に添ってみよう。

シュタンツェルルはこの日、招く者であった。すべての死者を招待し、会話する。老女のふたつの影絵が、あの肖像画——木箱にしまわれたままの、いわば不在の肖像画——の前を往き来する。ふたりの老女が繰り言とあらゆる夢想に耽っているこのゲトライデガッセの二階のとある一室の濃密な空気は、不在のひと、あのひとによって支えられている。

……第二幕のフィナーレにすてきな二重唱があるのだが、このデュエットを第一幕と第二幕のインテルメッツォとして移したいのだ。まったく新しい時代の遊びとして、あるいは古い時代の冗談として。

……

一七八一年三月。まだ街路のいたるところに黒い雪が残っている。ヴィーン、アム・ペーター一一番地。家族経営の小さな下宿屋の窓辺に吊るされた鳥籠で一羽のカナリアが得意の喉をきかせている。空はもうずいぶん高い。プラーターの緑も芽ぶきはじめている。あのときわたしは十九で、窓辺に光を求めて繕い物——いや編み物をしながらあのひとを待っていた。赤い毛糸玉は床に落ちていた。あのひとの名前は喉もとまで出かかってつっかえ、濃い唾とともに呑みこんだ。残ったものは白い窓枠だけだった。

シュタンツェルルはこのころルツィドールであったのだろうか。「姉に恋する男を恋してしまった男装の妹ルツィドールが、姉がこの男をすげなく扱えば扱うほど、激しく彼への思いをつのらせ、結局、この傷ついた男を慰めるため、姉の名で手紙を書きそそして真っ暗な部屋で声を殺して囁きながら逢引きをする」[27]ルツィドール。

Scempiaggini di vecchi！（老人の世迷い言だ！）[28]。

目を閉じる、夢想する、まだ愛していることを確認する、夢がふくらんでくる、いっぱいになってはじける、盲目になる、目という感覚を捨て去る、いたたまれなくなる、何かに促されるように閉じた目を開く、開いた目はまた閉じて、閉じたまま残像によってあたりをゆっくりとうかがう、そして今度は、愛していることではなく、愛するということを確認する、愛するということは盲目以外の何ものでもないのに、そこにどうやって確認という知が介入してくるのか、ただ眺めるだけにすればよいというのに。

カヴァティーナは、字義どおり穴を開ける、目のような穴を。陰画にすぎないふたつのシルエットはこうして不在の顔のなかにのぞく深い井戸となる。

カーニヴァル、リヴァーサル。蠟燭に明かりを灯すために、竈に火をいれるために、暖をとるために、あるいは放火のために、女中はマッチを擦り続けてきた。「食事が終わると子息たちは踊りを始めます。彼女の夫もその踊りに加わります」[29]。このアイルランド生まれのテノール歌手の回想では「彼はとっても踊りが好きでした。音楽よりも好きだったかもしれません。小男で細身、顔色はすぐれていませんでした。ポンスを好み、ビリヤードも好きが嵩じて部屋にビリヤード台の立派なのが置いてあったくらいです」[30]。ビリヤードは球を当てるのではなく球と球とが惹き寄せられるのだ。あのひとはつねづねそういっていた。人生の余白ではなく、気まぐれに書いてしまった五線紙の余白に、いっとう赤が際立つ、青や黄や緑や黒や白が入り混じった道化のまとう衣装、そして仮面がみえる。それらが発している、発声しているメッセージは再会のようだ。ふたりは互いを認め合うのだろうか。互いの名を呼び合うのだろうか。

　Andrò ramingo e solo（わたしはひとりでいくだろう、さまよいながら）[31]。故郷の父と姉にわたしを引き合わせ、ここに三か月滞在し、あのひとは二度とここを訪れることはなかった。わたしは三十一年後に戻ってきたが。Andrò ramingo e solo、わたしは夫の死後五十年もたってからこれを思い出す、夫と——いや先の夫といおう——その作品をこよなく崇敬するふたりのイギリス人を前にして。夫はこの四重唱を歌って、感動のあまり泣き崩れて部屋を出ていきました[32]。夫はひとり立ち去り、わたしはそれに寄り添う。いや、寄り添っただろうか……。しかしわたしの末の息子は寄り添うように訪ねてきた。「出生前の聴音が、出生後の母との出会いを用意している。すでに馴染みのある音が、新生児が抜け殻のように置き去りにするまだ見ぬ母の肉体が視覚的存在として現出する際の見取り図を描いた」[33]かのように。

　ヴィーン、ラウエンシュタインガッセ。ここの冬はほんとうに冷え込む。寒気が襲って眠っていたわたしを目覚めさせた。マッチを擦って暖炉に火をいれる。いや、効率の悪い暖炉よりも近頃人気の鉄製のストーブにしよう。あのストーブは、どうみても古代ギリシアだ。夫は、とみると、クラヴィーアの蓋の上に五線紙を広げ、立ったままアレグロの速さで鵞ペンを動かしている。いま何時だろう。蠟燭の火がゆらめく。夫のシルエットが大きく揺れる。わたしの影もゆらめく。五線紙から十六分音符の小鳥がいっせいに飛び立つ。息のように白が残る。

　Viva la libertà![34]——自由万歳！　ではない、これは〈無礼講万歳！〉である。季節は、ときおり冬がぶりかえす春先、再び、そしていつものように、カーニヴァルである。夜の女王ならぬ死の女王が君臨する祝祭空間。人びとは踊り狂いつつ死の女王を追放しようとしているかのようだ。しかしその狂騒も一夜明ければ新しい年。あしたの道には人っ子ひとりいない。四か月前の静かな万霊節のときよりもきょうという日において死者たちはあるべき空間に送り返される。

墓に花を飾り蠟燭を灯し、死者たちと親密に会話したあの死者の日よりももっとねんごろにこの世からあの世へと送り返すのだ。そして祈りを唱える。〈主の聖名《みな》の想起のために灯されたこの蠟燭が消えることなくとこしえに燃えつづけ、どうか夜のこの暗闇を払いのけてくれますように〉と。

かくして、墓地の入り口を出ると人生というイニシエーションの庭苑が待っている。

この日、ふたりの老女によって歌われた三度の平行旋律はいつか溶け合うのだろうか。ふたりしてあの男の不在をやさしく抱きしめることによって。

こうしてこの作品は、老境にあって死を予感しつついまなお旺盛な生へのあるいはその倍音としての性への欲求にもだえる老女の《不在の一日》を切り取って形象化することにより八十年の人生の隙間《すきま》――インテルメッツォ――を静かに充塡するものになる。

シュタンツェルルが不在のモーツァルトの腕のなかで経験する変身＝自己実現とはこのようなものだったのかもしれない。

かつてはラシーヌがいった《戯曲の構造化《エコノミー》》、近年ではフーコーが好んで用いた《言説の生産《エ》・配分《コ》の函数化《ノミー》》の装置のミメーシスとして現出するこの対話劇のような「ものがたり」は、十八世紀という台座《ぶたい》を借りて躍動するオペラの道化のように濃密化していく身体のいきさつの内実として、ここにあざやかに読み取れようというものではないか。

「あなたを案内するのはわたしなのです。愛がわたしを導いてくれるから。（中略）わたしたちは音楽の力によって死の暗い夜を陽気に歩んでいきます」[35]。

注

1：『ティート帝の仁慈』第二幕第一五場第二三番。
2：『魔笛』第二幕第二一場第一九番。
3：アルトゥール・シューリヒ『モーツァルト』。
4：ヘルマン・アーベルト『W・A・モーツァルト』。
5：アルベルト・アインシュタイン『モーツァルト――その人間と作品』。
6：カローラ・ベルモンテ『モーツァルトと女性』。
7：ハワード・チャンドラー・ロビンス・ランドン『モーツァルトの最後の年』。
8：ベルンハルト・パウムガルトナー『モーツァルト』。
9：ヴォルフガング・ヒルデスハイマー『モーツァルト』。
10：『クレータ島の王イドメネーオ』第三幕第七場を想起されたい。
11：ポール・ヴェルレーヌ『雅なる宴』。
12：マルセル・プルースト「画家と音楽家たちの肖像」。
13：フーゴー・フォン・ホーフマンスタール『ナクソス島のアリアドーネ』、ツェルビネッタのせりふ。
14：モーリス・ブランショ「アドルフ、または真実の感情の不幸」。

15：アンドレ・ブルトン『ナジャ』。
16：ステファヌ・マラルメ「詩の危機」。
17：アンリ・ゲオン『モーツァルトとの散歩』（なお「疾走する悲しみ」は小林秀雄『モオツアルト』からの引用。原意は「往来の激しい悲しみ」というほどの意味）。
18：シャルル・ボードレール『人工楽園』。
19：フリードリヒ・ニーチェ『悲劇の誕生——音楽の精髄からの』。
20：18に同じ。
21：9に同じ。
22：ロラン・バルト「シャトーブリアン『ランセの生涯』への序文」。
23：一七九一年十月十四日付、ヴィーンのモーツァルトからヴィーン近郊バーデンのコンスタンツェ宛書簡。現存するモーツァルトの最後の書簡。
24：9に同じ。
25：腸詰ハンスの意味で、ヴィーン民衆劇、カーニヴァル劇に登場する道化。
26：『コシ・ファン・トゥッテ』第二幕第一場第一九番。
27：フーゴー・フォン・ホーフマンスタールの一九二七年十二月二十五日付、ロダウンからリヒャルト・シュトラウス宛書簡。ここに述べられているホーフマンスタール自身の短篇『ルツィドール』は、のちにシュトラウスとの共同作業によってオペラ『アラベラ』へと拡大・結実する。
28：『コシ・ファン・トゥッテ』第一幕第一場レチタティーヴォ。
29：マイケル・オケリー『Reminiscences（回想録）』。
30：29に同じ。
31：『クレータ島の王イドメネーオ』第三幕第三場二一番四重唱。「わたしはひとりでいくだろう、さまよいながら」に後続するのは、「異郷に死を求め」、「その死に行き会うまで」。
32：ノヴェッロ『モーツァルト巡礼』。

33：パスカル・キニャール『音楽への憎しみ』。
34：『ドン・ジョヴァンニ』第一幕二〇場。
35：『魔笛』第二幕フィナーレ、パミーナのアリアと、タミーノ・パミーナの二重唱。

コンスタンツェ年譜

作成：小岡明裕

年齢	年月日	事項
	1756・1・27	ザルツブルクでヴォルガング・アマーデウス・モーツァルト誕生
0歳	1762・1・5	東南ドイツ、ヴィーゼンタールのツェルでヴェーバー家の三女として誕生
	1762	ヴェーバー一家マンハイムへ転居
3歳	1765	次男にあたる弟フェルディナンド誕生
5歳	1767（?）	四女にあたる妹ゾフィー誕生
6歳	1768	弟フェルディナンド死去
7歳	1769	三男にあたる弟ヨハン・バプティスト誕生
9歳	1771	弟ヨハン・バプティスト死去
16歳	1778・1	マンハイムの実家にてモーツァルトに出会う。ただしこのときモーツァルトは姉のアロイージアに恋をする
	1778・9	アロイージアの専属契約成立に応じて一家はミュンヒェンに転居
17歳	1779・9	アロイージアのヴィーンでの専属契約成立に応じて一家はヴィーンへ転居
	1779・10・23	ヴィーンにて父親が卒中で死去
18歳	1780・5・3	妹ゾフィー、女優としてブルク劇場デビュー
	1780・10・31	姉アロイージアがヨーゼフ・ランゲとヴィーン聖シュテファン大聖堂で結婚式
19歳	1781・3・初	ヴィーンにてモーツァルトと再会
	1781・5・初	モーツァルトがヴェーバー家（アム・ペーター11番地の〈神の眼館〉3階）に下宿人として引越してくる
	1781・9・5	モーツァルトが〈神の目館〉を出て近所のアウフ・デム・グラーベン1175番地4階（原語では3階）へ転居
	1781・12・15	コンスタンツェとの結婚の意志を、モーツァルトが父レーオポルトに伝える
20歳	1782・5	モーツァルトがホーエン・ブリュッケに転居

	1782・7	ヴァルトシュテッテン男爵夫人のもとに二度目の寄宿
	1782・8・4	ヴィーン聖シュテファン大聖堂にてモーツァルトと結婚。義父の同意なし
	1782・8・5	ヴィップリンガーシュトラーセ14番地の〈赤いサーベル館〉3階へ転居
	1782・11・末	ヴィップリンガーシュトラーセ17番地4階へ転居
21歳	1783・2	コールマルクトへ転居
	1783・5	ユーデンプラッツ244番地の2階へ転居
	1783・6・17	長男ライムント・レーオポルトを出産
	1783・7	モーツァルトに随伴してザルツブルクの義父・義姉を訪問、3か月滞在
	1783・8・19	長男死去
	1783・10・26	ザルツブルク聖ペーター教会で『ハ短調ミサ』（K427＝$K^6$417a）の完成された部分の初演でソプラノソロパートを独唱。天上的なクリステ・エレイゾンの「いとしの妻（ラ・ミア・カラ・コンソルテ）」は当然コンスタンツェによって歌われた
	1783・10・27	ザルツブルクを去ってリンツへ。10月30日リンツ到着
	1783・12・初	ヴィーン帰郷
22歳	1784・1・23	トラットナーホーフ・アム・グラーベン591番地へ転居
	1784・2	義理の従姉ベーズレ、娘を出産（私生児）
	1784・9・21	次男カール・トーマスを出産
	1784・9・29	グローセシューラーシュトラーセ853番地の2階へ転居
23歳	1785・2・11	義父レーオポルト、ヴィーン来訪、4月25日ザルツブルクへ帰郷（この期間、一家は上記の住居に義父と同居）
24歳	1786・10・18	三男ヨハン・トーマス・レーオポルトを出産
	1786・11・15	三男死去
25歳	1787・1・8	『フィガロの結婚』プラーハ初演のためモーツァルトに随伴してプラーハへ、2月8日ヴィーン帰郷
	1787・4	リンクの外、ラントシュトラーセのハウプトシュトラーセ224番地へ転居

26歳	1787・5・28	義父レーオポルト、ザルツブルクにて死去
	1787・10・1	『ドン・ジョヴァンニ』初演のため、モーツァルトに随伴して一家でプラーハへ
	1787・11・13	プラーハを発ち11月16日ヴィーン帰郷
	1787・12・初	シューラーガッセ281番地へ転居
	1787・12・27	長女テレージア・コンスタンツィア・アーデルハイト・フリーデリケ・マリーア・アンナを出産
	1788・6・17	リンクの外、ヴェーリンガーシュトラーセ26番地の〈五つ星館〉に転居
	1788・6・29	長女死去
27歳	1789・1・初	ユーデンプラッツ245番地の〈神の母館〉に転居
	1789・7	痛風が悪化、湯治のためバーデンへ（以後、モーツァルトの死の直前まで、何度もバーデンへ湯治に出かけている）
28歳	1789・11・16	次女アンナを出産。同日死去
	1790・5	バーデンで湯治
	1790・9・29	夫とともに過ごす最後の住居となったラウエンシュタインガッセ934番地の〈小カイザーシュタイン館〉2階に転居（このときモーツァルトはレーオポルト二世の戴冠式でフランクフルトに滞在中のため、引越しはひとりで行なった）
29歳	1791・6	バーデンで湯治
	1791・7・26	四男フランツ・クサヴァー・ヴォルフガングを出産
	1791・7	モーツァルト、『レクイエム』作曲の注文受ける
	1791・8	『ティート帝の仁慈』初演のためモーツァルトとジュースマイヤーに随伴してプラーハへ
	1791・9・中	ヴィーン帰郷
	1791・12・5	モーツァルト死去
	1791・12・23	ケルン選定侯フランツから24ドゥカーテンの見舞い金を受ける
30歳	1792・2・7	プロイセン王フリードリヒ・ヴィルヘルム二世の命令により、『レクイエム』ほかの作品が買い上げられる（合計800ドゥカーテン）

１７９２・３		レーオポルト二世の謁見を受け、年金の支給を嘆願し、２６６フローリン40クロイツァーの支給が決定
１７９２・12		モーツァルトの作品の巡回公演を試みる（１７９７年11月まで続行）
１７９３	31歳	母死去
１７９３・２・初		二番目の夫となるニッセン、デンマーク公使館付書記官としてヴィーン着任
１７９４	32歳	クルーガーシュトラーセ１０４６番地の〈青いサーベル館〉に転居
１７９５	33歳	姉アロイージア、ヨーゼフ・ランゲと離婚
１７９５・11		『ティート帝の仁慈』の慈善巡回公演でヴィテッリア役を歌う
１７９６	34歳	次男カール、四男クサヴァー、プラーハへ
１７９７	35歳	ニッセン、ジンガーシュトラーセ９４２番地に居住、コンスタンツェと知り合う
１７９７		次男カール、リヴォルノへ
１７９８	36歳	ユーデンガッセ５３５番地に居住、下宿屋を始める（１７９７年とも?）、ニッセンと同居
１７９８		プラーハのドゥーシェク夫人に３５００グルデンを金利６パーセントで貸し付け
１８０５	43歳	次男カール、ミラノへ
１８０７・１・７	45歳	妹ゾフィー、ペートルス・ヤーコプ・ハイブルとディアコヴァールで結婚
１８０８	46歳	四男クサヴァー、レンベルクへ
１８０８・６・26		プレスブルクにてニッセンと挙式、１８０９年８月までプレスブルクで生活
１８０９・８	47歳	ニッセンとともにヴィーン帰郷
１８１０・７・27	48歳	ヴィーンを去り、ニッセンに伴われてコペンハーゲンに移住
１８１２	50歳	オーストリア国家破産宣告を受けて非公式にコンスタンツェの財産がデンマークに移される。コペンハーゲンにて家を購入
１８１９・10	57歳	休暇中のニッセンと滞在していたフリーデンスポーを四男クサヴァーが訪れ、11年ぶりに再会、三人でコペンハーゲンへ
１８２０・７	58歳	ニッセンとともにコペンハーゲンを去り、ホルシュタインの湯治場オルデスレーに長期滞在

59歳 1820 翌年の冬にかけてニッセンとアルトナに滞在
1820・春 ニッセンとともにアルトナを出発してハンブルク、ハノーファ、ヴァイマール、ツヴィッカウを経て、カールスバートへ
1821・2・5 コペンハーゲンの不動産の売却契約成立
1821・5 四男クサヴァーがザルツブルクのナンネルを訪問
1821・10 ニッセンとともにアウクスブルクを訪れモーツァルトの縁者に会見、ニッセンは義父レーオポルトの資料収集
62歳 1821・10 アウクスブルクからヴァイルハイムを経てミラノへ
1824・夏 ミラノを発ってガシュタインを経てザルツブルク到着、ナンネルと会見、ナンネルが所有していた書簡類すべてをニッセンが譲り受ける
63歳 1825 義姉ナンネル、失明
64歳 1826・3・24 二番目の夫ニッセン死去、彼が手がけていた『モーツァルト伝』は未完に終わるが、コンスタンツェの尽力によって、印刷・刊行に向けて準備される
1826・同日 妹ゾフィーの夫ハイブル、ディアコヴァールで死去
1826・8 四男クサヴァー、義父の鎮魂のためザルツブルクを訪れ、『レクイエム』を指揮
66歳 1828・5 『伝記』の予約注文のために奔走、プロシャでは415冊、オーストリアでは280冊、合計928冊の予約成立。普及版の単価は10グルデン、予約者には33パーセントオフで販売
1828・6 『伝記』の刊行を促すため、ゾフィーを伴ってミュンヒェンのブライトコプフ・ウント・ヘルテル社を訪問
67歳 1829・3 『伝記』刊行（1835年6月時点で在庫840部）
1829・7・15 ノヴェッロ夫妻の訪問を受ける
1829・10・29 義姉ナンネル、ザルツブルクにて死去
70歳 1832 バイエルン国王ルートヴィヒ一世の訪問を受け、年金を下賜さる
71歳 1833 孫（次男カールの娘コンスタンツェ）死去
73歳 1835 四男クサヴァー、ヴィーン定住

77歳　1839　姉アロイージア、ザルツブルクにて死去
1839　『ドン・ジョヴァンニ』上演に際しバイエルン国王の招待を受けてミュンヒェンへ旅行
79歳　1841・6・　遺言状作成
1841・12・6　モーツァルト没後五〇年祭で『レクイエム』記念演奏がザルツブルクで行なわれる（コンスタンツェはこの演奏会への招待状を自ら書いた）
80歳　1842・3・6　終油の秘蹟を受けて、同日朝、死去。二日後、聖セバスティアン墓地のニッセンのかたわらに埋葬される
――　1842・9・4　次男カール、四男クサヴァー、モーツァルト記念像除幕式のためザルツブルク来訪
――　1844・7・29　四男フランツ・クサヴァー、カールスバートにて死去
――　1846・10・26　妹ゾフィー、ザルツブルクにて死去
――　1858・11・2　次男カール・トーマス、ミラノにて死去

参考文献：海老澤敏・高橋英郎（編訳）『モーツァルト書簡全集』（白水社、1976〜2001）、メイナード・ソロモン（著）、石井宏（訳）『モーツァルト』（新書館、1999）、フランシス・カー（著）、横山一雄（訳）『モーツァルトとコンスタンツェ』（音楽之友社、1985）、ネリーナ・メディチ・ディ・マリニャーノ、ローズマリー・ヒューズ（共編）、小池滋（訳）『モーツァルト巡礼――一八二九年ノヴェロ夫妻の旅日記（抄訳）』（秀文インターナショナル、1986）、ヴィーゴー・ショークヴィスト（著）、高藤直樹（訳）『コンスタンツェ・モーツァルトの結婚――二度ともとても幸せでした』（音楽之友社、1993）、ハワード・チャンドラー・ロビンス・ランドン（著）、海老澤敏（訳）『モーツァルト最後の年』（中央公論新社、2001）、リヒャルト・ブレッチャッハー（著）、小岡礼子（訳）、小岡明裕（補訳）『モーツァルトとダ・ポンテ――ある出会いの記録』（アルファベータ、2006）。
注：上記参考文献中には年月日等の詳細に齟齬があり、本年譜作成者の判断によった記載があることをお断りしておく。

レナーテ・ヴェルシュ（Renate Welsh）

一九三七年ヴィーン生まれ。児童・青少年文学作家として数々の賞を授与されている（『ヨハンナ』で一八九〇年ドイツ児童文学賞。『夢をみるアンネ』で一九八九年オーストリア児童文学賞など）。この人の作品の基底には、細心の調査と入念な観察を伴った、深い感情移入がある。邦訳のあるものとしては、『夢をみるアンネ』、『あっ、ちぢんじゃった』（ともに講談社）、『ピース咲く丘のホスピスから』（さ・え・ら書房）などがある。

小岡礼子（こおか　れいこ）

一九五七年、仙台生まれ。翻訳家。オーストリア世紀末文学専攻。主訳書として、ポール・ワッラウィック『よいは悪い――暗黒の女神ヘカテの解決法』（法政大学出版局）、テア・ライトナー『侯爵夫人、才女、世話女房――世紀末ヴィーンを生きた女たち』（新書館。竹之内悦子との共訳）、ロエル・ヤンセン『ユーロ――贋札に隠された陰謀』（インターメディア出版。大塚仁子との共訳）、ゲルトルート・フォン・ル・フォール『断頭台下最後の女ほか、ル・フォール短篇集』（近刊、女子パウロ会。小岡明裕との共訳）、リヒャルト・ブレッチャッハー『モーツァルトとダ・ポンテ』（小岡明裕の補訳）など。二〇〇六年七月歿。

小岡明裕（こおか　あきひろ）

一九四八年、紀州田辺生まれ。詩人。「未定」同人。日本アルバン・ベルク協会会員。

コンスタンツェ・モーツァルトの物語

第1刷発行　2007年9月15日

著　者●レナーテ・ヴェルシュ
訳　者●小岡礼子
　　　　小岡明裕

発行所●株式会社アルファベータ
107-0062　東京都港区南青山2-2-15-436
TEL03-5414-3570 FAX03-3402-2370
http://www.alphabeta-cj.co.jp/
印刷製本●藤原印刷株式会社

定価はダストジャケットに表示してあります。

乱丁・落丁はお取り換えいたします。

ISBN978-4-87198-551-2 C0073

モーツァルトとダ・ポンテ

リヒャルト・ブレッチャッハー【著】小岡礼子【訳】小岡明裕【補訳】
A5判・上製・四〇〇頁　三九九〇円

オペラ史上最高の作曲家と台本作家のコンビであるモーツァルトとダ・ポンテ。ウィーン国立歌劇場で演出家として活躍した著者が、この二人を取り巻く人々や時勢の外部環境を克明に描き、さまざまな抵抗にあいながらも作品を結実させるさまと、陰謀と権力によって結局は仲を引き裂かれるまでの経緯を詳述。二人を援助した寛大で博学な皇帝ヨーゼフと、陰謀渦巻く宮廷を取り巻く人々が何をし、何を言ったのかを描き出す。サリエーリほか十八世紀のオペラ作曲家や歌手など、興味深い登場人物の言動が、記録文や資料に基づき、克明に解き明かされる。

また、著者は「音楽か詩か」というオペラの永遠のテーマに、明快な答えを用意する。

十八世紀のウィーン・オペラ界の人名事典付。

二人の出会いから別れまでの足跡を丹念にたどった労作だ。【日本経済新聞二〇〇七年二月十八日】

アルファベータ

叢書・20世紀の芸術と文学

マエストロ　全三巻　ヘレナ・マテオプーロス【著】石原俊【訳】各二三三一〇円
第Ⅰ巻　カラヤン／ベーム／クライバー／バーンスタイン／ブーレーズ／ラトル
第Ⅱ巻　アバド／ジュリーニ／ショルティ／レヴァイン／テンシュテット／マゼール／ムーティ／メータ
第Ⅲ巻　小澤、アシュケナージ、ロストロポーヴィチ、プレヴィン、ボールト、ディヴィス、ハイティンク、マッケラス、シャイー

フルトヴェングラー　悪魔の楽匠　上・下全二巻
サム・H・白川【著】藤岡啓介／加藤功泰／斎藤静代【訳】各四〇〇頁・各二九四〇円

ショスタコーヴィチ　ある生涯　ローレル・E・ファーイ【著】藤岡啓介／佐々木千恵【訳】
改訂新版　五二八頁・口絵一六頁　三三六〇円

名指揮者列伝　20世紀の40人　山崎浩太郎【著】二三一〇円

ベルリン三大歌劇場　激動の公演史【1900-1945】　菅原透【著】三五七〇円

レナード・バーンスタイン　ポール・マイヤーズ【著】石原俊【訳】一九九五円

マリア・カラス　ユルゲン・ケスティング【著】鳴海史生【訳】二九四〇円

プラシド・ドミンゴ　オペラ62役を語る　ヘレナ・マテオプーロス【著】斎藤静代【訳】二九四〇円

叢書・20世紀の芸術と文学

ミケランジェリ ある天才との綱渡り　コード・ガーベン【著】蔵原順子【訳】二九四〇円

ピアソラ その生涯と音楽　マリア・スサーナ・アッシ／サイモン・コリアー【著】松浦直樹【訳】三五七〇円

ジャズ・グレイツ　デイヴィッド・ペリー【著】瀬川純子【訳】二五二〇円

ビートルズ　アラン・コズィン【著】角松天【訳】二五二〇円

第三帝国と音楽家たち 歪められた音楽　マイケル・H・ケイター【著】明石政紀【訳】三三六〇円

焚かれた詩人たち ナチスが焚書・粛清した文学者たちの肖像　ユルゲン・ゼルケ【著】浅野洋【訳】四四一〇円

ビリー・ワイルダー 生涯と作品　シャーロット・チャンドラー【著】古賀弥生【訳】三三六〇円

キューブリック映画の音楽的世界　明石政紀【著】三三六〇円

フリッツ・ラング または伯林《ベルリン》＝聖林《ハリウッド》　明石政紀【著】二九四〇円

オードリー　リアル・ストーリー　A・ウォーカー【著】斎藤静代【訳】一八九〇円

アルファベータ